Marie-Aude Murail

SAUVEUR & FILS

saison 3

l'école des loisirs
11, rue de Sèvres, Paris 6e

Couverture : © Megan Van der Elst (cochon d'Inde),
© Davidf/iStock et chuckchee/iStock (confettis),
Montage : Sereg.

Jiminy Cricket, revu et corrigé par Gabriel Gay (page 313).

Loi n° 49.956 du 16 juillet 1949 sur les publications
destinées à la jeunesse : mars 2017
Dépôt légal : février 2023

ISBN 978-2-211-30864-9

Le réel, c'est quand on se cogne.

Jacques Lacan

Précédemment dans
Sauveur & Fils…

Au numéro 12 de la rue des Murlins à Orléans vit **Sauveur Saint-Yves**, psychologue. Côté ville, Sauveur reçoit ses patients. Côté jardin, il mène sa vie privée. Une simple porte sépare les deux mondes.

Parmi ses patients, il y a :

Ella Kuypens, 13 ans. Elle a été photographiée à son insu par Jimmy, un amoureux éconduit, un jour où elle se promenait au soleil, travestie en garçon. La voilà désormais en butte au cyberharcèlement de ses camarades de collège, car la photo circule sur les réseaux sociaux, assortie d'insultes sur son homosexualité ou sa transsexualité présumées.

Margaux Carré, 15 ans, et sa sœur **Blandine**, 12 ans. Leurs parents divorcés continuent de régler leurs comptes, s'accusant mutuellement d'être des pervers et des manipulateurs. Margaux est hospitalisée après une deuxième tentative de suicide, et Blandine, étiquetée hyperactive, se sent responsable de sa sœur et n'en dort plus la nuit.

Gabin Poupard, bientôt 17 ans. Il est en voie de déscolarisation. Sa mère, qui est en lutte contre l'imam du Yémen et parle avec des gens qui portent un ouistiti sur l'épaule, est hospitalisée en secteur psychiatrique. Gabin squatte le grenier de Sauveur, rêvant de se faire adopter par lui. Il a un billet pour se rendre au concert des Eagles of Death Metal à Paris.

Samuel Cahen, 16 ans. Il est affligé d'une mère possessive, qui fouille dans ses affaires et surveille de près ses fréquentations féminines. Samuel vient de découvrir qui est son père, non pas l'alcoolique brutal que prétendait sa mère, mais un célèbre pianiste de musique classique, **André Wiener**. Il est allé l'écouter en concert à la mairie du IVe arrondissement de Paris.

Nous les retrouvons dans cette troisième saison.

Côté vie privée, Sauveur, 40 ans, 1,90 mètre, 80 kg, Antillais né de parents noirs, a été adopté à 3 ans par un couple de Blancs. Veuf avec un fils de 9 ans, Lazare, Sauveur Saint-Yves tente de reconstruire une famille avec Louise Rocheteau, mère de Paul, un grand ami de Lazare (et des hamsters), et d'Alice, 13 ans. Mais l'ex de Louise, Jérôme, est toujours amoureux d'elle. Sa nouvelle femme, Pimprenelle, en est jalouse, et tous deux montent Alice contre sa mère.

Par ailleurs, Sauveur a recueilli chez lui un SDF de plus de 80 ans, **Jovo**, un ancien de la Légion étrangère, qui cache une mitraillette au fond de son sac militaire.

À part ça, la vie est belle, et ce sont les vacances de la Toussaint.

Semaine du dimanche 18 au dimanche 25 octobre 2015

Il y a des périodes dans l'année où les enfants ont pris la mauvaise habitude de ne pas aller en classe, ce que monsieur Kuypens déplorait chaque fois.

– Encore des vacances !

– C'est la Toussaint, lui répondit sa femme. Ella est crevée, ça lui fera le plus grand bien.

Tout en se déshabillant, monsieur Kuypens grommela : « J'en prends, moi, des vacances ? », puis porta le conflit sur un autre terrain.

– Et c'est quoi, cette gastro qui a duré toute la semaine dernière ? Ce ne serait pas sa phobie-truc qui recommence par hasard ?

Sans répondre, madame Kuypens, Virginie de son prénom, prit son oreiller sous le bras et s'éloigna vers la porte de la chambre à coucher.

– Qu'est-ce que tu fais ? s'étonna Camille Kuypens.

– Je vais dormir au salon.

– Mais on peut parler, non? Il faut tout de suite que tu montes sur tes grands chevaux! Ça a recommencé, ou pas?

Virginie acquiesça en silence. Durant la dernière semaine de cours, Ella s'était de nouveau invitée à l'infirmerie du collège, prise de nausées et de maux de tête.

– Et qu'est-ce qu'il en dit, l'autre charlot? reprit monsieur Kuypens.

– De qui tu parles?

– Mais de votre grand homme, Sauveur! Tu parles d'un sauveur. Il n'a pas été fichu de soigner Ella!

– Elle allait mieux, protesta Virginie. C'est une rechute. Ça arrive dans les maladies.

Monsieur Kuypens fit entre haut et bas: «Une maladie… On appelait ça de la fainéantise de mon temps.» Puis voyant que sa femme faisait de nouveau un pas vers la sortie:

– Mais arrête avec cet oreiller! On discute. C'est possible?

Il s'assit, jetant un regard au passage sur ses mains qui tremblotaient. Sa femme suivit son regard.

– C'est toi qui devrais te soigner.

– Hein ?

Elle secoua la tête sans rien ajouter. Tous deux savaient qu'il avait un problème avec l'alcool.

– Si Ella est malade, reprit-il, ce n'est pas ce psychologue, qui vous baratine pour 45 euros, qui va la guérir. Si c'est une maladie psychia… psychique, il faut voir un psychiatre.

Virginie lâcha son oreiller et s'assit à son tour. Enfin une parole sensée.

– Mon comptable m'a parlé vendredi dernier de la psychiatre de sa femme, poursuivit Camille. Sa femme est… je ne sais plus quoi comme truc… Ah, si ! Bipolaire. Elle est soignée par cette dame qui, paraît-il, est très bien. Et au moins, c'est un vrai médecin. Pas comme l'autre bellâtre…

Monsieur Kuypens avait gardé une dent contre Sauveur Saint-Yves, qui avait déterré une vieille histoire de famille* et ajoutait à cela d'être une grande baraque, black et beau gosse. La psychiatre, docteur Pincé, était très prise, mais grâce à l'intercession du comptable de monsieur Kuypens, elle avait accepté de recevoir Ella entre deux patients, le lendemain à 17 heures.

* Voir *Sauveur & Fils, saison 1.*

De l'autre côté du mur, Ella s'apprêtait à passer une nouvelle nuit hachée de cauchemars. Depuis dix jours, elle tremblait d'être démasquée par ses parents, car depuis dix jours une photo d'elle, travestie en garçon, circulait sur les réseaux sociaux. C'était sa double vie qui risquait d'apparaître au grand jour.

Dans le fond de sa penderie, peu accessible et d'ailleurs dissimulée par de vieux vêtements qui lui avaient autrefois servi de déguisements, Ella avait accroché la garde-robe de son double masculin : une chemise blanche, une cravate à rayures et une veste noire, un peu large aux épaules. Dans une boîte en carton, elle avait rangé des vernis noirs d'homme en 39 et un borsalino de mafieux. Elle avait acheté ces vêtements avec son argent de poche et elle ne les portait en principe que seule et dans sa chambre, quand personne n'était à la maison. Ses parents étaient très occupés, et sa sœur aînée, Jade, souvent sortie avec des copines ou, dernièrement, avec un petit ami. Ella pouvait tout à son aise jouer à être Elliot Kuypens, écrivain et aventurier. Elle se servait alors un verre dans le bar bien fourni de son père, y trempait à peine les lèvres avant de reverser le tout dans la bouteille. Elle s'était aussi acheté une pipe de femme au long tuyau fin et au petit fourneau, qu'elle bourrait d'Amsterdamer, et dont elle tirait quelques bouffées en pensant à George Sand, l'auteur de son roman favori, *François le Champi*. Puis elle ouvrait son cahier et, prenant des poses d'écrivain, elle rédigeait son roman, *Le sac de Jack*, l'histoire d'un vagabond de 15 ans, prêt à toutes les rencontres, et pas entièrement fixé sur ce qui est bien ou ce qui est mal. Oui, vraiment, son double masculin. Quand elle pensait à elle, Ella le faisait en anglais parce que *good or bad, tall or small* ne prennent pas de « e » au féminin.

Dix jours plus tôt, elle était sortie se promener au soleil dans les allées du parc voisin, habillée en garçon. Avec sa coupe à la tondeuse et son pas assuré, elle faisait vraiment illusion. Perdue dans sa fantaisie, Ella n'avait pas remarqué que Jimmy, l'amoureux dont elle n'avait pas voulu, lui avait emboîté le pas. Il l'avait prise en photo quand elle s'était assise sur un banc, s'offrant au soleil, le borsalino repoussé à l'arrière et le sourire béat. Désormais la photo circulait, assortie de commentaires. C pa une fille, c un mec! Drag queen ou drag king? Ella, qui avait aussi reçu des SMS d'insultes sur son portable, Ou ta mi t seins? Tattend le client? ne l'avait pas rallumé depuis plusieurs jours. Elle avait aussi déserté Facebook, Instagram et Snapchat. Elle espérait qu'avec les vacances le feu s'éteindrait, faute d'aliments. Elle ignorait que des filles de la 4e C, Marine, Mélaine ou Hannah, avaient continué d'entretenir la rumeur. Elles avaient lancé un grand débat via Internet : Ella était-elle une fille qui se déguisait en garçon en dehors du collège pour draguer d'autres filles ou était-ce un garçon qui se faisait passer pour une fille au collège ? Chacun y allait de son hypothèse délirante, de sa preuve stupide. Marine, Marine Lheureux, qui orchestrait le tout de façon anonyme, avait même proposé de voter en cliquant sur *gouine* ou sur *travelo*. Pour le moment, *travelo* l'emportait. Ella ignorait les proportions que prenait l'affaire. Mais elle avait hâte de demander à son psychothérapeute si elle devait se débarrasser de ses vêtements d'homme. Elle voyait Sauveur tous les lundis à 17 h 15.

– Ah non, pas ce lundi, lui dit sa mère au petit déjeuner.

– Mais Sauveur est là pendant les vacances !

– Oui, oui, je sais, fit madame Kuypens, un peu embarrassée, car elle savait à quel point sa fille tenait à sa thérapie (ou à son thérapeute). Mais ton père t'a pris un rendez-vous chez une psychiatre. Un… un vrai médecin. Parce qu'il n'a pas été dupe de ta gastro, et moi non plus. C'est encore la phobie scolaire.

Elle se tut, impressionnée par la façon dont sa fille la dévisageait, les yeux agrandis par l'effroi et la bouche entrouverte.

– Mais je ne vais pas remplacer Sauveur ! finit-elle par s'écrier.

– Il ne s'agit pas de ça, protesta sa mère, qui avait pourtant promis à son mari de mettre un terme à cette psychothérapie inutile. Tu reverras monsieur Saint-Yves lundi prochain. Mais là, tu as un rendez-vous avec une spécialiste.

– Une spécialiste de quoi ?

– Mais des…

Elle faillit dire : des maladies mentales, et se reprit :

– … de la phobie scolaire.

– Qu'est-ce qu'elle peut y faire ?

– Il y a… il y a des médicaments pour ça. Contre… contre l'anxiété.

Elle parlait sans savoir. Y avait-il vraiment des médicaments qui renvoyaient les enfants en cours de maths ?

– Mais je retourne chez Sauveur le lundi d'après ? supplia Ella, la voix à demi brisée.

– Bien sûr, bien sûr.

– C'est une question de vie ou de mort, tu sais.

*
* *

Ce lundi, Sauveur se retrouvait avec un agenda en forme de gruyère. Des trous partout. Les enfants étaient en vacances.

– Bonjour… Ah, madame Kuypens ? Vous annulez le… Pas encore la gastro, tout de même ?

Il avait pris un ton mécontent alors qu'il restait neutre quand les gens se décommandaient. Mais Ella avait déjà annulé le rendez-vous précédent. Madame Kuypens le baratina avec une histoire d'anémie, qui nécessitait une visite chez le docteur Dubois-Guérin, un médecin généraliste que Saint-Yves connaissait bien et qui lui envoyait parfois des patients.

– Et le rendez-vous est justement à 17 h 15 aujourd'hui ?

– Le docteur la prendra entre deux malades, bredouilla Virginie, qui ne voulait pas vexer Saint-Yves en lui révélant que le généraliste était en fait une psychiatre.

Sauveur reprit rendez-vous pour le lundi 26 octobre, mais fit savoir qu'au bout de trois rendez-vous annulés il exigeait d'être payé, un moyen de pression qu'il n'utilisait jamais. Après avoir raccroché, il se posa quelques questions sur sa réaction. Il sentait que les parents Kuypens essayaient de priver leur fille de sa thérapie (ou de son thérapeute), et il ne le supportait pas. Il avait développé un lien spécial avec la jeune Ella. Pendant quelques semaines, il avait même cédé à sa demande – à son fantasme – d'être appelée Elliot. Il la regardait évoluer entre attendrissement et fascination. Il était peut-être en face d'une authentique *non conforming gender kid*, une enfant qui refusait son sexe de naissance et qui modelait son corps par la seule force de son esprit. Elle avait même interrompu le processus de la puberté, car la prétendue anémie n'était rien d'autre que l'arrêt de ses règles. Son apparence restait asexuée, pas de seins, ni de fesses, ni de hanches. Elle grandissait, flexible et longiligne comme un roseau. 13 ans, 1,59 mètre. Pas trace d'anorexie. Son poids était léger, 41 kg, mais normal. On toqua alors à la porte, et Sauveur, qui n'attendait personne pour ce créneau horaire, laissa passer un temps. À nouveau, toc, toc.

– Oui, entrez.

– Excuse-moi. Je sais que je ne dois pas venir sur ton territoire.

– Mon territoire, répéta Sauveur en souriant à Louise.

La jeune femme entra sur la pointe des pieds avec un air coupable. Sauveur s'amusa en silence de ces simagrées de petite fille. Il n'avait jamais interdit à Louise d'entrer dans son cabinet de consultation.

– Tu as eu des nouvelles d'Alice et Paul ? demanda-t-il.

Comme il était question de ses enfants, Louise redevint naturelle.

– Ils sont arrivés chez Nanou.

Pour les vacances de la Toussaint, Alice et Paul avaient été expédiés chez leur grand-mère paternelle à Montargis, où ils allaient retrouver leurs cousins, Axel et Evan.

– Alice est furieuse après son père, poursuivit Louise en riant. Elle rate un super plan avec ses copines de classe, Selma, Marine et compagnie. Elles se font un McDo-ciné sans elle aujourd'hui.

– Et ça te fait rire, mère indigne ?

– Pour une fois que ce n'est pas moi qui me paie sa crise !

Elle s'assit sur l'accoudoir du divan et regarda autour d'elle comme si elle n'avait jamais vu cet endroit : des fauteuils, une table basse pour les enfants, des bacs de jouets et de crayons, quelques rayonnages de livres, et au mur une reproduction du *Voyageur contemplant une mer de nuages* de Caspar David Friedrich. Sauveur, de son côté, détaillait Louise. Elle lui fit penser à une actrice américaine des années 1960, dont il ne retrouvait plus le nom. Elle avait son air mutin, yeux de biche et pommettes arrogantes, et sa silhouette de brindille. Ils étaient amants depuis six mois, une nuit de temps en temps, et au fond, ils ne se connaissaient pas.

Soudain, Louise s'allongea sur le canapé, posant la tête sur l'accoudoir.

– C'est comme ça qu'on fait ? demanda-t-elle, cherchant à s'imaginer chez le psychanalyste.

– Mm, mm, marmonna Sauveur.

Il quitta son bureau et vint s'asseoir dans son fauteuil de thérapeute.

– Et tu vas me dire : « Parlez-moi de votre mère », ajouta Louise, la voix moqueuse.

La petite fille intimidée cédait la place à une gamine mal élevée qui mettait ses chaussures, de charmantes espadrilles roses, sur le divan.

– Tu veux parler de ta mère, dit Sauveur, que ce petit cinéma intriguait.

– Je vais me plaindre, répondit Louise. Je suis sûre qu'ici on vient d'abord pour ça. Non ?

Elle leva la jambe droite à la verticale, une jambe fuselée et bien moulée dans un legging gris perle, et elle se mit à parler en faisant tourner son petit pied tantôt à gauche, tantôt à droite, comme si c'était sa séance de gymnastique.

– Maman ne m'aime pas. Elle fait semblant de m'aimer devant les gens. Mais je sais qu'elle préfère les garçons. Elle préfère mon frère. Moi, elle trouve que je fais des manières. C'est sa phrase : « Arrête de faire des manières ! » Tu trouves que je fais des manières ?

Le petit pied s'immobilisa, tout en haut de la jambe.

– C'est quoi, « faire des manières » ? lui retourna Sauveur.

Louise changea de jambe et reprit son exercice.

– Eh bien, c'est pleurnicher, dire qu'on a peur de descendre la poubelle à la cave, par exemple. « Vas-y, ça te fera le caractère ! »

Elle venait de prendre une grosse voix, celle de sa mère qui la houspillait, étant enfant.

– Elle me disait que je n'arriverais à rien dans la vie parce que je n'avais pas de caractère.

Un temps de silence, puis :

– Elle me le dit toujours.

Elle se redressa et, une fois assise, fit semblant d'être Sauveur, le ton suave, la tête penchée sur le côté.

– C'est 45 euros. Au revoir, à la semaine prochaine.

Il la regardait, les yeux rieurs, mais se mordillant l'intérieur des joues pour s'empêcher de répliquer.

– Tu as vu ? fit-elle en agitant les longues manches du pull-over qu'elle avait emprunté à la garde-robe de Sauveur. On m'a passé la camisole de force.

– Tu n'as plus de mains ?

– Non.

– Tu n'as plus de bras ?

– Non.

– Tu ne peux plus rien faire ?

– Prisonnière.

Il se leva, s'accroupit devant le canapé, noua les deux manches, puis se redressant, il attira Louise contre lui, la serra jusqu'à lui faire pousser un cri de protestation et l'embrassa. Leur petit jeu fut interrompu par trois coups du heurtoir en bronze.

– Un client ? fit Louise.

– Un patient, rectifia Sauveur, le ton professionnel. Oui, il m'a appelé hier soir.

Il l'avait totalement oublié. L'homme était en train de s'installer en salle d'attente, ayant suivi l'instruction de l'écriteau : « Frapper et entrer ». Sauveur dénoua les manches du pull et poussa Louise vers le fond du cabinet de consultation. Là, il y avait une tenture qui dissimulait une deuxième porte. Un bisou sur la joue, et puis :

– À plus, lui dit-il à l'oreille.

Il rabattit la tenture, chassa de son esprit l'image de Louise faisant sa gymnastique sur son canapé et alla chercher son nouveau patient.

– Monsieur Kermartin ?

C'était un homme d'une cinquantaine d'années, les cheveux grisonnants mais fournis, et le visage plaisant. Avant de s'asseoir, il regarda au plafond, et Sauveur dut l'encourager en lui désignant un fauteuil.

– Asseyez-vous.

– Oui, merci, fit monsieur Kermartin en choisissant le divan.

Sauveur toussota à la recherche d'une entrée en matière.

– Vous m'avez dit au téléphone que vous étiez suivi par le docteur Pincé, c'est cela ? C'est elle qui vous envoie ici ?

La chose était peu probable, le docteur Pincé

s'estimant sûrement plus compétente qu'un psychologue de quartier. D'ailleurs, monsieur Kermartin fit non de la tête puis expliqua que madame Pincé ne savait pas écouter et ne pensait qu'à vous faire avaler ses « fichus médicaments ».

– Je vais vous amuser, poursuivit-il, mais j'ai décidé de prendre un rendez-vous ici à cause de votre nom.

– Sauveur ?

Il n'était pas surpris. Nombre de personnes s'adressaient à lui parce qu'il portait ce prénom prometteur.

– Non, non, le détrompa monsieur Kermartin. Votre nom de famille.

– Saint-Yves ?

– Oui, parce que je m'appelle Kermartin. Or saint Yves, je vous parle du saint breton du XIVe siècle, saint Yves s'appelait Yves de Kermartin. J'ai vu comme une connexion entre nous. Saint-Yves et Kermartin.

Il rit comme s'il se moquait de lui-même.

– D'accord, fit Sauveur.

– D'accord ?

– Excusez-moi. C'est ma façon de dire : je vous écoute.

– Ah, très bien… Vous avez fait refaire votre plafond récemment ?

Sauveur ouvrit la bouche car, dans un moment de distraction, il s'apprêtait à répondre. Mais il se reprit.

– Pourquoi me posez-vous cette question ?

– Vous ne voulez pas me répondre ?

– Vous travaillez dans le bâtiment ?

– Au Crédit Lyonnais.

– D'accord.

Tous deux se dévisagèrent, mais les yeux de monsieur Kermartin avaient tendance à remonter vers le plafond, comme font les ballons gonflés à l'hélium. Sauveur vit en pensée les deux manches nouées de son pull et il comprit que c'était à lui de dénouer la situation.

– Quand je me suis installé ici, dit-il, tout avait été refait à neuf, et je n'ai pas entrepris de travaux depuis.

– Donc, dit monsieur Kermartin, en se penchant vers lui et en baissant la voix, vous ne savez pas ce que les précédents locataires ou bien le propriétaire ont fait comme… genre de travaux ?

– Comme genre de travaux, répéta Sauveur.

Kermartin eut un hochement de tête.

– Vous êtes prudent, approuva-t-il. De toute façon, je ne pense pas qu'*ils* aient pu installer des caméras ici.

– Mm, mm.

Kermartin eut un petit ricanement. Son visage de quinquagénaire aimable s'était durci jusqu'à faire de lui quelqu'un d'autre.

– Allez-y, dites que je suis fou. Comme ça, je ne vous ferai pas perdre votre temps et moi, je ne perdrai pas le mien.

– Je suis psychologue, monsieur Kermartin, ce qui se dit ici ne sort pas de cette pièce. J'y veille. Il n'y a pas de micros dans mon cabinet de consultation.

Sauveur avait parlé comme s'il faisait une mise au point, et non comme s'il s'adressait à un paranoïaque.

– Il ne s'agit pas de micros, je vous parle de caméras de surveillance.

Kermartin leva les yeux vers le plafond et Sauveur fit mine de le parcourir des yeux, lui aussi.

– Tout me paraît clean, conclut-il.

– Et vous allez me prescrire un antipsychotique, c'est ça ?

– Je ne prescris pas de médicaments, se défendit Sauveur. Je ne suis pas médecin.

– Je n'ai pas besoin de médicaments. J'ai besoin de quelqu'un qui m'écoute.

– D'accord.

Kermartin eut un fin sourire de connivence, qui lui donna un air définitivement bizarre. D'une façon subtile, Saint-Yves venait de lui donner son accord pour l'écouter. L'écouter sans le juger. Ce psychologue était un homme aux mains nues, sans ordonnance de médicaments, sans pouvoir d'internement. On pouvait se confier à lui, même pour lui dire les choses en apparence les plus folles.

– Je ne vous demande pas de me croire, commença-t-il. Je vous demande de m'écouter.

Tout avait commencé un an plus tôt quand monsieur Kermartin avait emménagé dans un meublé rue des Escures. Il s'était vite rendu compte que les voisins du dessus l'espionnaient grâce à des caméras dissimulées dans le plafonnier de sa chambre à coucher.

– Pour me regarder quand je me déshabille.

– Mm, mm.

– Vous allez me dire que j'aurais pu me débarrasser des caméras en enlevant le plafonnier. Mais je vous rappelle que j'étais dans un meublé et qu'on m'avait bien spécifié que je ne devais toucher à rien.

– Vos voisins, que cherchaient-ils exactement ? À vous voir nu ?

Sauveur avait un air de sérieux impénétrable, ce qui encouragea monsieur Kermartin à livrer le fond de sa pensée.

– Ce sont des obsédés sexuels, confirma-t-il. J'ai cherché à contrer leur voyeurisme. Je me déshabillais dans la salle de bains. Mais mon problème, c'est que je dors sans pyjama.

Il rougit en faisant cet aveu. Sauveur le tranquillisa en lui assurant que beaucoup de gens ne supportaient pas de vêtements au lit.

– Il peut arriver que je me découvre la nuit, reprit monsieur Kermartin. Il faisait très chaud dans cet appartement. Peut-être était-ce fait exprès pour que je repousse la couette. Toujours est-il que j'ai déménagé et j'ai trouvé un appartement au dernier étage d'un immeuble. Donc, sans voisins du dessus.

– Et les choses sont rentrées dans l'ordre ?

– Jusqu'à un certain point parce que, trois semaines après mon emménagement, je me suis aperçu que les combles venaient en fait d'être transformés en appartement. Un couple s'y est installé. Et savez-vous ce que j'ai appris ?

Sauveur secoua la tête, de plus en plus captivé.

– Le mari était le gérant d'un magasin de systèmes d'alarme et de caméras de vidéosurveillance. Là, j'ai décidé de passer à la contre-attaque.

– Oui ?

– Toutes les nuits, à peu près toutes les deux heures, je les appelais au téléphone et je laissais le même message. « Cessez vos manigances ou je vous les ferai payer au centuple. » Je voulais les chasser, vous comprenez ?

– C'était de bonne guerre, approuva Sauveur. Et que s'est-il passé ?

– Ils ont appelé le commissariat pour se plaindre de moi. On m'a dit d'arrêter et on m'a enjoint d'aller consulter le docteur Pincé. Ce qui, vous vous en doutez, n'a rien réglé du tout. Elle m'a prescrit des antipsychotiques et des antidépresseurs. J'ai eu droit à tous les effets secondaires de ces fichus médicaments, fatigue, nausées, insomnies, palpitations, bouche sèche, etc. Et mes voisins étaient toujours là ! Donc, le problème n'était pas réglé.

– C'est évident, fit Sauveur, compatissant.

Kermartin lui jeta un regard de défiance. Mais il avait trop besoin d'une écoute, même faussement empathique, et il poursuivit :

– J'ai pensé à une solution, dont j'étais assez

content. J'ai recouvert mon lit d'un baldaquin en tissu noir épais. Je pouvais m'habiller et me déshabiller dans cette espèce de tente à l'abri des regards et dormir… hum… nu, sans avoir peur d'être surpris.

– Ce qui a mis un terme aux agissements de vos voisins ?

– Pensez-vous ! Il y a trois semaines, j'ai regardé un documentaire sur Arte, où j'ai découvert qu'au moment de la guerre du Golfe on avait mis au point des caméras vidéo qui permettent de voir au travers des murs. Alors, mon pauvre baldaquin et puis rien, c'est la même chose.

Sauveur prit un air accablé, et peut-être l'était-il vraiment. Puis, sur une impulsion, il décida d'entrer dans le jeu de Kermartin.

– Vous me faites penser qu'il y a aussi une méthode utilisée en période de guerre pour empêcher les avions de capter certaines images. Pour les aveugler.

– Avec… avec des projecteurs ou quelque chose comme ça ?

– Exactement. On se sert de flashs ou de faisceaux de lumière. Vous pourriez installer des spots lumineux au pied de votre lit.

– Et je les dirige vers le plafond pour les aveugler ?

– En tout cas, vous aveuglerez leurs caméras vidéo.

– Ah ? D'accord.

Kermartin adressa à Sauveur un sourire redevenu plaisant et il ajouta :

– Quand je dis « d'accord », moi, ça veut vraiment dire que je suis d'accord. Je vais tester votre truc.

– Et on pourrait se fixer un rendez-vous pour faire un point sur vos voisins la semaine prochaine ?

Sauveur reconduisit à sa porte un Kermartin plein de projets de bricolage, puis il revint s'asseoir à son bureau et plongea le visage dans ses mains pour une courte méditation.

Il considérait qu'il y avait trois stades dans la paranoïa : Vous n'avez pas reçu d'invitation pour l'anniversaire de votre meilleur ami et vous vous apercevez que celle-ci a été envoyée à votre ancienne boîte mail.

• Stade 1 : Vous en déduisez que votre soi-disant meilleur ami l'a fait exprès pour avoir l'air de ne pas vous oublier tout en ne vous invitant pas.

• Stade 2 : Vous pensez que la femme de votre

meilleur ami vous déteste et a changé l'adresse mail à l'insu de son mari.

• Stade 3 : La CIA a trafiqué le disque dur de votre meilleur ami pour que le mail ne vous parvienne pas.

Monsieur Kermartin était au stade 3. Les épaules de Sauveur se mirent soudain à tressauter, et il étouffa un fou rire entre ses mains.

Mais monsieur Kermartin ne faisait pas rire le docteur Pincé. Elle lui avait prescrit du Lamictal, du Maniprex et du Risperdal. De quoi assommer un cheval.

Le docteur Anne-Élisabeth Pincé était une personne courte, sèche, aux cheveux gris fer, qui ne prenait le temps de rien. D'ailleurs, elle était constipée. À 17 heures, Ella, accompagnée par sa mère, se trouvait dans sa salle d'attente. La psychiatre les reçut à la va-vite entre deux patients et encouragea Ella à s'asseoir d'un bref :

– Cette chaise, jeune homme !

Ella était habituée à cette confusion, surtout dans les magasins ou les transports en commun. Mais madame Kuypens en resta interloquée.

– C'est ma fille, dit-elle.

– Ah ? Très bien. Asseyez-vous quand même, fit le docteur Pincé, nullement perturbée.

Mais madame Kuypens eut l'impression de voir sa fille pour la première fois depuis des mois. Quand donc avait-elle à ce point changé ? Bien sûr, il y avait eu ce jour où elle était revenue de chez la coiffeuse en prétendant qu'elle s'était fait couper les cheveux « comme Cristina Córdula », la présentatrice dont sa mère était fan. Monsieur Kuypens avait taquiné sa fille pendant quelques jours en l'appelant Rasibus. Puis, affaire classée.

– Donc, qu'arrive-t-il à cette demoiselle ? questionna la psychiatre, pressée d'en finir avant d'avoir commencé.

Madame Kuypens voulut expliquer le problème d'Ella en remontant aux premières manifestations de sa phobie scolaire l'année précédente.

– Pop, pop, l'interrompit le docteur, c'est la demoiselle qui me répond.

Mais Ella ne put placer une phrase entière, car la psychiatre la bombarda de questions, où il suffisait de répondre par oui ou par non.

– Insomnies ? Agitation motrice ? Besoin de bouger tout le temps, vous me comprenez ? Euphorie ? Vous vous prenez pour Superwoman ? Non ?

Manque d'attention en classe ? Période de grande fatigue ? Abattement ? Plus goût à rien ? Des hauts et des bas ? Changements d'humeur rapides ?

C'était non sur toute la ligne. Pas la plus petite trace de bipolarité, alors qu'il y avait en ce moment une épidémie bipolaire de type 2 chez les enfants. Le docteur Pincé tapotait son bureau du bout de son stylo.

– Bon, oui, phobie scolaire, puisque c'est à la mode ! dit-elle, excédée. Une psychothérapie devrait y remédier. Je peux vous adresser à quelqu'un.

Ella fit un grand sourire de triomphe à sa maman, qui bafouilla que « oui, merci, si vous pensez que ça suffit ».

Ce soir-là, au moment de se mettre au lit, monsieur Kuypens se souvint qu'il avait envoyé sa fille chez le médecin.

– Au fait, qu'est-ce qu'elle t'a dit, la psychiatre ?

– Rien de bien intéressant. Que la phobie scolaire est à la mode.

– Elle n'a pas prescrit de médicaments ?

– Y en a pas.

– C'est incroyable, ça ! Quand tu dors mal, il y a des somnifères. Quand tu as un pet de travers, il y a des anxiolytiques. Si tu perds ton chien, on te colle des antidépresseurs. Et là ? Rien !

Il en tremblait d'indignation, il transpirait d'une sueur malsaine, sa couperose virant au violacé. Virginie eut une grande envie de prendre son oreiller sous le bras, mais quelque chose la tourmentait, et il fallait qu'elle en parle à quelqu'un, fût-ce son mari.

– Tu ne trouves pas qu'Ella a changé ?

– Comment ça ?

– Ou plutôt non : elle ne change pas.

– Mais qu'est-ce que tu racontes ?

– Elle ne devient pas une… une jeune fille. Comme Jade au même âge.

– C'est pas dommage ! Tu as vu la tonne de maquillage qu'elle se met maintenant ?

Virginie haussa les épaules. Son mari ne voyait rien, ne comprenait rien. À vrai dire, elle-même n'y comprenait pas grand-chose. C'était juste un malaise depuis qu'elle avait vu Ella à travers les yeux de quelqu'un d'autre, quelqu'un qui l'avait prise pour un garçon. Une fois la lumière éteinte, Virginie se mit à parler dans le noir, plus pour elle-même que pour son mari.

– Il y a des pubertés tardives, je sais. Ma grand-mère a été réglée à 17 ans. Mais ça, c'était dans le temps. Et puis Ella a eu ses règles une fois ou deux, et ça s'est interr…

– Oui, bon. On peut dormir ? fit Camille, gêné par ces considérations trop intimes pour lui.

Mais il avait entendu ce que sa femme avait dit. Ella n'était pas féminine. Et alors ? Où était le problème ? Il avait déjà repéré, quand Ella était gamine, qu'elle tapait dans le ballon comme un garçon. Il aurait dû l'inscrire au foot.

Dans la chambre à côté, Ella était au lit, vêtue d'un grand tee-shirt qui lui descendait à mi-cuisse. Les écouteurs vissés dans les oreilles, elle écoutait la chanson de Mylène Farmer qu'elle connaissait par cœur.

Puisqu'il faut choisir,
À mots doux je peux le dire,
Sans contrefaçon
Je suis un garçon.
Et pour un empire,
Je ne veux me dévêtir
Puisque sans contrefaçon
Je suis un garçon.

Elle chantonnait, la main posée sur le tee-shirt à la hauteur de son sexe, non, de l'absence de sexe. *« Un mouchoir au creux du pantalon, je suis chevalier d'Éon.* » Elle venait de comprendre le sens du texte de la chanson. Une larme coula le long de sa tempe. De plus en plus s'implantait en elle l'idée terrifiante qu'elle n'était PAS NORMALE. Elle eut alors envie d'allumer son téléphone pour vérifier que ses camarades de classe avaient cessé de la harceler. 454. C'était le nombre de SMS qui s'étaient accumulés. Elle en lut un. Puis deux. Puis trois. Sidérée. Tant de haine et de ricanements. Un torrent de mots sales. Il lui fallut s'arracher à la fascination que le bourreau exerce sur sa victime pour éteindre son téléphone. Il lui sembla éteindre en même temps cette délicate lumière intérieure qui rosissait ses joues pâles quand elle était émue.

– Sauveur, murmura-t-elle.

On toqua à la porte et elle crut un instant que son psy allait lui apparaître. Mais c'était Jade. Elle s'avança dans la pénombre de la chambre, et Ella se redressa sur un coude.

– Qu'est-ce qui t'arrive ?

– C'est plutôt à toi, répliqua la sœur aînée. C'est quoi, cette histoire de photo ?

Ella pouvait faire semblant de ne pas être au courant ou s'évanouir, comme elle l'avait fait à plusieurs reprises, quand elle refusait de faire face à ses émotions. Mais il y a quelque chose qui s'appelle le courage du désespoir.

– Comment tu sais ? dit-elle, la voix dure.

– Par Edmée.

C'était une de leurs cousines. Edmée était amie Facebook avec Mélaine, une des filles de la 4e C. Ainsi, peu à peu, la rumeur s'échappait de l'enceinte du collège et se répandait dans la ville. Rien n'empêchait qu'elle fasse le tour du monde. Même si, pour échapper à ses persécutrices, Ella demandait à changer d'établissement, sa photo l'y précéderait. C'était sans issue.

– Tu vas le dire à maman ?

– C'est pas la peine. Les parents finiront par être au courant. Je ne comprends pas à quoi tu joues. Il faut vraiment que tu te soignes.

Jade s'efforçait de prendre le ton de la grande sœur soucieuse, mais elle ne pouvait pas masquer sa satisfaction. Elle, qui avait la préférence des parents, qui réussissait en classe, qui venait de se décrocher un petit copain, elle était jalouse de sa cadette. Ella le perçut à ce moment-là et elle manœuvra comme elle aurait été incapable de le faire au début de sa thérapie.

– Je te remercie de m'avoir prévenue, dit-elle,

comme si elle croyait en toute naïveté que sa sœur était de son côté.

– Tu ferais mieux de tout avouer.

– Avouer quoi ?

Elle n'avait commis aucun crime, elle n'avait fait de tort à personne. C'était sa façon d'être qui dérangeait sa sœur, qui perturbait les filles de la 4e C. C'était l'être d'Ella qu'elles voulaient détruire.

– Avouer quoi ?

La question répétée d'Ella chassa Jade de sa chambre.

*
* *

Parmi ses patients, Sauveur avait ses préférés. Si le lundi était le jour d'Ella, le mardi avait été pendant plusieurs semaines celui de Samuel, 16 ans, bon élève de première ES, fils unique de madame Cahen, mère célibataire. Celle-ci avait contraint Samuel à consulter un psychologue parce qu'il lui parlait mal et allait jusqu'à lever la main sur elle. Mais Sauveur n'avait plus le droit de recevoir Samuel en consultation, sa mère ayant décidé d'arrêter la thérapie. Il avait donc accepté une nouvelle patiente ce matin à 9 h 45, une petite Maïlys de 4 ans qui, aux dires de sa maman, se tapait la tête contre le mur chaque fois qu'elle était contrariée.

– Madame Foucard ?

Une jeune femme, qui faisait de la glisse sur son smartphone, leva à peine les yeux vers lui. Une petite fille, assise par terre au milieu de la salle d'attente, soulevait une de ses baskets par le lacet défait, l'air de soupeser un animal mort.

– Madame Foucard ? répéta Sauveur.

– Oui. Je… Oui. J'attends un appel.

Le téléphone vibra dans sa main et elle bondit de sa chaise comme pour se diriger vers la porte, mais elle s'éloigna vers la fenêtre, tournant le dos à Sauveur.

– Mais alors, tu fais quoi ? lança-t-elle à quelque lointain interlocuteur.

C'était un jeune stagiaire, qu'elle engueula à grand renfort de : « Tu te rends compte ? Deux heures pour répondre à un mail URGENT ! Si tout le monde était aussi grossier que toi », etc., laissant Sauveur pantois. Il s'approcha de la fillette qui venait de rejeter l'animal mort et il lui sourit. Rousse jusqu'au bout des cils, elle avait une frimousse renfrognée, constellée de taches de rousseur. Il nota très vite : tignasse mal démêlée, feutrée même par endroits à cause du frottement de l'oreiller, une chaussette verte, une chaussette rouge, une robe par-dessus un pantalon.

– Tu n'aimes pas ta chaussure ? lui demanda-t-il.

– Pourquoi t'es noir ?

– Mes parents étaient noirs. On remet ta chaussure ?

– Ils sont où, tes parents ?

Madame Foucard continuait de s'époumoner à l'autre bout de la pièce, indifférente à ce qui se passait derrière elle.

– Mes parents sont morts. Regarde, je te montre comment on fait un nœud de chaussure.

– Pourquoi ils sont morts ?

– Parce qu'ils avaient fini de vivre. Donc, tu fais une oreille de souris. Comme ça. Et puis une autre oreille de souris...

– Z'ai une saussette rouze et une saussette vert.

– J'ai vu. C'est très joli.

– Voilà, ça, c'est les idées de ma fille, fit une voix au-dessus d'eux. Le matin, elle met une robe d'été sur un jogging ou des chaussettes dépareillées. Et si on ne cède pas, c'est la crise de nerfs.

Sauveur se releva tandis que madame Foucard s'excusait pour ce coup de téléphone qu'elle avait dû « absolument prendre ». Sans un mot, il laissa la mère et la fille entrer dans le cabinet de consultation.

– On fait quoi ? questionna la petite.

– Tu peux jouer, répondit Sauveur en lui désignant la table basse, les crayons de couleur et les caisses en plastique.

– Ah ! J'ai son iPad dans mon sac, intervint la maman, sur le ton de « où avais-je la tête ? ».

– Son iPad ? Pour quoi faire ?

– Elle va s'occuper pendant que nous parlerons, répondit madame Foucard, un peu surprise de devoir mettre les points sur les « i ».

– Il s'agit de jouer, pas de s'occuper, répliqua Sauveur.

Mais madame Foucard ne l'écoutait déjà plus, car son téléphone venait de se rappeler à elle.

– Ah, c'est ma mère, maugréa-t-elle. Je lui ai pourtant dit de… Je lui mets un texto.

Tout en pianotant, madame Foucard se posa au bord du canapé, tellement distraite qu'elle faillit s'asseoir à côté. Puis elle murmura : « Qu'est-ce qu'il m'a encore fait ? », et elle ajouta en s'adressant vaguement à Sauveur :

– Je dois absolument checker ce mail. J'en ai pour une…

– J'ai lu récemment, l'interrompit Sauveur d'une voix forte, que, en moyenne, les détenteurs d'une boîte mail vérifient son contenu 37 fois par heure, soit toutes les 90 secondes.

– Non ? s'esclaffa madame Foucard. Remarquez, c'est bien possible quand je suis au bureau. *37 fois par heure*, vous dites ?

Elle se mit à taper un SMS.

– Qu'est-ce que vous faites ?

– Je forwarde l'info au papa de Maïlys, ça va l'éclater. Lionel est encore plus addict que moi… *Toutes les 90…* Vous pouvez continuer de parler, j'ai l'habitude de gérer plusieurs choses à la fois.

– Je ne suis pas une chose.

Elle décolla son regard de l'écran.

– Hein ? Non, bien sûr.

Bing. C'était la réponse du papa de Maïlys. Madame Foucard eut un sourire de triomphe.

– Il va tweeter l'info !

– Madame Foucard, vous êtes venue me parler de votre fille ou de votre addiction aux nouvelles technologies ?

Le téléphone fit entendre une jolie sonnerie qui provoqua un gémissement de protestation de madame Foucard. C'était une récidive de la part de sa mère. Sauveur l'abandonna à son sort et fit signe à la petite Maïlys, qui avait de nouveau défait sa chaussure.

– Regarde, j'ai tous les animaux de la ferme.

D'une caisse en plastique, il sortit une vache, un mouton, un cochon, et il les installa sur la table tout en meuglant, bêlant, grognant.

– Cherche. Il y a un cheval aussi. Et un chien. Ouah, ouah !

Maïlys le regardait faire sans bouger, semblant étudier un cas intéressant de pathologie mentale.

– Tiens, j'ai trouvé le bébé de la vache. C'est le petit veau. Il court vers sa maman. Tagada, tagada. Maman ! Maman, fit Sauveur avec une voix supposée de petit veau. Tu me regardes, maman ? Attends, dit la maman, je suis au téléphone avec papa. Allô, meuh t'es où ?

Les yeux de Maïlys s'arrondirent de surprise. Une vache qui téléphone. Et le plus extraordinaire de l'affaire, c'était que le petit veau, voyant que sa mère ne s'occupait pas de lui, décida de s'habiller n'importe comment pour aller à l'école, avec une botte et une sandale, un chapeau de paille et un maillot de bain.

– Elle dit quoi, la vasse ? demanda Maïlys.

– La vache dit : « Ah là là, mais ce petit veau, il fait encore sa crise ! »

– Et lui, il va cogner la tête dans le mur ! décréta Maïlys.

S'emparant du petit animal en plastique, elle courut l'écraser contre le mur opposé.

– Oh mon Dieu, mon chéri, mon chéri, tu as mal ? fit Sauveur, très convaincant en vache normande.

– Oh non, le détrompa Maïlys, la maman, elle voit pas, elle téléphone encore.

Bing, fit le smartphone de madame Foucard. Mais elle le rangea dans sa poche. Sauveur, qui était assis par terre en tailleur, tourna la tête vers elle.

– Donc, votre petite fille se cogne le front contre le mur, c'est ça ?

– Elle s'est fait une bosse énorme l'autre jour. J'en ai parlé à notre médecin de famille, monsieur Dubois-Guérin, et il m'a dit de venir vous voir.

– On zoue plus ? se récria Maïlys.

– Si, si, bien sûr. À quoi tu veux jouer ?

– On zoue au sien, dit-elle. C'est toi, le sien.

– Le sien ?

– Le sien qui fait ouah, ouah !

– Ah, le chien ! Grr, ouah, ouah !

– Il mord ?

– Non, il est zentil… gentil, se reprit Sauveur.

La petite, pas tout à fait rassurée, lui posa la main sur le crâne, puis le caressa comme s'il était en effet un chien.

– Ça fait des guilis, dit-elle, mettant brusquement les mains à l'abri derrière son dos.

Puis, méditative :

– Il est noir, le sien. Il a un papa noir et il a une maman noire. Ils sont morts. Mais moi, ze l'aime.

– Et tu veux que je te dise un truc ? fit Sauveur en se relevant. Le chien noir, il est drôlement content d'avoir une copine comme toi.

Sauveur revint s'asseoir dans son fauteuil de thérapeute et, alors qu'il allait prendre la parole, il fut interrompu par son propre téléphone fixe.

– Ah, vous voyez, vous aussi, souligna madame Foucard.

– J'ai un répondeur, dit-il d'une voix très douce. Madame Foucard, vous avez une merveilleuse petite fille, dont je vous fais compliment. Comme elle a 4 ans, elle a besoin qu'on joue avec elle, pas qu'on la colle devant une tablette, qu'on lui lise des histoires, pas qu'on la colle devant des films, qu'on lui brosse les cheveux, même si ça ne lui plaît pas, et qu'on lui dise NON quand elle veut s'habiller n'importe comment. Je ne dis pas que tout cela va se faire du jour au lendemain, mais on peut décider de commencer aujourd'hui. Qu'en pensez-vous ?

Madame Foucard tripotait son téléphone au fond de sa poche. Elle avait eu sa fille à 31 ans dans une vie d'adulte débordée, et elle ne savait pas quoi en faire. Elle évoqua ses semaines de 60 heures, les repas pris avec son compagnon, chacun les yeux aimantés par l'écran de son téléphone. Tant qu'ils avaient vécu leur couple comme une association de célibataires overbookés, tout s'était bien passé. Maïlys, c'était le grain de sable. La « chose » qu'ils ne pouvaient pas gérer.

– Bon, mais tu zoues ! s'impatienta Maïlys, tapant le parquet de son pied déchaussé.

– NON. Maintenant, je parle à ta maman, lui répondit Sauveur. Toi, tu finis d'installer la ferme sur la table.

Sans insister, Maïlys s'assit à la table basse, après y avoir vidé le contenu de la caisse. D'abord silencieuse, elle se fit peu à peu des commentaires à voix basse sur les animaux qu'elle découvrait. Enfin, elle imita le chien, le cheval et la poule et leur donna même la parole. Elle jouait, et sa maman, descendue du train qui l'emportait jour et nuit à toute vitesse vers une destination inconnue, la regarda jouer.

À la fin de la séance, Sauveur s'aperçut sur le pas de sa porte que Maïlys gardait les mains dans son dos.

– Qu'est-ce que tu m'as piqué ?

La petite, au bord des larmes, tendit ses poings fermés qui cachaient mal la vache et le petit veau.

– Je veux bien te les prêter, dit-il. Tu me les ramèneras la prochaine fois, quand tu viendras avec ton papa ?

Radieuse, Maïlys s'éloigna dans le couloir, faisant caracoler le veau sur le mur, tagada, tagada. Par la fenêtre de son cabinet, Sauveur la regarda s'éloigner dans la rue. La maman vache avait déjà ressorti le téléphone de sa poche. Cela rappela à Sauveur le correspondant qui avait dû lui laisser un message.

– « Bonjour, c'est Samuel. Je ne sais pas si vous avez reçu mon SMS samedi soir. Je vous disais que j'avais vu mon père après le concert... Est-ce qu'il y a un moment dans la matinée où je pourrai vous parler ? Je zone dans votre quartier, mais je veux pas vous déranger... »

Sauveur ne pouvait plus recevoir Samuel à son cabinet. Mais il le rappela pour lui signaler que rien n'interdisait à deux amis de prendre ensemble un café. Quelques minutes plus tard, Sauveur entra dans la brasserie de l'Annexe, qui était à deux pas de chez lui. Samuel l'y attendait déjà, la tête appuyée contre la vitrine qui donnait sur la rue. Sauveur s'était attendu à voir un garçon heureux. Il avait seulement l'air épuisé.

– Alors, ce concert ? fit Sauveur, s'asseyant en face de lui.

– Je ne pensais pas que je pourrais kiffer à ce point la musique classique, rigola Samuel. J'étais sur une autre planète.

Une planète dont son père était le soleil. Il se mit à parler de lui sans jamais dire « André Wiener » ou bien « mon père ». C'était « il ».

– Il est brillant. Tout s'éteint autour de lui. Pas seulement quand il est sur scène, hein ? Au restaurant, après le concert, c'était pareil. Il y avait le maire du IVe, une journaliste américaine, des étudiants du monde entier, un chef d'orchestre japonais, plein de gens importants. Mais on ne voit que lui.

Samuel parlait au présent, les yeux éblouis.

– Eh bien, quelle rencontre ! souligna Sauveur. C'est une star.

– Non, ce n'est pas une star ! protesta Samuel.

Mais il ajouta :

– C'est un génie. La journaliste lui a fait des compliments pendant tout le repas. C'était presque gênant. Surtout qu'Antoine est du genre jaloux.

– Antoine ?

– Une espèce d'imprésario.

– Mm, mm.

Sauveur imaginait la scène. André Wiener, dont il avait vu la photo sur Wikipédia, était un homme d'une quarantaine d'années à la beauté romantique, cheveux mi-longs, regard noir. Il devait avoir toute une cour autour de lui. La cour du Roi-Soleil. Samuel but son café en silence, reposa la tasse dans la soucoupe puis regarda vers la rue à travers la vitre.

– J'ai un big problème avec ma mère. Je l'ai envoyée à l'hosto dimanche. Je l'ai poussée contre mon armoire.

– D'accord.

Samuel savait que « d'accord » ne signifiait pas, dans la bouche de Sauveur, qu'il approuvait votre conduite, mais qu'il attendait vos explications.

– Elle m'a énervé. Elle voulait m'empêcher de partir. Elle croyait que j'allais rejoindre une fille. Elle m'a dit que j'étais comme mon père. Elle s'est mise à crier: «Il ne pensait qu'à ça, coucher, coucher, coucher!»

S'apercevant qu'il avait imité sa mère en criant, Samuel rougit en jetant un regard vers la salle.

– Alors, reprit-il plus bas, je lui ai dit d'arrêter de me mentir, que je savais qui était mon père, que ce n'était pas un alcoolique dégénéré. Je l'ai poussée pour qu'elle me laisse passer.

C'était la énième altercation avec sa mère. Mais cette fois, il y était allé de bon cœur. Madame Cahen était restée en observation à l'hôpital pendant toute la journée du dimanche. Elle se plaignait de maux de tête et de troubles de la vue.

– Elle est en arrêt maladie, conclut Samuel. Elle m'a menacé de porter plainte au commissariat.

– Tu lui as dit que tu avais fait la connaissance de ton père?

– Non, elle le déteste trop. Je lui laisse croire que j'ai vu une petite copine.

Madame Cahen exigeait désormais que son fils prenne des médicaments «pour se calmer».

– Je lui ai dit que j'allais vous demander un traitement.

Sauveur lui fit de gros yeux ronds.

– Je sais que vous ne filez pas de médocs, mais

ma mère ne le sait pas. Elle vous prend pour un vrai docteur.

– Un vrai docteur, répéta Sauveur.

Samuel se demanda s'il n'avait pas vexé son psy.

– C'est le moyen que j'ai trouvé pour reprendre ma thérapie.

– Mentir, explicita Sauveur.

– Si vous croyez que c'est mieux, j'ai trouvé une adresse de psychiatre dans le quartier, le docteur Pincé.

Le docteur Anne-Élisabeth Pincé le trouverait « un peu bipolaire », puisqu'il était parfois agressif et parfois, comme tout de suite, abattu.

– Tu n'as pas besoin de médicaments, dit Sauveur, après s'être laissé un temps de réflexion. Tes réactions sont dans la norme.

– Même quand j'assomme ma mère ?

– Mm, mm… Tu es toujours libre le mardi à 9 h 45 ?

– Toujours, dit Samuel.

Il s'appuya de tout son poids contre la vitre, soulagé. Mais il plaçait son thérapeute dans une situation inconfortable.

– À mardi prochain, dit Sauveur en laissant cinq euros sur la table.

Il rentra chez lui côté jardin, par la venelle du Poinceau, et trouva son fils dans la cuisine en conversation avec son hamster.

– Où sont… tout le monde ?

– Papa, je m'ennuiiie.

– Où est Louise ?

– Fait les courses. Papa, pourquoi on n'a pas la télé ?

– Je suppose que c'est parce qu'on ne l'a pas achetée.

– Ah, ah, très drôle, fit Lazare, lugubre.

– Où est Jovo ?

Le vieux légionnaire était parti fumer des cigarettes sur son banc préféré, place de l'Ancien-Marché.

– Paul trouve que c'est nul chez nous parce qu'on n'a pas la Wii, reprit Lazare de son ton geignard.

– Mm, mm. Et où est Gabin ?

– Il dort.

– Meeerde !

La veille au soir, Sauveur avait prévenu Gabin qu'ils avaient rendez-vous à l'hôpital psychiatrique avec le médecin qui soignait sa mère. Il grimpa jusqu'au grenier, où Gabin dormait sur un matelas jeté au sol. Sauveur ne s'attardait jamais dans cet endroit où il s'asphyxiait très vite, étant allergique à la poussière.

– Gabin, debout ! Vite, on s'en va !

– C'est quoi, ce remake du *Titanic* ? fit le jeune homme d'une voix mourante.

– Mais le rendez-vous !

Sauveur fut pris d'une quinte de toux qui l'obligea à battre en retraite.

– Je t'attends dans la cuisine. Dans dix minutes, je pars sans toi.

Huit minutes plus tard, Gabin était dans la cuisine, les yeux éclatés, la tignasse en pétard.

– Papa, quémanda Lazare, vous m'emmenez avec vous ? J'ai peur tout seul dans la maison.

– Louise ne va pas tarder. Je ne sais pas ce qu'elle fabrique…

Il n'avait pas achevé sa phrase que Louise entrait, chargée de deux sacs de commissions, qu'elle posa sur la table de la cuisine avec un ouf d'effort.

– On file, lui dit Sauveur sans un mot de remerciement. On sera de retour pour déjeuner.

– Et quand tu auras fini de balayer l'âtre, tu laveras l'escalier, ajouta Gabin en imitant la marâtre dans *Cendrillon*.

Sauveur lui décocha un coup de poing dans

l'épaule, mais rattrapa sa muflerie envers Louise en bredouillant qu'il s'occuperait du repas.

Sa voiture était garée rue des Murlins, au débouché de la venelle. Tandis qu'il cherchait ses clés en fouillant toutes ses poches, Gabin remarqua à voix haute :

– Tiens ? Ken... Faut lui dire que Barbie vétérinaire n'habite pas là.

– Que quoi ?

À force de déconner, Gabin devenait obscur. D'un mouvement du menton, il désigna le perron du 12 où un jeune homme, brushingué et habillé comme le fiancé de Barbie, essayait d'entrer. Sauveur l'interpella du bas des marches.

– Mon cabinet est fermé aujourd'hui entre midi et quatorze heures.

– Monsieur Saint-Yves, je présume ?

Vu de près, le jeune homme était un quadragénaire à la silhouette adolescente. Son visage n'était pas inconnu à Sauveur, mais où donc l'avait-il vu ?

– Vous ne pouvez pas me recevoir ?

– Désolé, non.

L'homme donna un coup de pied inattendu dans la porte, et ce geste capricieux le révéla tout entier.

– Vous ne seriez pas monsieur Wiener ?

– Si, fit l'autre, nullement étonné d'être reconnu.

– Je vous croyais à Toronto.

Samuel avait dit à son psy que son père devait faire une tournée au Canada.

– Demain.

Wiener parlait du bout des lèvres et descendit les deux marches du bout des souliers. Aérien, dédaigneux. Sauveur se souvint de ce que lui racontait jadis sa nounou, qu'il fallait mettre trois grains de sel sur la queue d'un oiseau pour l'empêcher de s'envoler.

– Je vais voir une malade à l'hôpital, dit-il.

Wiener eut un frémissement d'épaules impatient. Avait-on besoin de lui parler de quelqu'un d'autre que LUI ?

– Mais je peux me libérer à 13 h 30 pour vous, ajouta Sauveur en insistant sur « pour vous ».

Wiener hésita, assez tenté de jouer les divas sur le mode : « C'est tout de suite ou rien. »

– Si vous n'avez pas déjeuné, poursuivit Sauveur, il y a une brasserie correcte au bout de la rue. L'Annexe.

Pourquoi lui parlait-il avec autant d'empressement ? Il avait donc tellement envie d'attraper l'oiseau ?

– 13 h 30, fit l'autre en tournant les talons, comme si c'était LUI qui avait fixé le rendez-vous.

Sauveur ne répondit rien, mais les mots « tête à claques » lui traversèrent l'esprit.

– Il voulait quoi, Ken ? questionna Gabin dans la voiture.

– Je le saurai à 13 h 30.

Ils restèrent silencieux jusqu'à l'hôpital de Fleury, où les reçut le docteur Agopian.

– Votre mère va mieux, dit-il à Gabin. Elle parle de vous. On va pouvoir envisager sa sortie.

Le visage de Gabin resta si inexpressif que le médecin lança un regard perplexe à Sauveur.

– Gabin se demande comment il va pouvoir faire face à la situation, dut lui expliquer Sauveur. Sur Orléans, il n'a pas d'autre famille que sa mère.

– Justement, fit le docteur, le ton réprobateur, il devrait être content.

Gabin était désespéré. Depuis des années, il vivait avec une personne – sa mère – dont le comportement était imprévisible. Il s'était trouvé un refuge dans le grenier des Saint-Yves, et on menaçait de l'en déloger.

– Ma mère est schizophrène, murmura-t-il.

– Qui vous a dit une chose pareille ? fit mine de s'indigner le médecin.

– Une infirmière en psychiatrie.

– Ah bon ? Et depuis quand les infirmières posent des diagnostics ?

– Mais elle est schizophrène ou pas ?

– Les choses ne sont pas binaires ! Schizo/pas schizo ! Nous avons stabilisé l'état de madame Poupard et elle supporte très bien son traitement. Vous pourrez vous en rendre compte si vous acceptez de la voir. Elle est en chambre 109.

Sauveur se mordillait l'intérieur des joues pour s'interdire d'intervenir. Sur le fond, le docteur Agopian avait raison, mais quelle nécessité de parler à Gabin sur ce ton querelleur ?

Lorsque Gabin poussa la porte de la chambre 109, la première chose qu'il vit, ce fut un singe. Un singe très effrayant, dont les babines retroussées montraient les dents. Il y en avait un sur le mur, un sur la table, un sur le lit.

– Je fais de la peinture, dit la voix de madame Poupard.

Son ergothérapeute l'avait encouragée à peindre ses hallucinations.

– Cool, parvint à murmurer Gabin.

– Bonjour, madame Poupard, la salua Sauveur en se plaçant devant sa chaise.

– Émilie, dit la voix.

– Oui, Émilie, bonjour. Vous vous souvenez de moi, Sauveur ?... C'est très beau ce que vous avez peint. Impressionnant, aussi.

– C'est l'homme au ouistiti.

Son regard restait dans le vague, sa voix ne semblait pas sortir de sa bouche.

– Il n'a pas l'air commode, le ouistiti, remarqua Sauveur. On dirait plutôt un babouin. Un babouin en colère.

– Très en colère, dit madame Poupard, et enfin elle regarda Sauveur dans les yeux.

Il en profita pour lui désigner son fils d'un mouvement de la tête.

– Gabin, dit-elle.

– Bonjour maman.

– Bonjour Gabin. Les médicaments, tu sais, les médicaments... ça ralentit.

Un silence.

– Je suis contente de te voir. On peut aller au cinéma si tu veux.

– Heu... pas tout de suite, fit Gabin en consultant Sauveur du regard.

– Non, pas tout de suite, admit madame Poupard. Ici, c'est l'hôpital. Il n'y a que la télévision. C'est à 16 heures, la télévision.

Elle essayait de faire la conversation.

– Et l'école ? dit-elle.

– Ça va, pas de problème, répondit Gabin. Et je crèche chez monsieur Saint-Yves.

– Le petit Jésus.

– Hein ? sursauta Gabin.

– La crèche.

– Ah ? Oui… La crèche du petit Jésus.

Pour ce qui était de déconner, il était battu. Sauveur lui fit signe de pousser le babouin pour s'asseoir sur le lit et lui-même prit un tabouret. Puis il expliqua à madame Poupard que Gabin dormait chez lui, qu'il s'entendait bien avec son fils de 9 ans, qu'il manquait encore parfois les cours au lycée, mais qu'il faisait des efforts. Madame Poupard paraissait écouter, hochant la tête, poussant un soupir, marmonnant des monosyllabes, oui, non, bon, ah ?

– Vous vous occupez bien de lui, dit-elle enfin. Il a de la chance.

Elle se tourna vers son fils.

– Tu as de la chance dans ton malheur.

Ce fut la phrase que Gabin emporta dans son cœur.

Sur la route du retour, Sauveur se rendit compte qu'il n'aurait pas le temps de déjeuner.

– Tu m'excuseras auprès de Louise ?

– Pas de souci. Je lui dis que tu préfères Ken.

Au moment où il se garait, Sauveur vit une Mercedes noire qui ralentissait au niveau du 12. André Wiener en descendit, laissant la voiture s'éloigner par la rue des Murlins. Il actionnait déjà le heurtoir en forme de poing quand Sauveur le rejoignit.

– Excusez-moi. J'arrive, fit-il en sortant son trousseau de clés. Permettez que je vous précède… La salle d'attente est de ce côté.

Sauveur avait pris un ton mondain, pensant se mettre au diapason d'un pianiste de renommée internationale.

– Je ne sais pas ce que vous imaginez, protesta Wiener, refusant d'entrer dans la salle d'attente. Je ne viens pas en consultation.

– Vous venez pour quoi, alors ? fit Sauveur, soudain abrupt.

– Pour que vous me parliez de Samuel. C'est votre… comment dit-on… patient ? C'est vous qui l'avez mis sur ma piste, non ?

Wiener avait une façon de parler très particulière. Il alternait des mots à peine formés, à peine compréhensibles, et d'autres, « patient » ou « piste » par exemple, qui sortaient de sa bouche comme une détonation. Sauveur hésita. Il aurait dû faire savoir à cet impertinent qu'un psychologue ne dévoile rien d'une thérapie. Mais l'oiseau s'envolerait.

– Entrez un instant, dit-il seulement.

Chaque patient, même si Wiener ignorait qu'il en était un, s'appropriait les lieux à sa façon. Le pianiste se planta devant la reproduction du *Voyageur contemplant une mer de nuages.*

– Je m'inquiète pour Samuel, dit-il, le dos tourné au thérapeute.

Sauveur aurait pu lui objecter qu'après quinze années d'absence, c'était un peu tard. Mais l'oiseau n'était pas encore dans la cage.

– Pour Samuel, répéta Sauveur, comme si l'homme du tableau entendait l'écho.

– Je n'aime pas ce prénom. C'est elle qui l'a nommé. Et elle n'a pas voulu que je reconnaisse mon fils.

– Cela vous a fait de la peine ?

Wiener pivota vers Sauveur en articulant « de la peine ? », comme quelqu'un qui retournerait un objet entre ses mains en se demandant à quoi il peut servir.

– Elle a disparu avec l'enfant, poursuivit-il, le

ton indifférent. Il avait… je ne sais plus… quelques mois.

– Vous avez oublié quand c'est arrivé ?

– J'étais à Moscou en train de passer des auditions. Une sorte de compétition entre jeunes prodiges. Je l'ai gagnée… Quand je suis revenu, l'appartement était vide. Line Cahen avait disparu. Avec le mobilier. Et avec mon fils.

– Vous l'avez recherché ?

– Le mobilier ? Non, j'en ai racheté.

Wiener ricana, puis s'assit, se coucha presque, dans le fauteuil, les jambes allongées devant lui.

– Fatigué, murmura-t-il en abaissant les paupières.

– Qu'est-ce qui vous inquiète pour Samuel ?

– Sa mère. Je l'ai un peu connue. C'est une femme possessive. Elle veut Samuel rien que pour elle. C'était la même chose avec moi.

– Avec vous ?

Après s'être un peu redressé dans le fauteuil, Wiener raconta comment il avait rencontré Line Cahen, serveuse dans une brasserie, lui, le jeune soliste surdoué. Sa mère venait de mourir, il était sans ressources financières, presque sur le trottoir. Elle l'avait recueilli, nourri, pris en charge.

– J'avais 22 ans, se justifia-t-il. Elle a voulu que je gagne ma vie en jouant du piano dans sa brasserie. C'était pour me surveiller. Jalousie pathologique.

– Vous lui donniez des raisons d'être jalouse ?

– Évidemment, répondit Wiener en se trémoussant dans son fauteuil pour se redresser tout à fait. Je couchais avec tout le monde.

Il adressa un sourire engageant à Sauveur.

– Quand je dis tout le monde, c'est VRAIMENT tout le monde. Il n'y avait que les autobus qui ne me passaient pas dessus.

Wiener n'avait-il pas bu un verre de trop à l'Annexe ? Il ajouta :

– Mais je ne suis pas venu ici pour parler de moi.

– Vous en êtes sûr ? fit Sauveur, qui regretta aussitôt sa question.

Il n'avait pas encore refermé la porte de la cage. D'ailleurs, Wiener jeta un regard vers la fenêtre.

– Mettons, laissa-t-il tomber.

– Mettons ?

– ... que je suis venu parler de moi. Cela vous intéresse ?

– Je suis psychothérapeute.

– Je vous intéresse ? insista Wiener.

– Mm, mm.

Sauveur remarqua alors le tic qui s'emparait du pianiste lorsqu'un trouble l'envahissait. Il clignait des yeux plus vite et plus fort. Ce qu'il fit à ce moment-là.

– Qu'est-ce que vous ressentez ?

– Ce que je ressens ?

– Tout de suite, vous éprouvez quoi ?

– Rien… Comment fait-on une thérapie ? Comment cela se passe ?

– Comme maintenant.

– *Just talking.*

– Oui, on parle.

– Ridicule.

Il se leva. Raté : l'oiseau s'échappait. Il s'approcha de la fenêtre, souleva le rideau et marmonna :

– Il est déjà là.

La Mercedes noire stationnait rue des Murlins. Wiener revint vers Sauveur, qui s'était levé à son tour.

– Vous êtes très grand, remarqua-t-il.

Sauveur le dominait de la tête et des épaules.

– Bien. Comment va-t-on s'y prendre ? dit Wiener à sa façon à la fois fébrile et dédaigneuse. Je pars en tournée, Toronto, Montréal. Une thérapie par Skype, c'est possible ?

Sauveur n'avait jamais été autant débordé par un patient.

– C'est possible.

Il donna son numéro de portable personnel et son adresse mail, que Wiener empocha comme si tout lui était dû.

– Vous pensez qu'on va s'entendre ? fit-il, clignant toujours plus vite.

– Je vous raccompagne. En principe, c'est 45 euros, la séance.

– Mais pour moi, c'est gratuit.

– Aujourd'hui, c'était un essai. Mais une thérapie n'a d'efficacité que si le patient la rémunère.

Sauveur ouvrit les portes l'une après l'autre, celle de son cabinet, celle de l'entrée, assez pressé de relâcher le drôle d'oiseau. Il lui serra tout de même la main, une main nerveuse, sèche, osseuse, précieuse main d'artiste, puis il le regarda s'éloigner vers la Mercedes. Il eut alors un petit choc. Un jeune homme blond – Antoine, sans doute – était appuyé au capot et lui lança un pur regard de haine. Qu'avait dit Wiener à propos de Line Cahen ? «Jalousie pathologique.» L'oiseau Wiener se faisait toujours prendre au même piège.

De l'autre côté de la maison, Louise avait aussi

fait une curieuse expérience durant la séance de Wiener. Elle avait servi le déjeuner à Jovo, qu'elle ne connaissait guère, à Gabin, dont elle ne savait rien, et à Lazare, qui était avant tout le copain de son fils. Une question la taraudait : Mais qu'est-ce que je fais là ? En fin de repas, Lazare eut une interrogation assez voisine.

– On fait quoi cet après-midi ?

– Moi, répondit Jovo, je pique un roupillon dans ma cambuse, puis je rafistole le biclou à ton père.

Lazare n'était jamais trop sûr du sens des mots qu'employait le vieux légionnaire, mais il comprit qu'il n'y avait rien d'intéressant dans son programme.

– On peut aller voir *Seul sur Mars*, proposa Gabin.

– J'ai lu une mauvaise critique dans *Télérama*, commenta Louise.

– Cool.

Louise décida de retourner chez elle finir l'article qu'elle avait promis au rédacteur en chef de *La République du Centre*. Quand elle se retrouva seule dans son appartement rue du Grenier-à-Sel, elle eut un coup de cafard. Elle venait de lire dans l'ascenseur un SMS de Paul, toujours en vacances chez sa grand-mère.

Vien me cherché. Axel et evan secoue la cage de

sergent et il veules prendre bidule dans leur mains. Nanou dit que je doit préter mes hamsters a mes cousin mais ils vont les tué! Je les détestes!!!

À quoi Alice avait ajouté un post-scriptum quasi crypté :

Nanou é tt le tps sur meetic. L x q j le c pa ☺ ah ah!!!

Après le départ de Wiener, Sauveur remonta le couloir et passa la porte-frontière qui séparait vie professionnelle et vie privée. Mais il trouva la cuisine déserte et, sur la table, un bristol avec ce message de la main de Louise :

Gabin et Lazare sont au cinéma.
Jovo fait sa sieste. Je retourne travailler chez moi.
À +

Sauveur s'éventa avec le carton. Plutôt sec, le petit mot. Louise avait fait à manger à ces trois messieurs, comme une employée de maison ou bien la cantinière du régiment, et elle n'était sans doute pas contente. Ça ne va pas, se dit Sauveur en mâchonnant le bord du carton, il faut faire autrement. La famille traditionnelle n'existant plus, on devait inventer du nouveau. Mais ça, c'était l'idée générale et difficile à mettre en œuvre à 14h20, quand le patient suivant vous attendait à 14h30. J'appellerai Louise ce soir, fut sa conclusion provisoire.

Au dîner, il retrouva les boys, comme il les appelait désormais. Jovo, Gabin, Lazare.

– Alors, ce film ? C'était bien ?

– Les Américains sont les plus forts. Ils font pousser des patates sur Mars, résuma Gabin, qui avait dormi les deux tiers du temps.

À la fin du repas, dans le respect de la discipline militaire, les boys débarrassèrent chacun leurs couverts et les mirent dans la machine à laver, passèrent l'éponge sur la table, le balai sur le carrelage, puis donnèrent quelques épluchures à Sauvé, le hamster de Gabin, et à madame Gustavia, le hamster de Lazare.

– Bonne nuit, chef, dit Jovo.

– Je serais partisan qu'on envoie tous les collégiens faire leur stage de troisième à la Légion étrangère, ça simplifierait la vie de famille, lui répondit Sauveur.

– Et vous savez pas la meilleure, dit Jovo, s'épanouissant sous les compliments, vos gars, ils se lavent à l'eau froide le matin !

Lazare, qui s'apprêtait à monter dans sa chambre,

un pied sur la première marche de l'escalier, bomba le torse en citant Jovo :

– « La douche froide, ça fait des hommes, 'fant de putain ! »

– Finalement, tous les parents n'apprécieraient peut-être pas, se rétracta Sauveur, emportant dans son lit sa lecture psy du moment, *« C'est psychosomatique », est-ce le bon diagnostic ?*

21 h 22, remarqua-t-il au cadran du radioréveil. Il savait qu'il devait s'excuser auprès de Louise. Mais il n'arrivait pas à trouver la bonne formule, quelque chose qui serait tendre et drôle. Il en venait même à se justifier : après tout, il avait préparé le dîner la veille au soir et elle ne l'avait pas remercié. Oui, bon, c'étaient des lasagnes surgelées. Tandis qu'il débattait en lui-même, son téléphone sonna.

– Louise ?

– Écoute, je suis désolée pour le petit mot sur la table. C'était pas très sympa…

C'était elle qui s'excusait.

– Mais non, Louise, c'est moi, le gros macho mal élevé ! Je t'ai laissé t'occuper des boys comme si c'était naturellement ta place… Tu n'es pas à l'aise chez moi, et c'est normal. C'est un lieu sans âme. Il n'y a même pas un canapé pour lire ou, tu sais ?

ce truc bourgeois qu'on appelle « le coin salon ». C'est la maison d'un homme des bois !

Elle riait tandis qu'il faisait son autocritique. Une heure plus tard, ils riaient encore tous les deux au téléphone, tellement contents de ne pas être fâchés.

*
* *

Blandine était en avance ce mercredi et, pour s'occuper dans la salle d'attente, elle sortit le cahier petit format qu'elle venait de s'acheter à Carrefour, un cahier de dessin de 24 feuillets blancs. Avec un stylo-feutre fin d'un bleu turquoise, elle écrivit :

Tentative

Maman déteste papa
Papa déteste maman
Ma sœur est morte deux fois
Ils appellent ça des TS
Une TS pour papa, une TS pour maman
La psy a dit : c'est des SOS
Moi, je dis : ma sœur, elle meurt vraiment

La porte s'ouvrit, la sortant de sa transe poétique.

– Blandine ?

Elle ferma le cahier si vite que Sauveur ne put s'empêcher de remarquer :

– Top secret.

Blandine approuva en s'asseyant face à lui :

– Oui. Comme je peux rien dire, j'écris.

– Tu ne peux rien dire ?

– Je peux pas dire ce que je pense.

– Même ici ?

– Pour que tu ailles cafter ? Hein, le coup des bonbons Haribo ?

Sauveur, s'étant aperçu que Blandine ne se nourrissait que de sucreries, avait alerté sa mère, madame Dutilleux, contre les risques d'un tel régime alimentaire.

– On s'en est expliqués, Blandine, j'ai seulement dit à ta mère…

– Oui, oui, t'es un traître.

– Donc, tu es en colère contre moi.

Il avait pour habitude d'exprimer à haute voix les sentiments de ses patients, quitte à être détrompé.

– Je suis en colère contre tout le monde, bougonna Blandine.

– J'espère qu'on va rester copains. Je ne connais pas beaucoup de gens aussi fun que toi.

– Oh, le gros démago !

Du haut de ses 12 ans, Blandine déjouait toutes les manœuvres de manipulation.

– Et vous savez quoi ? dit-elle, pliant une jambe sous elle et changeant de ton. Je mange des bonbons empoisonnés maintenant.

– Des bonbons empoisonnés ?

– Vous devinez pas ?

– Des médicaments ?

– Gagné.

Monsieur Carré, le père de Blandine, l'avait conduite chez le docteur Pincé, qui lui avait diagnostiqué « un TD je sais pas quoi ».

– TDAH, trouble déficitaire de l'attention avec hyperactivité, énonça Sauveur.

– Voilààà. Hyperactivité. Il paraît que ça va me calmer, leurs bonbons.

– Mm, mm.

– Je te montre ce que j'écris ? proposa-t-elle, oubliant que c'était secret.

Elle lui tendit son cahier ouvert à la première page, et Sauveur lut à mi-voix : *Tentative, maman déteste papa, etc.*

– Ta sœur meurt vraiment ? questionna-t-il en lui rendant le cahier.

– C'est pour la rime avec maman.

Puis changeant de direction sans mettre de clignotant :

– La psy de ma sœur propose qu'on fasse une thérapie familiale.

– Qu'est-ce que tu en penses ?

– Moi, je pense qu'on se soigne, Margaux et moi, mais c'est nos parents qui sont malades.

– D'accord, marmonna Sauveur, toujours aussi décontenancé devant la lucidité de sa jeune patiente.

– Tu es d'accord avec moi ?

– Je suis d'accord pour t'écouter. Mais… en fait, je suis assez d'accord avec toi. D'accord au sens de d'accord.

– T'es un peu embrouillé aujourd'hui.

– Un peu, oui… Et comment ont réagi tes parents à la suggestion de la psy ?

– Papa est contre. Maman est pour, évidemment.

– Évidemment ?

– Parce qu'elle veut faire une thérapie familiale avec toi. Mais toi, tu voudras pas.

Ils se mesurèrent du regard. Sauveur comparait Blandine à un lutin pointu, piquant, un rien diabolique.

– Pourquoi je ne voudrais pas ?

– Devine, devine !

– Tu me fatigues avec tes devinettes.

– Elle est pas amoureuse de toi, peut-être ?

Sauveur se recula au fond de son fauteuil sous l'effet de la surprise.

– Qui ça ?

– Mais ma mère !

Madame Dutilleux était venue voir Sauveur à deux ou trois reprises dans des tenues provocantes. Or, rien n'échappait à la perspicacité de Blandine.

– Il faut que je t'explique quelque chose, lui dit Sauveur de sa voix la plus professionnelle.

Croisant les bras, Blandine prit un air de grand intérêt (ou de foutage de gueule).

– Dans une thérapie, il se passe quelque chose qui s'appelle le transfert. Les patients se servent du psy comme d'un portemanteau. Ils l'habillent comme papa, comme maman, ou un frère, une sœur, et ils revivent avec lui d'anciennes histoires d'amour et de haine sans en être conscients. Ils s'imaginent que le psy…

– Le psy en portemanteau, interrompit Blandine en sautillant sur son siège.

– Oui, les patients s'imaginent que leur psy-portemanteau les aime ou les méprise ou veut leur faire du mal, etc. Ils rejouent avec lui des scènes du passé. Le psy doit alors les aider à comprendre qu'il faut se débarrasser de ces vieilles histoires et aussi pardonner à ceux qui les ont blessés, pour vivre libres.

Blandine avait abandonné son air narquois pour écouter vraiment.

– C'est bizarre, dit-elle. Et ça marche ?

– En tout cas, c'est une route pour devenir plus indépendants, plus heureux de vivre.

– C'est dommage que c'est que pour les adultes, remarqua Blandine.

– Mais pas du tout. Je suis aussi ton psy-portemanteau.

– Ah bon, quand ?

– Quand, par exemple, tu dis que tu veux m'épouser.

– Mais c'est pour rigoler, fit-elle en rougissant tout de même.

– Quel vêtement tu me fais porter à ce moment-là, Blandine ? Pas celui de ton futur mari puisque, comme je te l'ai dit, ce sont toujours des vieilles histoires. Alors, qui suis-je pour toi ?

Le visage de Blandine s'était obscurci. Elle fronçait les sourcils, baissait le front, affrontant la tourmente intérieure.

– Avant, dit-elle.

– Avant ?

– Avant, papa était gentil. Il me faisait des tartines de Nutella, et le soir il me lisait des histoires au lit.

C'était avant le divorce, avant que les parents se détruisent sous les yeux effarés de leurs filles. Blandine se souvenait de ce temps où elle était la petite fille de papa. Secrètement amoureuse de lui. Et blessée désormais. Sauveur lui tendit sa boîte de Kleenex.

– Maintenant, dit-elle après s'être mouchée, mon père, c'est un gros connard. Et ça, ÇA, je vais l'écrire dans mon cahier.

Après le départ de Blandine, Sauveur s'assit à son bureau et regarda les deux photos encadrées qu'il y avait récemment posées, celle de Louise, celle de son fils, comme une double protection. Il n'avait pas parlé à Blandine du contre-transfert, c'est-à-dire des sentiments que le psy peut éprouver en retour. Non seulement madame Dutilleux l'avait provoqué, mais il avait été troublé. Il s'apprêtait à se relever pour chercher son patient suivant en salle d'attente quand le téléphone sonna. Dans un premier temps, comme il refusait de prendre l'appel, le répondeur se déclencha et commença d'enregistrer le message du correspondant. Sauveur tendit brusquement le bras.

– Oui ?

– Ah, monsieur Saint-Yves ! C'est Marianne.

– Marianne ?

– Dutilleux. Vous ne savez pas que Marianne est mon prénom ?

– Si, si. Que puis-je pour vous ?

– C'est au sujet de Blandine.

Madame Dutilleux – Marianne, donc – avait appris que Blandine, chez son père pour la moitié des vacances, avait eu un rendez-vous avec une psychiatre.

– Je vais récupérer l'ordonnance ce soir, ajouta madame Dutilleux. Je voudrais vous la montrer. Je sais que vous n'êtes pas favorable à un traitement médicamenteux. Est-ce que je peux passer demain entre deux rendez-vous ?

Sauveur jeta un coup d'œil sur son agenda plein de trous et choisit le dernier créneau.

– 18 h 15, dit-il.

– Merci, c'est gentil. À demain.

Dans chaque mot, même celui de « gentil », madame Dutilleux semblait glisser une intention. Son « à demain » avait des allures de complot. Mais transfert, contre-transfert, je gère, croyait Sauveur Saint-Yves.

Alice, elle, aurait bien aimé être transférée de Montargis. Elle n'en pouvait plus des hamsters et des criailleries de mômes.

– Les garçons, c'est vraiment une erreur de la nature, déclara-t-elle ce jeudi matin à sa grand-mère, et j'ai que des garçons autour de moi.

Elles prenaient ensemble leur petit déjeuner, profitant de ce que Paul, Axel et Evan dormaient encore.

– En plus de Paul, énuméra Alice, mon père m'a collé un demi-frère. J'ai deux cousins. Le copain de ma mère a un fils.

Nanou, qui avait commencé par rire de la tirade anti-mâle de sa petite-fille de 13 ans, resta un instant figée par la surprise.

– Ta mère a un copain ?

– Ah bon ? Tu… tu savais pas ? bredouilla Alice, se demandant si elle n'avait pas fait une boulette.

Nanou secoua la tête, l'air contrarié, et Alice en déduisit que sa grand-mère désapprouvait son ex-belle-fille.

– Comment il est ? questionna-t-elle.

– Euh… bien, répondit Alice, optant pour le mode sous-développé mental.

Mais Nanou, ne s'avouant pas vaincue, déroula le questionnaire Meetic.

– Il a quel âge ? Il fait quoi comme métier ? Il aime le sport, le cinéma ? Il est divorcé ?

Alice, toujours bafouillant, attribua à Sauveur l'âge de pas très vieux, le métier de psytruc, et un statut de comment c'est quand ta femme est morte ?

– Veuf, dit Nanou. C'est incroyable qu'on ne me tienne au courant de rien !

« On », c'était son fils, Jérôme. Si Nanou était contrariée, c'était parce que cet imbécile n'avait pas compris que Pimprenelle, cette gamine de 26 ans, n'était qu'une amourette, et Louise, la femme qu'il lui fallait.

– Comment ta mère a fait la connaissance de son psytruc ?

– C'est le père d'un copain de Paul.

– Ah oui, bien sûr !

Les sorties d'école : excellent terrain de chasse pour les parents. Les deux tiers des couples cassent entre le CP et le CM2.

– Et comment il s'appelle ?

– Sauveur. C'est un drôle de prénom… et le nom de famille, c'est Saint-Yves.

– Sauveur Saint-Yves. C'est magnifique !

Si Nanou l'avait trouvé sur AdopteUnMec.com, elle l'aurait tout de suite mis dans son panier.

– Physiquement, il est comment ?

Depuis le début de l'interrogatoire, Alice avait la certitude qu'elle ne devait pas dire que Sauveur était noir. Elle n'avait aucune raison de penser que Nanou était raciste. Mais elle redoutait quand même une réaction qui ne lui plairait pas.

– Il est grand.

– 1,80 mètre ? s'enquit Nanou, qui rejetait tout profil indiquant une taille inférieure.

– Plus. C'est le genre basketteur.

Mais pourquoi je dis ça ? paniqua intérieurement Alice. Ça fait joueur noir de la NBA.

– Ou rugbyman.

– Donc, un sportif, la quarantaine, profession libérale, résuma Nanou, de plus en plus séduite. Il a encore ses cheveux ?

– Oh oui !

Sauveur tondait très court ses cheveux crépus.

– Il te fait penser à un acteur, un chanteur ? C'est pour que je me fasse une idée…

Ne pas dire Omar Sy, ne pas dire Omar Sy, se répéta Alice. Elle fut sauvée par l'irruption de son frère, un hamster sur l'épaule. Nanou fit «chut» avec un tapotement complice sur la main de sa petite-fille. Alice la laissa aux prises avec trois garçons de 9, 7 et 5 ans ou, pour dire les choses de façon plus juste, elle laissa son frère Paul gérer ses deux immondes cousins qui voulaient tripoter des hamsters, tandis que Nanou, Rosie2000 sur Meetic, tripotait son clavier à la recherche d'un «homme ayant vécu, mais attendant encore de belles choses de la vie».

Alice se réfugia sur son lit. Être la seule fille au milieu de garçons lui permettait de bénéficier partout d'une chambre personnelle. Elle avait aussi depuis le début de ces vacances un iPhone 6s à 700 boules, que son père lui avait offert. Sa mère serait folle quand elle l'apprendrait, et la probabilité qu'elle le confisque, quand Alice serait de retour rue du Grenier-à-Sel, était assez élevée. Jérôme poussait la fille contre la mère, se réservant le rôle du papa cool qui comprend les ados.

Alice commença la matinée par une visite sur son Facebook. Elle l'avait inauguré le jour même de ses 13 ans, et l'agrémentait, quand elle était chez son père, de vidéos de Bidule et Sergent. Elle les détestait, mais les deux hamsters de Paul déclenchaient un déluge de like. Ce matin, Alice trouva un message sur son mur, lui apprenant que le vote sur « Qui est Ella K ? » s'était conclu par 140 voix en faveur de travelo et seulement 32 pour gouine, soit 172 imbéciles qui avaient participé. Alice s'abstint de liker. Elle en avait parlé avec sa mère, qui lui avait dit que c'était du cyberharcèlement. Mais elle savait qu'elle ne ferait aucune critique aux harceleuses, qui étaient aussi ses amies depuis la fin de l'école primaire. Si elle les perdait, elle se retrouverait seule en classe, à la cantine, dans la cour, durant les trajets. C'était impensable, et Alice évita d'y penser en allant voir le clip d'Amy Winehouse, *Back to Black*, puis elle eut envie d'une vidéo d'ourson au zoo de Berlin, puis elle cliqua sur celle du broyage de poussins dans un couvoir du Finistère, puis, horrifiée, elle revint à un live d'Amy à Madrid, *You Know I'm No Good*, puis… elle traîna toute la matinée sur YouTube, comme un petit vieux traîne son ennui en pantoufles et robe de chambre.

Sauveur était tenu de faire preuve de plus de dynamisme ce jeudi matin, même s'il n'aimait pas plus que ses patients adolescents devoir se lever de bonne heure. Mais monsieur et madame Gonzales n'étaient disponibles qu'à 7h30. Ils s'assirent sur le canapé avec un bel ensemble, elle, vingt kilos de trop, lui, malingre et bouffé par la vie. Ils se mirent à parler comme deux automates bien remontés.

Elle : C'est le docteur Dubois-Guérin qui nous a donné vos coordonnés.

Lui : Il suit nos enfants sur le plan médical.

Elle : On en a trois.

Lui : Ambre a 13 ans, elle est en quatrième. Quelques difficultés en technologie, mais pour le reste, ça va. 18,2 de moyenne générale l'année dernière.

Elle : Ysé a 3 ans et demi. La maîtresse en est contente, mais elle fait encore certaines lettres à l'envers.

Lui : Le S.

Elle : Oui, le S.

Les deux : Mais le gros, gros problème…

Lui : … c'est Melvin, qui est en CM2. Il dit qu'il veut « vider les éviers bouchés »…

Elle : … comme métier quand il sera grand.

Sauveur profita de ce que les projets professionnels de Melvin plongeaient ses parents dans la consternation pour se glisser dans leur duo.

– Il veut être plombier ?

Monsieur et madame Gonzales acquiescèrent en silence, puis partirent de plus belle sur les difficultés de Melvin qui avait, dès le CP, dévoilé son effrayant profil ascolaire. Monsieur Gonzales tendit un papier grisâtre à Sauveur.

Lui : Regardez, regardez son livret. Que des AR et des NA !

Elle : Vous pouvez le garder. C'est une photocopie. On en a fait d'autres.

À croire qu'ils les distribuaient partout où ils allaient. Les AR, compétences à renforcer, et les NA, compétences non acquises, concernaient des objectifs tels que : *« Orthographier correctement un texte simple lors de sa dictée en se référant aux règles connues d'orthographe et de grammaire. »*

– Melvin a un A, une compétence acquise, en sciences expérimentales et technologie, positiva Sauveur qui lut à voix haute : *« Maîtriser des connaissances dans divers domaines scientifiques et les mobiliser dans des contextes scientifiques différents. »*

On avait du mal à croire qu'on parlait d'un enfant de 10 ans.

Lui : Oui, mais regardez, regardez les observations de l'enseignante en page 4 du livret !

La maîtresse, madame Vernouillet, avait écrit :

« Melvin a des capacités qu'il n'exploite pas, il n'écoute jamais les consignes, rêvasse et couvre même ses cahiers de petits dessins ! Son manque de motivation et sa "désinvolture" sont un mauvais signal pour ses camarades de classe. »

– Mm, mm, fit Sauveur en rendant le document à la maman.

Elle : Non, non, gardez-le, gardez-le.

Lui : On ne sait plus quoi faire, on l'a déjà privé de télévision, de jeux vidéo, de bricolage avec son papy…

– De bricolage avec son papy ? releva Sauveur. C'est papy qui sait vider les éviers bouchés ?

Mais tout comme leur fils, les parents Gonzales n'écoutaient pas.

Elle : On tombe de haut avec Melvin ! Parce que sa sœur, c'est tout le contraire.

Lui : Elle veut réussir, elle se met la pression toute seule.

Elle : Même un peu trop parce que, dans les périodes de contrôle, elle doit prendre des somnifères.

Sauveur : Des somnifères ?

Elle : Pour dormir.

Sauveur : Oui, j'avais compris. Mais vous trouvez normal qu'on prenne des somnifères à 13 ans ?

Les deux, *avec un soupir*: C'est le stress, ça.

Ils considéraient donc la chose comme normale.

Elle: Ysé, c'est encore différent, il lui faut des petits remontants.

Sauveur: Elle est fatiguée?

Elle: Je suis obligée de la lever à 6h30 pour la déposer à 7h30 à la garderie périscolaire avant d'aller travailler.

Lui: Et moi, je la reprends à 18 heures.

Sauveur: 7h30-18 heures. Quel âge m'avez-vous dit? 3 ans?

– Et demi, précisèrent les parents en échangeant un regard gêné.

Elle: C'est sûr que le matin je dois l'habiller de force. Elle ne bouge plus trop.

Sauveur: Elle ne bouge plus trop?

La fillette était amorphe au réveil, elle ne pouvait même pas mâcher une tartine, elle buvait donc un biberon, puis emportait sa tototte et son doudou dans la voiture pour dormir encore dix minutes. Elle était ensuite déposée, plus morte que vive, sur les coussins de la garderie, où son papa la récupérait le soir au même endroit, dans le même état.

Lui: Sa maîtresse nous conseille de consulter un psychomotricien.

Sauveur, *surpris* : Un psychomotricien ?

Elle : À cause du S à l'envers.

Lui : Ça pourrait la handicaper au CP.

Sauveur eut envie de leur dire : si elle tient jusque-là. Ysé était à deux doigts du burn-out, ce syndrome d'épuisement des cadres supérieurs.

– Bien, on va sérier les problèmes. Jeudi prochain, vous venez avec votre fils, proposa-t-il à monsieur et madame Gonzales.

Il fallait d'abord sauver Melvin. On avait besoin de plombiers.

Pendant sa journée de consultations, Sauveur garda en ligne de mire son rendez-vous de 18 h 15. Il ressentait un mélange d'impatience et d'appréhension. La dernière fois qu'il avait reçu Marianne Dutilleux dans son cabinet, elle portait une robe courte, moulante, décolletée, et il s'était efforcé de la regarder tout le temps dans les yeux. Transfert, contre-transfert, je gère.

– Entrez, madame Dutilleux.

– Bien cérémonieux, remarqua-t-elle en riant. Bonsoir, vous allez bien ?

Sauveur nota avec soulagement qu'elle était habillée d'un jean et d'une veste cintrée. Il prit d'abord des nouvelles de Margaux.

– Elle quitte l'hôpital ce week-end. Elle veut retourner dans sa classe de seconde européenne.

La jeune fille, qui avait longtemps tenu cachées ses pratiques scarificatrices, était restée jusqu'à ses 14 ans une excellente élève, par ailleurs violoncelliste au conservatoire et très bonne cavalière. Mais elle s'était effondrée après sa première tentative de suicide, renonçant au sport, à la musique, puis refusant d'aller en cours.

– Monsieur Carré me rend responsable de la situation, conclut Marianne.

Après douze ans de vie commune et deux enfants, elle appelait son ex-conjoint « monsieur Carré ».

– Et donc Blandine ? interrogea Sauveur.

– Je vous ai apporté l'ordonnance. Au passage, je trouve scandaleux que monsieur Carré ait pris ce rendez-vous chez une psychiatre sans m'avertir.

Elle tendit à Sauveur un papier à en-tête du docteur Pincé.

– Mm, mm, marmonna-t-il. Ritaline, deux fois par jour. Classique.

– Oui, mais qu'est-ce que vous en pensez ?

Il lui était difficile de s'opposer à quelqu'un de plus qualifié que lui. Un VRAI médecin, comme disaient ceux qui doutaient de son efficacité de psychologue.

– Le traitement est approprié… si Blandine est hyperactive.

– « Si »… Allez, lâchez-vous un peu, vous ne croyez pas que Blandine est TDAH, le bouscula Marianne Dutilleux. De toute façon, j'ai une collègue qui est allée consulter cette psychiatre. Elle veut mettre tout Orléans sous camisole chimique !

Marianne faisait cliqueter ses bracelets et ses longues boucles d'oreilles tout en parlant, presque aussi agitée que Blandine.

– Je sais ce que monsieur Carré veut démontrer : que je rends mes filles malades et qu'on doit m'en retirer la garde. Parce que je suis « toxique » ! Il a engagé une action contre moi, et je suis convoquée devant le juge aux affaires familiales le mois prochain.

– Vous avez pris un avocat ?

– Oui, mais lui, il a embauché le meilleur sur la place et il monte un dossier épais comme ça contre moi !!

– Mais qu'est-ce qu'il peut vous reprocher, Marianne ?

Il utilisait le prénom de madame Dutilleux pour la première fois dans l'intention de lui apporter un peu d'empathie. Transfert, contre-transfert, etc.

– Mais il peut se servir de tout contre moi, reprit-elle, même de mes difficultés au travail.

Elle était prof de français en lycée professionnel et, depuis cette rentrée, elle avait du mal à assurer les cours.

– Ce n'est pas un argument valable pour vous retirer vos filles, objecta Sauveur.

– Non, bien sûr, mais…

– Il y a quelque chose que vous ne me dites pas, Marianne.

Elle se mit à faire tourner autour de son poignet un bijou de sa fabrication, qui était en fait une fourchette.

– Ce que vous direz ici ne sera pas répété, vous le savez.

– Oui, fit-elle avec un soupir de détresse. Mais c'est si difficile de… Ça remonte à la naissance de Margaux.

Madame Dutilleux avait eu une grossesse pénible et un accouchement au forceps, puis la fièvre, une fièvre potentiellement mortelle, s'était emparée d'elle, et seule une dose massive d'antibiotiques l'avait sauvée de la septicémie.

– Quand je me suis retrouvée toute seule à la sortie de la clinique avec le bébé, j'étais épuisée, vidée, triste. Je ne sentais rien là…

Elle montra son ventre.

– Je n'avais pas la force, pas l'envie... Margaux pleurait beaucoup, elle confondait le jour et la nuit. Son père n'était jamais à la maison, débordé par son travail d'huissier. D'après lui, je n'avais que ça à faire : m'occuper du bébé ! Il ne comprenait pas pourquoi j'étais fatiguée. En somme, j'étais en vacances !

Elle eut un rire douloureux.

– Vous faisiez une dépression post-partum, lui dit Sauveur.

– Mais oui, et c'est ce qu'il m'a reproché en faisant semblant de me plaindre. La pauvre petite chose, elle fait une dépression. Et même : elle EST dépressive. Ah ça, tout le monde a été mis au courant, la famille, les amis, les collègues. Pendant des années, j'ai eu droit à des « Comment ça va en ce moment ? » avec des regards apitoyés. Il m'avait bien arrangé le portrait ! Et c'est ça qu'il va resservir au juge, que je suis une grande malade, incapable de prendre mes filles en charge !

– Il n'aura pas gain de cause, Marianne, fit Sauveur en lui tendant la boîte de Kleenex.

– Je ne sais pas. Avec Margaux à l'hôpital et Blandine sous traitement, c'est comme si toute la société me montrait du doigt : regardez cette mauvaise mère, elle n'y arrive pas !

Elle essuya deux larmes au coin de ses yeux.

– Je dois vous avouer, Sauveur, que par moments je voudrais que tout ça s'arrête, qu'on me décharge de mes responsabilités. Je voudrais vivre un peu pour moi. Tout ce gâchis qu'a été ma vie jusque-là. Est-ce que je n'aurai jamais le droit à autre chose ?

– Mm, mm.

Elle tendait les mains vers lui, elle le suppliait du regard. Oui, elle voulait autre chose. De l'aide, de la compassion. De l'amour. Il se leva de son fauteuil.

– Je vais prendre contact avec le docteur Pincé et lui faire part de mes réserves au sujet du traitement de Blandine.

Marianne se leva à son tour, étonnée que la séance tourne court. Il n'y eut aucune préméditation dans ce qui se passa ensuite. Elle pâlit, ses mains devinrent moites, et elle vacilla. Sauveur la soutint à temps et l'aida à se rasseoir sur le canapé.

– Ça va ?

Il s'assit à côté d'elle.

– Juste un étourdissement. Ce n'est rien. J'ai sauté le repas de midi…

Leurs bras se frôlaient. Elle leva le visage vers lui. Joli visage de femme désemparée. Ce fut très vite fait. Incontrôlé. Transfert, contre-transfert, je gère… rien du tout. Il l'avait embrassée. Ou c'était elle. Mais il prit la faute sur lui. Il se recula en bafouillant :

– Je ne sais pas ce qui m'a pris. Je vous fais mes excuses.

Depuis le début de leur relation thérapeutique, ils étaient attirés l'un par l'autre, et Sauveur le savait. Il se leva, atterré par ce qu'il venait de faire. Il imaginait déjà les conséquences pour Blandine. Il ne pourrait plus la soigner puisqu'il devrait mettre un terme à toute relation avec sa mère. Madame Dutilleux, remise de ses diverses émotions, parvint à se relever sans l'aide de Sauveur, qui s'était écarté.

– Je vous réitère mes excuses, fit-il, la voix altérée.

– Ce n'est pas un drame, répondit-elle, les joues en feu.

Il fit un petit signe de tête comme pour la remercier de son indulgence.

– Je vous raccompagne.

Il la reconduisit jusqu'à la porte d'entrée.

– Bonsoir.

– Bonsoir.

Il poussa le verrou derrière elle et resta un moment immobile dans le couloir.

– Meeerde.

Il revint dans son cabinet de consultation, regarda l'heure à l'horloge ronde qui rythmait ses journées. 18 h 35. Jeudi 22 octobre 2015. Il venait de faire une des plus grosses conneries de sa carrière. Son téléphone personnel décida alors de sonner, lui tirant son petit tchip antillais de désapprobation.

– Wiener, fit une voix lasse. Un Skype dimanche à 22 heures, et c'est moi qui appelle ?

– Heu, je, oui, bredouilla Sauveur, une fois de plus débordé.

Ce soir-là, au dîner, il annonça aux boys qu'il avait décidé d'acheter une télévision et une Wii.

– Hein ? J'y crois pas ! s'exclama Lazare.

Sauveur haussa une épaule : il n'était plus à une connerie près. Il exposa son projet d'un coin salon dans la véranda, et Jovo lui fit remarquer que tout ça allait lui coûter bonbon.

– Mais je connais un ancien para qui est à Emmaüs. Il peut vous dégotter un canapé pour moins de 100 euros.

– On ira samedi, promit Sauveur. Et dans la foulée, on passera chez Darty.

Ce week-end devait donc marquer l'entrée du 12 rue des Murlins dans l'ère du loisir de masse.

*
* *

Louise s'apprêtait, ce samedi matin, à vivre une semaine sans loisirs du tout puisqu'elle récupérait ses enfants. Elle avait pris l'habitude de cette alternance d'une semaine sur deux qui, aux premiers temps de son divorce, la désolait tellement. Elle se récriait qu'elle n'avait pas demandé à être une mère à temps partiel. Mais désormais, comme l'homme de Rosie2000, elle «attendait encore de belles choses de la vie».

– Maman ! Maman !

À peine avait-elle fait trois pas dans l'allée de gravillons qui conduisait chez Nanou que Paul se jeta dans ses bras.

– Ouf, on s'en va ! lui dit-il. Tu sais, ils sont HORRIBLES !

C'étaient les cousins, bien sûr.

– Laisse-moi arriver, Paul, le raisonna sa mère. On ne part pas dans la minute. Nanou va sûrement nous retenir à déjeuner.

– Mais elle s'en fout de nous, Nanou. Elle est tout le temps sur Meetic.

– Chut, chut, dit Louise, posant la main sur la bouche de son fils pour qu'il se taise, car la porte du pavillon venait de s'ouvrir.

– Bonjour Louise ! s'écria Nanou depuis le seuil. Mais tu fais toute jeunette dans ce manteau rouge !

Louise avait toujours trouvé plus de cordialité chez sa belle-mère que chez sa propre mère, et Nanou n'était pas avare de compliments.

– Ce n'est pas possible, tu t'es fait un lifting ! On ne te donnerait pas plus de 30 ans ! Entre, ma chérie, entre. Il fait un vent aujourd'hui !

Nanou ne voulait pas être décoiffée, car elle avait une *date* en fin d'après-midi avec **Jean-Étienne, 65 ans, beaucoup de classe, à ce qu'on dit.**

Louise avait vu juste : le déjeuner était prévu. Poulet rôti-pommes de terre rissolées de chez le traiteur, fraisier de chez le pâtissier. Rosie2000 indiquait dans son profil : **aime la bonne cuisine**, sans préciser que c'était celle des autres.

– Alice ! Alice ! appela-t-elle à tue-tête. Ta maman est là !

– Tu crois qu'elle va faire des bonds de joie ?

demanda Louise, se dépêchant de rire comme on ajouterait un smiley.

– Ma pauvre, c'est l'âge, ça, fit Nanou. Remarque, elle n'est pas embêtante. On ne la voit pas de la journée. Alors, raconte, raconte…

Elle attira Louise dans un coin du salon et, à mi-voix, lui demanda comment allait Sauveur. Louise se sentit mal à l'aise et bredouilla :

– C'est… c'est Paul qui t'en a parlé ?

– Non, c'est Alice.

Louise se sentit encore plus mal à l'aise. Alice ne lui avait jamais dit avec précision ce qu'elle pensait de Sauveur.

– Il est psy, c'est ça ? insista Nanou, qui voulait des détails.

– Psychologue clinicien, articula Louise, espérant faire impression.

– Et c'est du sérieux ? Je veux dire : vous allez vous installer ensemble ?

– On en parle.

Louise s'aperçut en faisant cette réponse que le projet d'une famille recomposée était devenu vague. Jovo et Gabin semblaient avoir pris la place d'Alice et Paul rue des Murlins.

– Tu as une photo ? la harcela Nanou.

Louise en avait plusieurs sur son téléphone, et comme elle était très fière de sa conquête, elle n'hésita pas à en chercher une où Sauveur serait mis en valeur. Par exemple, celle-là, où il donnait la main à Lazare et Paul.

– Voilà, dit-elle en tournant l'écran vers Nanou, qui en eut le souffle coupé.

– C'est le… ? Il est… ?

Louise éclata de rire.

– Alice ne t'a pas dit qu'il était antillais ?

– Mais non, oh, mais quelle bécasse ! répliqua Nanou, prise de fou rire, elle aussi. Attends, attends, je vais chercher mes lunettes.

Elle voulait le voir de plus près.

– Il a l'air très grand ! Et costaud, apprécia-t-elle. Tu n'as rien en gros plan ?

Louise fit défiler ses photos. Sauveur ne prenait pas facilement la pose.

– Oh, là, ce sourire ! s'extasia soudain Nanou, serrant le bras de Louise pour lui communiquer son enthousiasme. C'est le sourire d'Omar Sy. Non mais, comment tu as fait pour tomber Omar Sy ?!

L'appétit de vivre de Nanou étant communicatif, Louise dévora son poulet-fraisier.

– Tu sais quoi, maman ? fit Paul, sur la route du retour. Papa a donné un iPhone 6s à Alice.

Alice, qui était sur le siège avant de la voiture, se tourna d'un bloc vers son frère.

– Tu as besoin de cafter, toi ?

– Un iPhone, répéta Louise, serrant son volant tout autant qu'elle serrait les dents.

– Dans ma classe, tout le monde en a un, dit Alice, dont c'était l'argument définitif.

– Tu en parleras avec Sauveur. Je ne crois pas qu'il trouve ça formidable pour les gens de ton âge.

– Oui, ben, c'est pas mon père.

Autre argument définitif.

– Je te parlais de Sauveur en tant que psy, voulut résister Louise.

– Oui, ben, c'est pas mon psy.

– Quand est-ce qu'on va voir Lazare ? demanda Paul avec son sens de l'à-propos.

– Demain, lui répondit sa mère.

– Mais on peut JAMAIS être tranquille ! ragea Alice.

– J'allais le dire, soupira Louise, qui eut besoin de repenser à tous les compliments de Nanou pour retrouver sa sérénité.

Rue du Grenier-à-Sel, l'appartement, si calme la semaine précédente, s'emplit soudain de linge sale, de cages de hamsters et de disputes. Alice fit savoir qu'elle avait reçu un SMS de Selma, l'invitant à passer le dimanche chez elle. Sa mère céda sans livrer bataille, ce qui, curieusement, ne fit pas plaisir à Alice. Le dimanche matin, Paul voulut emporter les deux cages chez son copain Lazare.

– Ah non, non, s'opposa Louise. Pour un après-midi, tu laisses les hamsters chez nous.

– Mais maman, c'est nul chez Sauveur ! pleurnicha Paul. On fait des découpages et de la balançoire !

– Tu ne vas pas vouloir faire la loi, toi aussi ? J'ai dit non, et c'est non.

De cette ferme opposition, Alice tira la bizarre conclusion que sa mère lui préférait son frère, si bien que, lorsqu'elle fut déposée devant la maison de Selma, elle avait l'air misérable. Sa mère se débarrassait d'elle, et gaiement encore !

– Bise, ma chérie, à ce soir ! Je passe te prendre vers 19 heures ?

Alice claqua la portière sans répondre. Mais pourquoi, pourquoi était-elle toujours tiraillée de sentiments contradictoires ?

– Elle est chiante, hein ? fit Paul avec satisfaction, après avoir reconquis le siège avant.

– C'est l'âge, soupira Louise.

– Mais moi, je serai jamais comme ça, lui promit Paul.

Louise sourit. Elle savait bien que son petit garçon l'aimait passionnément… et que ça lui passerait. Ils n'eurent pas à sonner à la grille du jardin des Saint-Yves, car Lazare les attendait, porte ouverte et l'air mystérieux.

– Il y a une grosse, grosse surprise ! s'exclama-t-il, ne pensant même pas à manifester sa déception devant l'absence de Bidule et Sergent.

Il agita un foulard et pria son ami Paul de se laisser bander les yeux. Louise, qui ne savait rien de la révolution culturelle en cours rue des Murlins, se sentit presque aussi excitée que les deux garçons. Elle et Lazare prirent Paul par la main pour l'aider à traverser le jardin, monter les marches de l'escalier et entrer dans la véranda.

– Tadam ! fit Lazare en ôtant le bandeau qui aveuglait Paul. La télé et la Wii !

– Non ! s'écria Paul dans un mouvement d'incrédulité et de ravissement.

– Si, confirma Gabin. Mais c'est décoratif. On ne peut pas allumer la télé le matin parce que ça abrutit, ni l'après-midi parce qu'on a mieux à faire, ni le soir parce que c'est le moment de lire.

– Ah bon ? fit Paul, déçu.

– Tu peux peut-être négocier un créneau avec Sauveur entre 18 heures et 18 h 30.

– Et elle est où, la zapette ? s'informa Paul, tournant autour de l'appareil. Et les manettes ?

– Dans la chambre de papa, lui répondit Lazare, comme si la chose allait de soi.

– On va les chercher ?

– Tu connais la combinaison du coffre-fort ? l'embrouilla Gabin.

– Arrête de dire des bêtises, le rabroua Louise. Paul croit tout ce que tu lui racontes. Bonjour, Jovo, vous allez bien ?

Le vieux légionnaire trônait sur le canapé, dont il tapota l'accoudoir.

– Du cuir ! 95 euros à Emmaüs !

Louise passa de la véranda à la grande cuisine, où la table était mise. Elle se tourna vers Lazare.

– Où est ton papa ?

– Il arrive. Il passe un coup de téléphone à sa contrôleuse.

– Des impôts ?

– Non, c'est sa psy, répliqua Lazare, toujours amusé de l'ignorance des grands.

– Il a une psy ?

– C'est la psy des psys, lui expliqua patiemment Lazare. Quand papa a un problème, il va lui demander conseil.

C'était une découverte pour Louise, qui pensait Sauveur omniscient. Elle entendit alors une porte se fermer, celle qui séparait l'espace professionnel de l'espace privé. Sauveur entra dans la cuisine.

– Hello, tout le monde ! Alors, Paul, comment vont nos amis Bidule et Sergent ? Tu as admiré la Wii, j'espère ?

Le ton était forcé, Louise le perçut immédiatement.

– Pas de surprise, reprit-il, c'est pizza-salade. Et je meurs de faim !

Une fois à table, Louise remarqua que, pour quelqu'un qui mourait de faim, Sauveur ne mangeait guère. Il était ailleurs, riant à contretemps, renversant son verre d'eau. Un problème ? se dit Louise. Quel problème ?

– On peut faire de la Wii ? quémanda Paul, après le café des grands.

Sauveur alla chercher la télécommande et les manettes, qu'il avait rangées dans le tiroir de sa table de chevet. Puis Louise et lui restèrent un moment debout derrière le canapé à regarder jouer les boys.

Se lassant assez vite des exploits de Mario, ils sortirent faire quelques pas au jardin avant de revenir se planter en face de l'écran. Enfin, ils se consultèrent du regard et s'éclipsèrent dans l'idée de… hum… faire une sieste. Ils étaient depuis cinq minutes dans la chambre à coucher du premier étage, allongés sur le grand lit, quand ils entendirent frapper à la porte.

– Maman ! appela Paul. On voudrait faire de la trottinette.

– Hein ? sursauta Louise. Mais d'habitude tu ne veux pas sortir ! Et puis, tu as la Wii…

– Oui, mais maintenant, on s'ennuie. Est-ce que Sauveur peut venir ?

Là-dessus, l'imprudent Paul abaissa la clenche de la porte et entra dans la chambre. Sauveur et Louise se redressèrent en hâte, l'un et l'autre quelque peu… hum… déshabillés. Paul posa les mains en coque sur ses yeux.

– Paul, dit doucement Sauveur, redescends à la cuisine. J'arrive tout de suite.

Le garçon fila comme une flèche sans demander son reste.

– Mais ce n'est pas possible, gémit Louise. On fait tout ce qu'ils veulent, et ils veulent encore autre chose !

– Louise, pars du principe que, quoique tu fasses avec tes enfants, tu as TORT. Tu verras, c'est très soulageant.

Il se releva, passa par la tête son vieux sweat des week-ends, siglé Columbia University, se rechaussa en étouffant un soupir, puis clignant de l'œil vers Louise :

– Super, je vais faire de la trottinette !

Elle rit, plus frustrée que lui.

Cette nuit-là, rue du Grenier-à-Sel, on dormit mal. À minuit passé, Alice explorait encore les possibilités de son iPhone tandis que Louise, fatiguée autant qu'énervée, se retournait dans son lit jusqu'à ce qu'un cri déchire la nuit :

– Maman !

C'était Paul, en sueur, les yeux exorbités.

– Il y avait un monstre !

– Tu as fait un cauchemar, le rassura Louise, s'asseyant au bord de son lit. Ça va passer. Tu veux un verre d'eau ?

– Maman, c'était un monstre qui voulait te mordre dans le cou, comme un genre de vampire. Un monstre tout noir avec des dents énormes ! Et moi, je regardais, mais je pouvais rien faire. J'avais trop peur !

Louise serra son fils contre son cœur, songeant qu'il n'est pas toujours nécessaire d'avoir fait des études de psychologie pour déchiffrer les rêves de ses enfants.

Quelqu'un d'autre ne dormait pas ce dimanche, mais c'était son habitude, puisqu'il était un Elfe de la nuit. Depuis plus d'un an, Gabin, alias Pepsi l'Explorateur, parcourait le monde de *Warcraft* à dos de dragon à deux têtes et découpait des monstres en rondelles. Au hasard de ses quêtes, il avait fait la connaissance du Worgen nommé Lysande, un humain qui se transformait en loup-garou, du moins quand il n'allait pas en cours de droit à la fac d'Assas. Tout en affrontant des ennemis communs, Pepsi et Lysande échangeaient quelques vannes ou partageaient leurs goûts musicaux. Lysande, Gilles Sangha dans le civil, avait fait découvrir à Gabin les Eagles of Death Metal, et ils devaient se retrouver *in real life* à Paris pour assister à un de leurs concerts.

Cette nuit-là, Gabin fit écouter à Gilles la chanson du rappeur Orelsan :

En hommage à nos histoires mortes avant d'avoir démarré
Aux potes jamais rappelés, aux jobs que j'ai lâchés
À tout ce que je laisserai inachevé inachevé inachevé

Inachevé, comme l'était Gabin. Vers 4 heures du matin, il eut faim. Il y avait toujours quelques vieux bouts de pizza au frigo ou un petit-suisse à la banane, celui que personne ne mange. Il tapa sur son clavier les trois lettres afk, *away from keyboard*, pour signaler à l'ami Gilles qu'il allait s'absenter un moment.

Il eut un temps d'arrêt sur le seuil de la cuisine. Depuis la fois où il avait mis en déroute un assassin en brandissant une louche*, il jetait toujours un regard vers la véranda pour s'assurer qu'aucun danger ne se profilait. Or il y avait une silhouette dans l'ombre et une fumée s'élevant au-dessus du canapé.

– Jovo ?

Le vieil homme était sur le canapé, une cigarette dans une main, un couvercle en fer-blanc de l'autre pour lui servir de cendrier.

– Les vieux dorment pas la nuit, dit-il.

– C'est comme les jeunes alors. Je me prépare mon quatre-heures et j'arrive. Tu veux quelque chose ?

Gabin revint bientôt avec un plateau où il avait entassé toutes sortes de restes, radis, saucisson, Babybel, chips. La fête.

* Voir *Sauveur & Fils, saison 1*.

– Alors comme ça, tu vas t'en aller, mon gars ? fit la voix bourrue de Jovo.

– Tu veux me couper l'appétit ou quoi ?

– Tu sais, moi non plus, je vais pas rester. Un jour ou l'autre, la petite Louise va rappliquer avec ses mouflets. Y aura pas de la place pour tout le monde rue des Murlins.

Il écrasa son mégot dans le couvercle en fer-blanc.

– On paie ses fautes, mon gars.

– Pourquoi tu dis toujours ça ? Parce que tu as fait la guerre ?

– Oh, ça...

Le ton de Jovo sous-entendait que c'était un détail.

– T'as fait quoi d'autre ? demanda Gabin.

– Dix ans de taule. Tu le gardes pour toi, camarade.

– Pas de souci.

Gabin saucissonna un instant en silence.

– T'as fait un truc du genre je vole les riches pour donner aux pauvres ?

– Non, mon gars. Quand je vole, c'est pour moi. Mais c'est le passé. Et j'ai payé.

Jovo ralluma une cigarette tandis que Pepsi l'Explorateur liquidait les chips. Ni l'un ni l'autre ne se doutaient que Sauveur était de l'autre côté de la maison dans son cabinet de consultation.

C'était au moment du dîner que Sauveur avait pris conscience d'une chose. Wiener lui avait fixé un rendez-vous sur Skype pour le dimanche à 22 heures. Mais il était au Canada. Six heures de décalage horaire ! Voilà pourquoi Sauveur était là, à 4 heures du matin, faisant face à son ordinateur et attendant un appel d'un pianiste givré qui n'était même pas son patient. Il se frictionna le front et les tempes en murmurant : « Mais qu'est-ce que je fous là ? » Sur la table basse, madame Gustavia, au top de la forme, faisait vrombir sa roue. Sauveur venait de prendre la décision de retourner dans son lit quand Skype toqua à sa vitre. Wiener apparut à l'écran, la chemise ouverte, l'air un peu égaré, un verre à la main. L'image n'était pas nette, mais Sauveur devina qu'il était dans sa chambre d'hôtel.

– Bonsoir, monsieur Wiener, je ne sais pas si vous êtes au courant, mais ici il est 4 heures du matin.

Un rire lui répondit.

– Pas fait attention…

Wiener était ivre et peinait à articuler.

– Je voulais je voulais vous parler, poursuivit-il, la voix pâteuse. En fait…

Il se tut et fit tinter les glaçons de son verre.

– En fait quoi ? s'impatienta Sauveur.

Wiener parut revenir à lui.

– Oui, je voulais vous dire qu'on m'a diago diagna...

– Diagnostiqué.

– Oui, c'est ça. Je suis border... borderline.

– Vous avez consulté un médecin à Toronto ?

– Non non à To... Toronto je me suis seulement vau... vautré à mon concert.

Sauveur comprit, quelques bégaiements plus tard, que Wiener avait plutôt mal joué le *Concerto pour piano n° 1* de Liszt et qu'il avait quitté Toronto. Il devait répéter ce même concerto le lendemain après-midi avec l'orchestre symphonique de Montréal, et c'était sans doute la raison pour laquelle il s'était enivré. Un verre pour calmer son stress en avait entraîné un autre, puis un autre.

– On vous a prescrit un traitement ? s'informa Sauveur, qui redoutait un mélange d'alcool et de médicaments.

– Traitement ? répéta Wiener, sans paraître comprendre.

– Puisque vous êtes borderline, d'après le médecin.

Wiener ricana. C'était Antoine qui avait posé le

diagnostic, c'était Antoine qui lui enjoignait de se soigner. D'après le jeune homme, qui veillait à la carrière du pianiste, les sautes d'humeur de Wiener étaient la cause de ses défaillances en concert.

– Arrêtez de boire ou vous ne serez pas en état de jouer demain, remarqua Sauveur.

– Je veux pas y aller. Je veux plus y aller.

La voix qui venait de prendre une inflexion enfantine fit dresser l'oreille à Sauveur.

– Et pourquoi ça ? dit-il sur un ton sévère. Pourquoi vous ne voulez pas y aller ?

Il endossait le rôle de l'adulte grondeur puisque Wiener faisait l'enfant.

– Mais parce que j'ai peur, j'ai peur. Le piano est tellement grand, mes pieds ne touchent pas terre quand ils me mettent sur le tabouret.

Quand Wiener jouait du piano, il rejouait aussi des scènes de son passé.

– « Le Petit Prince de la Musique », je ne veux plus qu'ils m'appellent comme ça.

– Qui ça, « ils » ? le questionna Sauveur.

– Mais eux, tous ! répondit Wiener, de plus en plus hagard, désignant une foule invisible autour de lui. Et elle. Elle !

– Qui ça, « elle » ?

Sauveur entendit à ce moment-là qu'on cognait à la porte de la chambre.

– Tu devais te coucher de bonne heure, fit une voix. Qu'est-ce que tu fabriques devant cet écran ?

Antoine apparut dans le champ de la caméra.

– C'est encore ce type ! s'écria-t-il en reconnaissant Sauveur.

– Mais pousse-toi, protesta Wiener, c'est mon sico psycho… Je me soigne. Je suis borderline.

La conversation s'interrompit brutalement. Exit Wiener. Sauveur resta quelques secondes sans réaction puis, sortant de son hébétement, il éteignit son ordinateur.

– Mais ta gueule ! cria-t-il au hamster, qui faisait presque un bruit d'hélicoptère.

Je ne vais pas bien, songea-t-il. Je me laisse envahir par mes patients, je ne sais plus me mettre de limites. Heureusement que j'ai rendez-vous avec ma contrôleuse tout à l'heure…

Il se leva péniblement et se planta devant *Le Voyageur contemplant une mer de nuages*, comme l'avait fait Wiener. Que voyait-on dans ce tableau ? Un homme de dos, en redingote sombre, cheveux flottant au vent, un bâton de marche à la main. Il a vaincu un sommet, et devant lui s'étendent des crêtes neigeuses où s'accrochent des nuages. Qu'est-ce que Wiener avait pu voir ? Un homme au faîte de la montagne comme lui-même était au sommet de son art. Et prêt à basculer dans le vide.

Quatre heures de sommeil plus tard, Sauveur commençait une nouvelle semaine de consultations.

Semaine du 26 octobre au 1er novembre 2015

Lundi matin, c'était Kermartin et ses voisins voyeurs. A-t-il suivi mes instructions ? se demanda Sauveur. Il eut la réponse dès la porte de son cabinet refermée.

– Quatre spots de 300 watts, lui déclara Kermartin. Je les ai laissés allumés toute une nuit, braqués sur le plafond. Là, ils ont compris que je les avais démasqués ! Le lendemain, je les ai allumés deux heures en début de nuit. Et les jours suivants, seulement une heure avant de me coucher. Je pense qu'ils vont cesser leurs manigances. C'était la bonne stratégie, vous aviez raison.

Il ricana en se frottant les mains, l'air aussi bizarre que la première fois.

– Ne vous relâchez pas, restez vigilant, lui répondit Sauveur, le ton soucieux. Ils sont capables de faire semblant de se désintéresser de vous, puis de récidiver. Envoyez-leur des flashs pendant deux heures avant de vous coucher.

Kermartin parut déçu. Il avait pensé que son thérapeute se réjouirait de cette prompte victoire sur l'ennemi.

– C'est ennuyeux, fit-il, j'avais le projet d'inviter quelqu'un le week-end prochain.

– Quelqu'un ? tiqua Sauveur.

– Une dame.

– Ah ?

L'affaire prenait une autre tournure. Kermartin était veuf depuis trois ans. Il avait perdu sa femme, Violette, après vingt-cinq ans d'un heureux mariage. Il avait fait la connaissance d'une dame peu de temps avant que ses voisins l'espionnent.

– Vous comprenez que, tant qu'ils m'épient, je ne peux pas exposer cette… dame…

– Vous lui avez parlé de votre problème ?

– Non, bien sûr que non. Elle penserait que je suis fou !

Depuis quelques minutes, Kermartin avait retrouvé une physionomie et des intonations tout à fait naturelles.

– Et pourquoi n'iriez-vous pas passer le week-end chez cette dame ? lui suggéra Sauveur. Si vos voisins n'en savent rien, ils n'auront pas le temps d'installer leur dispositif de caméras.

– C'est un peu délicat de s'inviter chez quelqu'un, objecta Kermartin.

– Vous pouvez trouver un prétexte. Vous faites des travaux, votre chambre à coucher sent la peinture…

Kermartin tressaillit aux mots « chambre à coucher », et Sauveur l'entendit marmonner :

– D'une façon ou d'une autre, *elle* ne voudra pas.

– Cette dame ne voudra pas ?

– Non. Violette.

– Violette ?

– *Elle* ne voudra pas.

Sauveur voulut s'assurer qu'il avait bien compris :

– Votre femme ne voudra pas ?

Kermartin regarda en direction du plafond.

– Vous êtes sûr qu'il n'y a pas de…

– Il n'y a pas de caméras dans mon cabinet. J'en suis sûr, monsieur Kermartin. *Elle* ne vous espionne pas.

Kermartin lui jeta un regard méfiant, presque méchant.

– Vous êtes de mèche avec *elle* ?

– Non. Je viens juste de comprendre qu'*elle* est de mèche avec vos voisins. Raison de plus pour que vous restiez sur vos gardes. Laissez vos spots allumés toute la nuit et, pour le moment, n'invitez personne dans votre chambre à coucher.

Kermartin acquiesça, l'air accablé. Il lui serait plus difficile de se débarrasser de sa femme morte que de ses voisins vivants. Il prit rendez-vous pour le lundi suivant.

La pensée de son patient paranoïaque parasita la journée de Sauveur. Comme lui, il était veuf et, après la mort de sa femme, il était resté six ans sans faire entrer de dame dans sa chambre à coucher.

– Ella ?

Il était 17 h 15. Dans la salle d'attente, Ella raclait le plancher de ses baskets neuves, une moue dégoûtée sur les lèvres.

– Ça fait un bail, l'accueillit son thérapeute. *Nice shoes.*

Il avait balayé l'adolescente du regard et repéré ce qui clochait. Des Converse roses.

– Ma mère, soupira Ella. On a fait du shopping. Elle n'arrêtait pas de répéter à la vendeuse : « Vous n'avez pas un modèle plus féminin ? »

– C'est drôle comme expression : un modèle plus féminin.

– Dans le genre de ma sœur, ricana Ella.

Elle s'assit et se tut. Comme elle avait décidé de cacher à Sauveur l'affaire de la photo, elle ne trouvait rien à lui dire.

– Ah, si ! fit-elle, son visage s'éclairant à la perspective d'un sujet de conversation. Samedi, j'ai fait du kart avec papa. Il paraît que c'était son rêve de gamin. 16 euros les dix minutes. Mais c'était bien. Après, on s'est fait un baby. Je l'ai niqué.

Elle parlait en cherchant sa voix dans les graves.

– Un truc de fille avec maman, un truc de garçon avec papa, résuma Sauveur.

Ella pensa : « gouine ou travelo ? », et une grimace contracta son visage.

– Qu'est-ce qui t'a traversé l'esprit ?

– Rien.

– On va jouer à un jeu. Je dis un mot et, sans réfléchir, tu me réponds par un mot ou une phrase. Comme on renvoie la balle au ping-pong.

– Hein ? fit Ella, un peu ahurie.

– Je commence. Blanc.

– Euh… noir.

– Parler.

– Se taire.

Maman. Peur. Amour. Jamais. Thérapie. Secrets. Papa. Il boit. La petite balle bondissait de part et d'autre du filet. Vérité. Cacher. Trouver. Perdue ! Ella ne contrôlait plus ce qu'elle disait. Méchant. Les gens.

– Collège.

– Je veux plus y aller !

Ils se regardèrent. Donc, la gastro, c'était bien ça : une reprise de la phobie scolaire.

– Je peux vous montrer quelque chose ? dit-elle. Mais vous n'en parlez à personne…

Elle lui tendit son iPhone.

– Jolie photo.

– Regardez les SMS, fit-elle en rougissant de honte.

Il y en avait désormais 523. Sauveur en lut quelques-uns. C'était répétitif.

Gouine, travelo, pédée. Tu veux coucher avec moi et mon copain ? Ou ta mis tes seins ?

Il rendit son iPhone à Ella.

Une bombe entre les mains des enfants, songea Sauveur, voilà ce qu'était cet objet. N'importe où, n'importe quand, tu pouvais voler l'image d'un autre et la diffuser, répandre une rumeur, détruire une réputation.

– Qui a pris la photo ?

– Jimmy.

– Son nom de famille ?

– Delion.

– Jimmy Delion. Bien. Qui d'autre ?

– Qu'est-ce que vous voulez faire ? s'inquiéta Ella.

– Rien sans ton accord. Y a-t-il des gens en qui tu as confiance ?

– Vous... Madame Nozière.

C'était sa prof de latin.

– Personne d'autre ?

– Madame Sandoz.

C'était l'infirmière du collège, qui avait une réserve de Spasfon pour les règles douloureuses et les chagrins d'amour.

– Personne d'autre ?

– Papa ? fit-elle sur un ton de doute.

– Et des gens de ton âge ? Dans ta classe ?

Ella leva les sourcils, puis secoua la tête. Elle avait deux camarades avec lesquelles elle discutait parfois, mais qui étaient capables d'avoir fait circuler la photo pour le fun. Sauveur revint à la charge : Jimmy n'était pas seul en cause, n'est-ce pas ?

– Il y a aussi des filles en 4e C. Je vous en ai déjà parlé.

Elle les voyait une fois par semaine en cours de latin. Elles lui avaient volé le cahier où elle écrivait un roman et s'étaient amusées à tacher d'encre le sac marin qu'elle adorait. Sauveur savait qu'Alice Rocheteau était dans ce groupe de latin, mais il ignorait si elle était impliquée.

– Tu peux me dire le nom de ces filles ?

– La pire, c'est Marine Lheureux. Après, il y a Selma… Mélaine aussi… Hannah… Alice… Mais ça ne se fait pas de dénoncer au prof.

– Et tu crois que ça va s'arrêter spontanément ?

– Non, répondit Ella qui, depuis un moment, frottait le tissu rose de sa Converse gauche contre la semelle sale de sa Converse droite.

– Donc, il n'y a pas de solution ?

– Je vais leur casser la gueule.

Dans son autre monde, celui où elle s'appelait Jack, on réglait les choses à la loyale, avec les poings.

– Est-ce que tu m'autorises à parler du problème à madame Sandoz ? Je la connais bien.

Ella fit un léger signe d'acquiescement, qu'elle regretta aussitôt. Sauveur déclencherait une réaction en chaîne. Madame Sandoz en parlerait à la CPE qui en parlerait aux parents.

– Ma mère ne comprend rien à ce que je suis.

Je lui fais peur. Si elle voit cette photo, elle va péter un plomb.

– Elle ne te soutiendra pas si on lui apprend que tu es harcelée ?

– Elle va penser que je ne suis pas normale.

– Et ton père ?

– Je sais pas, je sais pas, dit Ella. Il est bizarre en ce moment.

Sauveur se souvenait d'un monsieur assez agressif, repoussant tout ce qui pouvait ressembler à « des trucs de psy ».

– Bizarre comment ?

– Mais je sais pas ! répéta Ella en levant les bras au ciel. Il me dit que je dois faire la conduite accompagnée dès que j'aurai l'âge, qu'il va me regonfler son ballon de foot…

Elle se mit à rire.

– Il m'a donné son canif de scout !

– En somme, tu es devenu le garçon de la maison.

Ella se figea, comme quelqu'un qui n'en croit pas ses oreilles.

– Ce serait bien que ton père t'accompagne lundi prochain, conclut Sauveur, se demandant si Ella ne s'était pas trouvé un allié inattendu.

Ce lundi étant encore un jour de vacances scolaires, Sauveur se retrouva libre comme l'air à 18h45. Il pouvait à sa guise rejoindre les boys dans la véranda ou téléphoner à Louise.

– Allô ? Je te dérange ?

Ils parlèrent de choses et d'autres tandis qu'une voix intérieure, celle de la Conscience, du Surmoi ou de Jiminy Cricket, répétait à Sauveur : « Dis-lui ce que tu as fait, dis-lui ce que tu as fait. » « D'accord, lui répondit Sauveur, mais pas au téléphone. »

– Tu as la tête ailleurs, remarqua Louise, tu as des soucis ?

« Tu vois, triompha Jiminy, elle a deviné. » « Mais non, s'énerva Sauveur, je n'ai rien laissé filtrer. » « Et l'inconscient, ça compte pour du beurre ? », ricana le criquet.

– Youhou, Sauveur, tu es là ?

– Hein ? Oui, oui, excuse-moi… Non, non, pas de souci personnel. Juste un truc avec une de mes patientes qui… mais c'est lié à ma pratique professionnelle, je ne peux pas t'en parler.

« Et vas-y que je te mens ! » observa Jiminy. Sauveur, ayant les plus grandes difficultés à mener deux conversations à la fois, raccrocha rapidement.

Dans la véranda, les boys, rangés sur le canapé,

étaient en train de regarder une connerie avec beaucoup d'application. Sauveur éteignit le téléviseur d'un geste très naturel.

– Mais papaaa, chevrota Lazare, c'est l'heure où on a le droit !

– Mets-moi la table. Gabin, tu sais faire une sauce de salade ? Je pars dans une demi-heure.

– Ah bon ? Tu vas où ?

Sauveur haussa les sourcils. Depuis quand devait-il rendre des comptes à Gabin ?

– Il va chez sa contrôleuse, répondit Lazare à sa place, c'est toujours après le dîner qu'il y va.

Est-ce que tout le monde devait être au courant ? Sauveur se passa la main sur le front comme s'il y était écrit : *Ce type a embrassé sa patiente.*

Madame Dubuis, psychiatre-psychanalyste, habitait avec sa vieille mère dans une maison sinistre de Cléry-Saint-André. À 20 h 30, Sauveur s'installa en salle d'attente tandis qu'une antique horloge franc-comtoise, après avoir émis un gargouillis, sonnait la demie. Sauveur regarda autour de lui. Toujours le même décor figé, toujours le même lampadaire coiffé d'un abat-jour jauni aux franges poussiéreuses.

– Bon, qu'est-ce que tu vas raconter à ta psy ?

s'informa Jiminy Cricket. Que tu as tenté de séduire une de tes patientes ?

– N'importe quoi ! protesta Sauveur. D'abord, c'est elle qui a commencé.

– Brillant ! ricana Jiminy. « C'est pas moi, m'dame, c'est elle ! » Tu n'es pas censé gérer le contre-transfert ?

Sauveur tchipa, en colère contre lui-même.

– Mais ce n'est pas le plus grave, reprit le criquet. Qu'est-ce qui te tracasse au fond ? Allez, avoue…

Sauveur prit un air évasif puis toussota comme si l'allergie à la poussière le gagnait.

– Ne fais pas l'innocent. Tu te demandes si tu n'es pas comme ton père, le beau Féfé des Antilles, l'homme aux 17 enfants, si tu n'es pas, toi aussi, un coureur, un cavaleur…

– J'aurais le gène bien connu de l'infidélité, se moqua à son tour Sauveur. Je te signale que j'ai été un mari sérieux et que, depuis la mort d'Isabelle, aucune femme n'était entrée dans ma ch…

– Oui, oui, l'interrompit Jiminy, parce que tu te sentais coupable. Coupable de la dépression de ta femme, coupable de ne pas l'avoir sauvée*. Mais rappelle-toi tes 16 ans à Fort-de-France, tu étais

* Voir *Sauveur & Fils, saison 1.*

amoureux d'une fille différente toutes les semaines, et à 21 ans, tu as tellement fait la fête à Paris, loin de tes parents, que tu as redoublé ton année de psycho.

Sauveur toussa, décidément gagné par l'allergie. Puis il tendit l'oreille dans l'espoir d'entendre autre chose que le tic-tac de la comtoise. Mais la maison semblait morte. Il se leva et, tout en arpentant la salle d'attente, il prit plusieurs décisions. Il continuerait la thérapie de Blandine sans revoir sa mère. Il donnerait à Samuel une boîte VIDE de Lexomil pour faire croire à madame Cahen que son fils était sous traitement. Il refuserait de parler à Wiener s'il était ivre. Il ne dirait rien à Louise de ce qui s'était passé entre Marianne Dutilleux et lui.

– Louise est trop fragile, expliqua Sauveur à sa voix intérieure. Son mari la trompait, elle aurait l'impression que l'histoire se répète. Elle se tourmenterait pour rien.

– C'est ça, tu la protèges, ricana Jiminy. Tu es trop bon.

Dong, dong, dong… La comtoise sonna neuf coups. Le docteur Dubuis avait une demi-heure de retard.

– Elle se paie ma tête, fit Sauveur entre ses dents.

Il quitta Cléry-Saint-André, la conscience presque

en paix et ayant économisé les 85 euros de la consultation. Il revint chez lui par le jardin et, en entrant dans la véranda, il aperçut Jovo assis dans l'ombre en face du téléviseur éteint.

– Ça me fatigue quand c'est allumé.

Le vieux légionnaire trônait dans son canapé en cuir, en tête à tête avec son Passé.

Tandis qu'il montait se coucher, Sauveur sentit son téléphone personnel vibrer dans sa poche.

– Docteur Dubuis. Vous n'êtes pas venu à votre rendez-vous.

– Euh… J'ai eu un empêchement.

– Je vous rappelle que tout rendez-vous non décommandé 48 heures à l'avance est dû.

– Oui, oui, je vous enverrai un chèque.

Jovo avait raison de dire : « On paie ses fautes, mon gars ! »

*
* *

Samuel avait écouté son père en concert dix jours plus tôt et il avait cru que sa vie serait changée. Mais, de retour à Orléans, il avait toujours son exposé sur *Candide* de Voltaire à faire pour la rentrée, sa mère le harcelait plus que jamais, et il pouvait vingt fois par heure checker son iPhone ou sa boîte mail, il ne recevait aucune nouvelle de son père. Pourtant, Wiener lui avait glissé à la fin du repas au restaurant :

– *Keep in touch*. J'ai beaucoup de choses à te dire. Je t'écrirai du Québec.

Samuel, qui avait noté le 06 de son père sous le regard jaloux d'Antoine, lui avait déjà envoyé dix SMS et il se sentait floué, même un peu ridicule.

– Il n'en a rien à foutre de moi.

On était mardi, 9 h 45, et Samuel était de retour en thérapie.

– Tout ce que j'ai gagné, c'est que ma mère sait que j'ai découvert l'identité de mon père et elle passe son temps à le critiquer.

Il soupira.

– Le pire, c'est qu'elle a peut-être raison.

Sauveur hésitait. Pouvait-il révéler à Samuel qu'il avait fait la connaissance de Wiener et que celui-ci était devenu son patient ?

– Elle me raconte des trucs tordus sur lui, marmonna Samuel, tête baissée.

– Quels trucs tordus ?

– Du style qu'il est bisexuel.

– Et ça t'ennuie ?

Samuel releva la tête et resta un moment les yeux dans les yeux de son thérapeute.

– Non, ça m'est égal, conclut-il. Elle dit aussi qu'il ne voulait pas d'enfant, qu'il s'est barré après ma naissance, que c'est un type qui ne pense qu'à lui, ne parle que de lui, qui se prend pour une star.

– Il t'avait fait une forte impression au dîner, lui rappela Sauveur, surpris que la statue soit si vite déboulonnée.

– Ouais, ouais, admit Samuel. Mais il se la pète. Et c'est pas un père, ça peut pas être un père.

– Pourquoi ?

– Mais parce que ! Je lui ai écrit 50 SMS, exagéra Samuel, et il ne répond jamais.

– Il est en tournée, il a des répétitions tous les jours, des concerts tous les soirs.

– Ça prend quoi, de faire un SMS ? Dix secondes ?

– Il n'a peut-être pas totalement intégré le fait qu'il avait un fils.

– Mais ça fait seize ans qu'il a un fils ! s'insurgea Samuel. Pourquoi vous prenez sa défense ?

– Parce que dans un procès l'accusé a droit à un avocat.

Sauveur, faisant pivoter son fauteuil, posa les

yeux sur *Le Voyageur contemplant une mer de nuages*. Une minute s'écoula en silence.

– Ma mère va me demander si vous m'avez fait une ordonnance, dit enfin Samuel.

– Je n'ai pas d'ordonnancier, seulement un papier à en-tête. Je vais te prescrire du Lexomil.

– C'est quoi ?

– Calmant.

– Elle voudra voir la boîte.

– J'ai.

Samuel se retrouva bientôt « l'ordonnance » dans une main et la boîte dans l'autre.

– Mais elle est vide ! paniqua Samuel en la secouant. Elle va s'en apercevoir.

– Tu n'es pas obligé de lui montrer tes médicaments.

– On croirait que vous n'avez jamais vu ma mère, se désespéra le jeune homme. Elle fouille dans mes affaires, vous le savez aussi bien que moi.

À contrecœur, Sauveur remit dans la boîte les plaquettes de médicaments.

– Tu me donnes ta parole, Samuel, de ne pas y toucher ?

– Je vais jeter les comprimés au fur et à mesure, un quart le matin, un quart le midi et un demi le soir. C'est tout. J'ai dit à ma mère que je devais vous voir régulièrement pour ajuster le traitement. Ça me permettra de continuer ma thérapie.

– Mm, mm.

Sauveur prenait un très grand risque en faisant ce qu'il faisait. Mais, en dépit de ses mouvements de violence, Samuel était un garçon équilibré.

– Je te fais confiance, dit Sauveur, dépliant sa haute taille devant son jeune patient.

Tous deux se serrèrent la main.

– Ne juge pas ton père trop vite, ajouta Sauveur de sa voix d'hypnotiseur. Laisse-lui un peu de temps. Laissez-vous un peu de temps.

Samuel eut un sourire heureux. Le sourire d'un enfant qui veut croire au père Noël.

– J'ai envie d'apprendre un instrument de musique ! dit-il dans un élan. Mais pas le piano. Plutôt la guitare ou la batterie.

– Excellente idée.

– Je voudrais...

Ses yeux s'embuèrent, et l'émotion – ou la peur du ridicule – l'empêcha d'ajouter : avoir un papa.

– ... oui, voilà, apprendre la musique.

Après le départ de Samuel, rendez-vous et paperasseries administratives s'enchaînèrent jusqu'à ce que sonne pour Sauveur l'heure de la libération.

– Papa, s'écria Lazare en se jetant sur lui, il faut acheter un lecteur DVD pour regarder *L'Âge de glace 3* que Paul a apporté !

– Mon petit vieux, on se calme sur les dépenses parce que je suis dans le rouge.

– Ça veut dire quoi, « dans le rouge » ? demanda Paul.

Toute la famille Rocheteau était là pour la soirée et, avant de répondre au jeune Paul, Sauveur salua Louise et Alice.

– Dans le rouge, ça veut dire que je dois de l'argent à la banque.

Paul fixa sur lui des yeux inquiets.

– Mais tu vas pas aller en prison ?

– Pas tout de suite. D'abord, on va m'envoyer un huissier qui reprendra la télévision.

– Ah bon ? fit Paul, catastrophé.

– Arrêtez de lui dire n'importe quoi, Gabin et toi, intervint Louise. Il vous CROIT.

Paul se tourna vers sa maman et, comme si elle n'avait rien dit à l'instant même, s'informa de ce qu'il avait sur son livret d'épargne.

– Je peux prêter de l'argent à Sauveur.

– Mais non, mon chéri. Il se débrouillera tout seul.

– Ça dépend, blagua Sauveur. Il a combien sur son livret ?

– Je t'ai demandé d'arrêter, dit Louise, vexée.

Sauveur fit une grimace d'excuse puis posa la main sur l'épaule de Paul.

– Ça ira, bonhomme, ta maman a raison. Je me débrouille tout seul. Mais merci quand même.

– Et à ce propos, dit Gabin, est-ce que quelqu'un peut payer les pizzas que j'ai commandées ?

Le livreur venait de sonner à la porte d'entrée.

– On partage, répondit Louise en cherchant son porte-monnaie.

– Non mais c'est bon ! protesta Sauveur. J'ai encore les moyens de vous inviter.

– Tu en es sûr ?

Sauveur passa la main sur son front comme s'il y était écrit : *Ce type ne sait pas gérer son budget..* De fait, ces derniers temps, il se demandait où passait l'argent. Chez Pizza Hut, peut-être ?

– Ah non ! J'aime pas le chorizo et j'aime pas l'ananas, déplora Alice à l'ouverture des boîtes en carton.

– Tant pis, je jette, fit Gabin, soulevant une des pizzas pour un lancer du disque.

– Non, non ! hurla Paul, démarrant au quart de tour.

Bref, la soirée s'annonçait pleine de rebondissements. Sauveur observa Alice du coin de l'œil. Les doigts en pince à sucre et la mine dégoûtée comme si elle se retenait de vomir sur la table, elle ôta chorizo et ananas jusqu'au plus petit morceau. Jusqu'à quel point faisait-elle partie du clan des harceleuses ? Telle était la question que se posait Sauveur.

– Contente de retrouver les copines ? lui demanda-t-il en cours de repas.

– Oui, pourquoi ? répliqua-t-elle, tout de suite hargneuse.

Les interactions entre eux étaient rares.

– Comme ça, bredouilla Sauveur.

Le repas expédié, les boys s'installèrent sur le canapé, Jovo, Gabin, Lazare et Paul. Au programme, compétition de voitures de course.

– Maman, est-ce que je peux dormir ici ? lança Paul depuis la véranda.

– Si Sauveur est d'accord, répondit sa mère.

N'attendant même pas cette permission, Lazare et Paul lâchèrent leurs manettes pour se taper dans la main. Alice, cramponnée à son iPhone, poussa un soupir exaspéré.

– Nous, on va se retirer, dit sa mère sur le ton des dames d'autrefois, quand elles quittaient la table pour laisser les messieurs boire et fumer entre eux.

Le 12 rue des Murlins restait obstinément une maison de garçons. Sauveur ne s'en rendait pas compte parce que sa pratique professionnelle rétablissait l'équilibre dans l'autre moitié de la maison : ses patients étaient en majorité des patientes.

*
* *

– Blandine et… ? Mais c'est Margaux !

Les deux sœurs Carré étaient dans la salle d'attente en cette fin d'après-midi. Margaux avait beaucoup changé en quelques mois, elle avait coupé ses longs cheveux et perdu des joues, elle ressemblait de plus en plus à sa mère. Elle s'installa dans le canapé, son sac à côté d'elle, tandis que sa cadette retournait une chaise pour s'asseoir à califourchon.

– Ça vous pose un problème que je sois ici ? s'informa Margaux. Mes parents sont au courant.

– Blandine est d'accord ? questionna Sauveur.

– J'ai dit oui, fit Blandine, les bras croisés sur

le dossier de la chaise et le menton appuyé sur les bras.

Margaux expliqua à Sauveur que sa psychiatre avait recommandé une thérapie familiale parce que, d'après elle, sa jeune patiente n'était ni dépressive ni même suicidaire, mais qu'elle s'était servie de son corps comme d'un langage à l'usage de ses parents.

– Quand ils se sont séparés, je me suis scarifiée pour leur dire : regardez, vous me blessez, et j'ai fait deux TS parce qu'ils ne m'écoutaient pas.

Tout en parlant, Margaux faisait tourner autour de son poignet un bracelet en forme de fourchette. L'avait-elle emprunté à sa mère ?

– Ton père ne souhaite pas s'impliquer dans une thérapie, lui rappela Sauveur.

– C'est un connard, dit Blandine.

– Évite ce genre de remarques, la rabroua sa grande sœur, ça n'avance à rien.

– Il veut nous enlever à maman.

– Il a fait une démarche en ce sens auprès du juge aux affaires familiales, mais j'essaie de le dissuader.

Elle choisissait ses mots, copiant le ton maniéré de son père.

– Pourquoi tu viens me voir ? l'interrogea Sauveur, affichant sa perplexité.

Margaux ouvrit la bouche, ce qui sembla avoir pour seul effet d'emplir ses yeux de larmes.

– C'est parce que vous êtes le seul adulte sympa qu'elle connaît, dit Blandine à sa place.

– Mais tais-toi ! lui cria sa sœur.

– Mais c'est toi qui l'as dit ! hurla à son tour Blandine.

– OK, OK, je suis très sympa, ce n'est peut-être pas la peine de s'entretuer pour ça, leur fit remarquer Sauveur.

Blandine ricana, habituée au ton blagueur de son thérapeute, mais Margaux fondit en larmes.

– Ça ne va pas fort, hein ? lui dit Sauveur, tendant la boîte de Kleenex.

Margaux en avait fini avec ses imitations. Elle n'était ni son père ni sa mère et elle ne pourrait jamais les réunir.

– Ils ont divorcé, Margaux, c'est leur histoire, c'est leur volonté. Tu n'y es pour rien et tu n'y peux rien.

– Je sais, gémit-elle.

– Elle croit toujours qu'ils vont revenir ensemble, commenta Blandine.

– Mais ta gueule, toi ! Quand j'aurai besoin de l'avis d'une débile, je te le ferai savoir.

Sauveur souffrait en silence de voir Blandine maltraitée. C'était d'autant plus injuste que, lors de la deuxième TS de Margaux, sa sœur avait donné l'alerte et lui avait sauvé la vie.

– Tu retournes au lycée lundi ? demanda-t-il à Margaux du ton le plus encourageant qu'il put.

– C'est très élitiste, la section européenne. J'ai trop manqué, je vais me payer des sales notes.

– J'ai que ça, des sales notes, dit Blandine, étouffant sa voix dans ses bras croisés.

– Le lycée, c'est aussi pour mener une vie sociale, se faire des amis, penser aux garçons, énuméra Sauveur.

– Toi, tu devais trop penser aux filles, lui lança Blandine, relevant soudain la tête.

Sauveur tchipa.

– J'adore quand il fait ce bruit-là, dit Blandine à sa sœur. Moi, je l'épouserai quand je serai grande.

– Blandine, la rappela à l'ordre Sauveur.

– Oui, je sais, le psy en portemanteau. Mais je vous confonds pas avec mon père. D'abord, vous n'avez pas la même couleur, et lui, en plus, il est Carré… ment con.

– Je croyais que la Ritaline allait la calmer, remarqua Margaux. Il faudrait doubler la dose.

– Parce que tu crois que je les prends, leurs bonbons empoisonnés ? Je les jette dans les W.-C. et je tire la chasse d'eau. Je suis moi, je suis moi, je suis MOI ! Et si je remue trop, si je parle trop, eh bien, tant pis ! Je suis la débile aux poupées Pullip !

Elle ouvrit les bras comme une star qui pose pour les photographes sur la Croisette de Cannes.

– Vous êtes pas mal dans votre numéro, les sœurs Carré, les félicita Sauveur. Chacune dans votre genre.

Cette fois-ci, elles rirent, toutes les deux, et la fin de la séance fut plus détendue. Il leur serra la main à la porte de son cabinet.

– Aidez-vous, les filles. Appuyez-vous l'une sur l'autre.

Elles se jetèrent un regard de côté.

– On peut continuer la thérapie ensemble ? demanda Blandine.

– Tu le veux vraiment ou tu essaies de faire plaisir à ta sœur ?

– Les deux.

Il se tourna vers Margaux :

– Elle est débile, mais elle est sympa, non ?

*
* *

C'était étrange pour Louise d'être sans ses enfants pendant sa semaine-avec-enfants. Alice squattait chez Selma, et Paul avait dormi rue des Murlins. Louise avait donc pu écrire tranquillement sa chronique pour *La République du Centre*. Il était 16 heures et elle se dépêchait, courant presque, pour apporter le goûter chez les Saint-Yves.

– Maman, on s'ennuie, l'accueillit Paul. On peut faire un peu de *Mario Kart*?

Louise jeta un coup d'œil près du téléviseur. Ni manettes ni télécommande.

– On n'a pas le droit avant 18 heures, lui dit Lazare, ayant suivi son regard.

– Ça sert à rien d'avoir la Wii si on peut pas s'en servir, se lamenta Paul.

Pour information, Lazare signala à Louise que les manettes et la télécommande se trouvaient dans le tiroir de la table de chevet.

– Je vais les chercher, décida-t-elle.

Depuis quelques jours, un petit vent de révolte soufflait dans sa tête. Sauveur était psychologue, mais il était peut-être aussi psychorigide, et elle comprenait l'agacement de son fils.

Après avoir poussé la porte de la chambre à coucher, elle resta sur le seuil, intimidée. Elle n'était jamais entrée seule. Elle s'avança sur la pointe des pieds, comme elle l'avait fait dans le cabinet de consultation.

– C'est ce tiroir, dit-elle à mi-voix.

Il n'y avait qu'une seule table de chevet, elle ne pouvait guère se tromper.

– Et voilà, murmura-t-elle en s'emparant de la télécommande puis des manettes.

Le cœur battant et les mains moites, elle posa le tout sur le lit, car elle venait d'apercevoir dans le tiroir une enveloppe Kraft portant une inscription de la main de Sauveur.

Elle la sortit et lut :

Passons passons puisque tout passe
Je me retournerai souvent
Les souvenirs sont cors de chasse
Dont meurt le bruit parmi le vent

Elle entrebâilla l'enveloppe qui n'était pas scellée. À l'intérieur, il y avait des photos. Elle en attrapa une, pas tout à fait au hasard, car c'était la plus grande. Elle laissa échapper une exclamation en identifiant ce que c'était : la photo du mariage de Sauveur. Toute la noce posait devant une magnifique maison de style colonial. Que des Blancs, à l'exception de Sauveur et d'une jeune femme au deuxième rang. Louise passa le doigt sur la mariée comme pour l'effacer de la photo. C'était elle qui avait doté Lazare de ses yeux gris clair. Elle était si petite à côté de Sauveur, frêle et blonde, ensevelie sous son voile, le visage blême et sans expression. Un fantôme de mariée.

– Maman ! Tu as trouvé ? cria Paul à tue-tête du bas de l'escalier.

Elle tressaillit et enfonça maladroitement la photo dans l'enveloppe, puis l'enveloppe dans le tiroir.

– Oui, oui, j'arrive !

Paul et Lazare jouaient à *Mario* depuis vingt minutes quand le grand Gabin, passant par le jardin, entra dans la véranda.

– Ah bon ? fit-il. Vous avez la permission ?

– C'est maman, dit Paul avec un signe de tête en direction de Louise, qui faisait semblant de lire.

– Cool.

Sans autre commentaire, Gabin traversa la cuisine pour gagner son grenier.

– Il est pas content, commenta Lazare à l'oreille de Paul, car Gabin avait toutes sortes de façons de dire « cool ».

– On remet les manettes dans le tiroir ?

– On finit la partie.

– D'accord.

Tous deux chuchotaient, au grand étonnement de Louise. Ils n'étaient tout de même pas terrorisés par Sauveur ? Mais elle-même guettait le bruit des portes. Un claquement soudain la fit sursauter. Mais non, c'était un volet se rabattant contre le mur à l'étage du dessus.

– Bon, dit-elle à bout de nerfs, vous avez fait assez de jeu vidéo.

Elle n'eut pas à le répéter.

– Tu ranges tout au même endroit, lui spécifia Lazare de façon bien inutile.

Sur le chemin du retour, Paul sautillait, l'air très content de lui.

– On s'est bien amusés.

Il avait goûté à la saveur de l'interdit.

Ce soir-là, après la lecture d'un chapitre de *La Petite Maison dans la prairie*, Louise, embrassant Paul pour la nuit, se sentit sauvagement enlacée.

– Maman, tu fais pas de la dépression nerveuse, toi ?

– Qu'est-ce que c'est que cette invention ?

– C'est pas une invention. C'est la maman de

Lazare. Elle avait de la dépression nerveuse, alors elle a avalé plein de médicaments et elle s'est tuée dans une voiture.

Louise se redressa, effarée.

– Comment tu sais cela ?

– C'est Lazare qui me l'a dit hier. On dormait pas.

– Ce sont des histoires de grands. Il vaut mieux que vous n'en parliez pas.

– Lazare m'a dit que c'était un secret.

– Oui, c'est un secret. N'y pense plus. Dors. Bonne nuit.

Elle l'embrassa de nouveau, éteignit la lumière et s'éloigna dans le couloir.

Passons passons puisque tout passe
Je me retournerai souvent

Il sembla à Louise que, si elle se retournait, elle verrait le fantôme de la petite mariée. Sauveur avait raison : Louise était fragile. Et impressionnable.

Les souvenirs sont cors de chasse
Dont meurt le bruit parmi le vent

*
* *

– Je t'ai fait lever de bonne heure un jour de vacances, désolé, dit Sauveur, ce jeudi matin, à un petit bonhomme rondouillard, qui étouffait un bâillement.

Il l'imagina quelques années plus tard, emplissant largement ce fauteuil avec un air réjoui sur la face.

– Alors, Melvin, qu'est-ce que tu aimes dans la vie ?

Le garçon parut surpris. C'était une question qu'on ne lui posait jamais. Il jeta un regard inquiet vers ses parents et dit comme s'il était à l'école et devait trouver la bonne réponse :

– Papa et maman ?

– Qu'est-ce que tu aimes faire ? précisa Sauveur.

Nouveau regard inquiet vers papa-maman.

– Jouer au foot ?

– Mm, mm. Quoi d'autre ?

– J'aime bien faire des puzzles avec ma petite sœur.

– Ysé, c'est ça ?

Sourire de Melvin. Il serait un excellent père de famille.

– On vous a apporté sa dernière rédaction, intervint monsieur Gonzales.

– Pour que vous vous rendiez compte, ajouta madame Gonzales.

Tous deux trouvaient que ce psychologue n'avait pas l'air assez catastrophé. Sauveur prit la feuille qu'on lui tendait et lut : *« on a fé une bande a la récré et on se done des nons rigolos comme Crot et superidio. Moi mon surnom cé Punitouléjour pace que je sui puni tou les jour et aussi on joue au foot avec mes copain. Mon héro absolut cé Ronaldo et en dezièm cé mon papy il sais tou réparé. »*

En marge, sans doute parce qu'il s'ennuyait, Melvin avait dessiné un ensemble de tuyaux et de robinets, ce qui lui avait valu un gros point d'interrogation en rouge de la part de madame Vernouillet.

– Super ! dit Sauveur en rendant son devoir à Melvin.

– Mais il est dyslexique ! se récrièrent ses parents.

– Non, il est dysorthographique, et ça ne l'empêche pas de s'exprimer. Au risque de vous chagriner, monsieur, madame Gonzales, je vais vous dire ceci : fichez la paix à Melvin. C'est un garçon qui va bien, qui est équilibré, qui est plein de bons sentiments. La seule chose que vous puissiez faire pour lui maintenant, c'est l'aider à supporter ce système scolaire qui ne reconnaît pas toutes les belles qualités qui sont en lui.

Il se tourna vers le garçon qui l'écoutait, bouche bée.

– Ne t'en fais pas, Melvin. Dans quelques années, tu auras un bon métier et tu pourras acheter des cadeaux à tes parents pour leur anniversaire. La seule chose que je te demande, et là, je suis très sérieux, écoute-moi bien…

Melvin se figea dans l'attente du sermon qui allait lui tomber sur la tête.

– Il faut que tu continues de bricoler avec ton papy parce qu'il a plein, plein de choses à t'apprendre. Sur la tuyauterie, les éviers qu'on débouche, et la vie. Tu me promets de continuer d'apprendre des choses avec ton papy ?

Un immense sourire ouvrit le visage de Melvin, qui ressembla à celui qu'il serait. Jovial, confiant et plein d'allant.

– Ça, je promets.

Sauveur revint vers les parents.

– Je ne vous cache pas que je me fais un peu de souci pour votre fille aînée, parce que, non, ce n'est pas « normal » d'avoir besoin de somnifères à 13 ans. Est-ce qu'on pourrait en discuter ensemble jeudi prochain ?

Les parents Gonzales se regardèrent, décontenancés. Tout leur système de valeurs, du moins celui qu'on leur avait fourré dans la tête, était en train de s'effondrer. Madame Gonzales fit un peu de résistance :

– Nous, ce qui nous inquiète, ce n'est pas Ambre, c'est Ysé. Elle est très fatiguée.

– Eh bien, amenez-moi les deux, répondit gaiement Sauveur. Ysé finira sa nuit sur mon canapé et ça ne l'empêchera pas d'écouter.

Tandis qu'il refermait la porte de son cabinet derrière la petite famille Gonzales, Sauveur entendit Melvin déclarer :

– C'est bien aussi comme métier, la psychologie.

Presque aussi utile que plombier, se réjouit Sauveur. Puis il s'approcha de la fenêtre qui donnait sur la rue des Murlins pour regarder s'éloigner ses patients, ce qui frisait le voyeurisme, mais était souvent très instructif. Cependant, autre chose attira son attention : Jovo remontait la rue, le pas traînant, la clope au bec. Le vieux légionnaire, qui ne dormait que quatre ou cinq heures, avait gardé ses habitudes de SDF et, malgré sa faiblesse physique, déambulait tantôt en pleine nuit tantôt au petit matin.

– Hep, Jovo ! l'intercepta Sauveur par sa fenêtre ouverte.

Il lui fit signe d'entrer et alla lui ouvrir la porte réservée aux patients.

– Alors, c'est là que vous soignez les fous ? fit Jovo en inspectant le cabinet de consultation. J'ai jamais trop compris : vous êtes un genre de toubib ?

– Je ne suis pas médecin. J'écoute les gens. Ils me racontent leurs problèmes, leurs souffrances... Asseyez-vous.

Jovo s'installa dans le canapé et Sauveur, tout naturellement, prit son fauteuil de thérapeute.

– Vous êtes un genre de curé ?

Sauveur fit la moue. Non, pas vraiment ça non plus.

– Moi, c'est ce qui me faudrait, reprit Jovo.

– Un curé ?

– J'en ai sur la conscience, comme qui dirait. Et à supposer qu'Il existe, l'Autre, là...

– L'autre ?

– Dieu. Diable. S'Il existe, 'fant de putain, je suis mal parti.

Il se mit à rire et tousser en même temps.

– Vous devriez fumer moins, observa Sauveur. Et d'une certaine façon, oui, je ressemble à un curé : ce qu'on me dit reste secret.

Jovo lui planta dans les yeux son regard bleu drapeau.

– Si je vous dis que j'ai dézingué trois bonshommes dans ma vie, vous le gardez pour vous ?

– C'était à la guerre ?

– Vous répondez pas…

– Jamais. Cela fait partie de mes charmes.

Jovo l'approuva d'un hochement de tête. Puis il tapa du plat de la main sur l'accoudoir du canapé.

– Du cuir. Vous avez dû le payer plus cher que l'autre à Emmaüs.

– C'est tout ce qui vous reste de votre passé, cet ami à Emmaüs ?

– C'est pas un ami. On s'est rendu des services.

– Vous non plus, vous ne répondez pas, lui fit observer Sauveur.

Il n'avait pas posé sa question sans arrière-pensée. Il avait eu récemment une patiente de 29 ans qui portait le nom de famille du légionnaire. Jovanovic*.

– J'ai aimé qu'une seule femme dans ma vie, déclara Jovo. Elle est morte depuis longtemps.

– Pas eu d'enfant ?

– Non.

* Voir *Sauveur & Fils, saison 2.*

Jovo mentait. Sauveur se souvenait très bien de ce que lui avait raconté sa patiente. Sa mère était la fille d'un légionnaire d'origine serbe, un certain Jovanovic, qui s'était occupé d'elle lors de ses permissions, lui apportant des sucettes ou l'emmenant sur les autos-tamponneuses, puis qui était mort sur un champ de bataille. C'était ce *mort* qui était en face de Sauveur.

Il l'aida à se relever du canapé. Jovo, qui n'avait plus que la peau sur les os, était presque aussi grand que lui, et il mettait un point d'honneur à se tenir droit.

– T'as pas peur de Dieu, toi ? demanda-t-il à Sauveur, les yeux dans les yeux.

– Au temps de l'esclavage, les Blancs se demandaient si les nègres avaient une âme. De quoi j'aurais peur si je n'en ai pas ?

– Fi'de garce ! pesta Jovo. Encore un coup, t'as pas répondu.

Les deux hommes se quittèrent, ne sachant toujours pas à quoi s'en tenir l'un sur l'autre.

*
* *

Depuis que la résidence alternée avait été prononcée, Louise avait l'impression de passer son temps à vider et emplir des sacs, à chercher le carnet de santé de Paul, à oublier la calculatrice d'Alice. Elle avait beau faire des listes, prévoir certaines choses en double, dire aux enfants: « Ce pyjama – ou cette brosse – reste rue du Grenier-à-Sel », il y avait toujours un drame, un coup de fil furieux du père: « Alice n'a pas sa tenue de sport » ou bien: « Où sont passées les Nike que j'ai achetées à Paul? » La vie était une suite d'objets manquants.

– Mais maman, où il est, mon *Cyrano*? brama Alice du fond de sa chambre.

Car il fallait aussi préparer les affaires de classe pour la reprise du lundi après deux semaines de vacances. Autant dire que l'ambiance n'était pas à la fête.

– Ton *Cyrano*, dit Louise, tendant le livre à sa fille. Tu l'avais laissé dans la salle de bains.

– Pourquoi on va chez papa aujourd'hui? récrimina Alice. Tu sais bien qu'il travaille le samedi.

Jérôme, l'ex de Louise, essayait depuis quelque temps de faire modifier la garde des enfants. Il voulait les avoir tous les dimanches et les laisser à Louise tous les samedis, ceci dans le but inavoué de lui gâcher ses week-ends avec Sauveur. Mais Louise résistait.

– Une semaine sur deux, Alice, week-end inclus. C'est déjà assez compliqué comme ça.

Alice utilisa l'argument de son père : Pimprenelle, la nouvelle épouse qui n'avait que 26 ans, était seule le samedi pour s'occuper de trois enfants, dont un bébé de cinq mois. Elle était débordée.

– En plus, avoua Alice, elle nous dit : « J'ai une course à faire, je vous laisse Achille. » Et elle revient trois heures plus tard !

– Ça, c'est vrai, confirma Paul, arrivé en renfort.

La colère gonfla le cœur de Louise. Même si Alice exagérait en parlant de trois heures, Pimprenelle ne se gênait pas pour transformer sa belle-fille en baby-sitter.

– Et même l'autre soir, papa et Pimprenelle sont allés au cinéma, les dénonça Paul, et ils nous ont laissé Achille et il pleurait tout le temps et la voisine est descendue pour voir ce qui se passait et elle a demandé où étaient nos parents.

Alice, qui avait eu honte devant une étrangère, avait protégé son père en racontant à la voisine une histoire invraisemblable de grand-mère tombée dans l'escalier. Puis elle avait endormi son demi-frère en le promenant dans l'appartement.

– Pendant deux heures ! cria-t-elle à sa mère,

exagérant encore un petit peu, puisque Achille s'était endormi au bout de dix minutes.

Bien qu'entassant de la colère dans son cœur, Louise refusa de changer ses plans pour la raison qu'elle déjeunait avec Sauveur ce samedi midi. Alice lui tourna le dos, grommelant toutes sortes de choses indistinctes d'où émergèrent les mots « adulte », « chiant » et « marre ». Louise comprenait le point de vue de sa fille, mais elle avait tellement hâte de se retrouver dans les bras de Sauveur ! Elle n'avait jamais aimé comme cela, même aux premiers temps de sa rencontre avec Jérôme. Elle aimait Sauveur, *body and soul*, se disait-elle tout bas. Corps et âme. Nanou l'avait comprise. Elle l'avait serrée contre elle au moment du départ de Montargis et lui avait soufflé à l'oreille : « Profites-en. Ça n'arrive qu'une fois. »

– Maman, demanda Paul dans la voiture qui le conduisait chez son père, quand on a 18 ans, on fait ce qu'on veut ?

– On est majeur, oui.

– Bien. Quand je serai majeur, j'irai plus JAMAIS chez papa.

– Cool, fit Alice, imitant le grand Gabin.

Quelques heures plus tard, prenant le café avec

Sauveur, Louise déchargea son cœur en lui racontant toute la scène. Il écouta en silence, un demi-sourire paraissant, puis disparaissant sur ses lèvres, comme un soleil clignant entre les nuages.

– Tes enfants sont très bien et ils vont très bien, conclut-il.

– Espèce de docteur Tant-Mieux, se moqua Louise en se réfugiant sur ses genoux.

Elle laissa aller sa tête contre sa poitrine. Voilà. C'était le meilleur endroit du monde. Elle ferma les yeux et, derrière ses paupières closes, apparut le fantôme de la petite mariée. Elle tressaillit.

– Qu'est-ce qu'il y a ? murmura Sauveur.

– Hein ? Non… rien.

Un jour, Louise lui poserait quelques questions sur le sens de *passons passons puisque tout passe je me retournerai souvent*. Un jour, mais pas maintenant.

Le soir, au dîner, Louise se retrouva dans la maison des garçons. Jovo. Gabin. Lazare. Sauveur. Jovo adoucissait pour elle sa voix de soldat. Gabin l'ignorait plus ou moins. Sans qu'il en soit rien dit, un bras de fer s'était engagé. Pas de place pour tout le monde rue des Murlins, avait dit Jovo.

À la nuit tombée, dans la chambre à coucher, Louise se sentit assiégée entre Jovo dans le bureau voisin et Gabin au grenier. Sauveur semblait ne rien remarquer.

– Tu te rappelles, lui dit-elle, qu'on avait parlé de faire un bébé ?

Sauveur était en train d'ôter son vieux sweat des week-ends.

– Mm ? Bébé ? fit-il, un peu ahuri.

– Non, laisse tomber, je ne vois pas où on le mettrait.

– La maison est pleine comme un œuf en ce moment, reconnut Sauveur, en riant comme s'il s'agissait d'une blague.

Mais il avait suivi le chemin des pensées de Louise et, s'asseyant au bord du lit, il lui parla, le regard fixé à terre.

– Je cherche une place pour Jovo en Éhpad.

– En néquoi ?

– Établissement d'hébergement pour personnes âgées dépendantes.

– Ah ?

– Et Gabin va retourner chez lui dès que sa mère sera sortie de l'hôpital. À la fin de la semaine prochaine, d'après le docteur Agopian.

Louise aurait dû être satisfaite. Le terrain se dégageait pour elle et ses enfants.

– Pourquoi ça me rend triste ?

Elle n'avait pu s'empêcher de poser la question à voix haute et Sauveur la remercia d'un sourire. Lui aussi avait le cœur navré. Il aurait voulu avoir plein d'argent et une grande maison, où il aurait accueilli Louise et un bébé et Alice et Paul et Jovo et Gabin.

Le lendemain matin, il sortit de son lit sans éveiller Louise, traversa le bureau où Jovo ronflait après une nuit blanche et se retrouva bientôt dans la rue. Il y avait une boulangerie ouverte le dimanche matin place de l'Ancien-Marché.

– Cinq croissants. Deux baguettes.

À quelques pas de sa maison, il se mit à jongler avec le sac de viennoiseries et les deux baguettes pour retrouver ses clés dans une de ses poches. Il ne releva le nez que devant son escalier et eut la surprise de voir, assis sur la dernière marche, un homme, tête baissée, les bras encerclant ses genoux, un sac à dos posé près de lui. Comme il était encombré, Sauveur lui donna irrespectueusement deux petits coups de pied dans les mollets pour le faire bouger.

– Wiener ! le reconnut-il. Qu'est-ce que vous fout… faites là ?

– Tombé du train, dit l'autre, qui grelottait dans son complet-veston.

– Entrez, entrez, ramassez votre sac. À droite, à droite…

Il l'introduisit dans son cabinet de consultation.

– Vous êtes gelé, non? Je vais faire du café. Installez-vous.

Il s'éloigna en maugréant: «Qu'est-ce qu'il a encore inventé?» Quand il revint, portant sur un plateau deux tasses de café fumant, il trouva Wiener planté devant *Le Voyageur.*

– Vous ne devriez pas être à Shanghai?

– J'ai annulé ma tournée.

Plus que jamais il peinait à articuler parce qu'il claquait des dents.

– Asseyez-vous. Non! Pas dans mon fauteuil. C'est ça, dans le canapé. D'où arrivez-vous?

– Paris. Train de 6 h 20. J'ai fait une fugue.

– Une fugue?

Wiener acquiesça, puis il prit la tasse de café entre ses mains qui tremblaient. Sauveur comprit qu'il fallait lui laisser le temps de se remettre. Peu à peu, il relâcha ses épaules et respira profondément, comme quelqu'un qui a manqué s'asphyxier. Il eut une espèce de rire grelottant.

– Antoine va être surpris.

– Vous avez échappé à sa surveillance?

– Chambre d'hôtel… semblant de dormir… parti cette nuit.

Il bredouillait entre deux gorgées de café. Mais Sauveur parvint à reconstruire le scénario. Antoine, le jugeant malade, l'avait séquestré dans une chambre d'hôtel à Paris. Il voulait le contraindre à consulter un médecin, plutôt une sorte de gourou qui soignait les artistes en crise, puis à reprendre ses concerts.

– *Concerto pour la main gauche*. J'y arrive plus.

Il remua les doigts de la main gauche.

– Un triomphe, dit-il, toujours d'une voix hachée. Et maintenant j'y arrive plus. Panique. Sur scène. Je veux plus. Plus monter sur une scène. Ça fait… ça fait… trente-six… non… trente-sept ans.

– 37 ans ?

– Que ça dure.

– Vous avez commencé à… 3 ans ?

– Oui. Ma mère. Dans les salons. Le Petit Prince de la Musique. Mozart. Mendelssohn. Bravo ! Bravo ! J'avais 3 ans.

Sa mère l'avait exhibé dans des salons mondains, puis dans des salles de concert. Le prodige aux yeux noirs, déguisé en petit homme avec une chemise blanche et un nœud papillon.

– Elle me soulevait sous les bras pour m'asseoir sur le tabouret. Mes pieds… c'était compliqué… pour les pédales.

Ils avaient parcouru toute l'Europe, puis les USA, de meublés en chambres d'hôtel. Elle le faisait concourir partout. C'était elle qui l'entraînait, elle qui était une concertiste ratée, mais une redoutable professeure de piano.

– Elle m'attendait dans les coulisses et, quand j'avais fini de saluer le public, vlan, vlan, deux claques, si j'avais accroché des notes.

Sauveur l'écoutait, de plus en plus horrifié.

– Vous avez été un enfant martyr.

– Hein ? Non, non, protesta Wiener, gêné, ce n'est pas ce que je veux dire.

– C'est ce que je vous dis, moi. Votre mère vous a volé votre enfance.

Le tic s'empara de Wiener, le faisant cligner de plus en plus vite. Sauveur jugea opportun d'élargir son propos.

– Beaucoup d'enfants prodiges ont été ou sont dans votre cas, monsieur Wiener. Leurs parents se servent d'eux, vivent la gloire par procuration, gagnent de l'argent sur leur dos. Ce sont des goules, des vampires.

– Vampire. C'est ça. Antoine. Un vampire, dit-il, serrant les poings de rage.

– Vous tombez toujours dans le même piège.

– Plus personne ne pourra m'obliger à jouer. Je n'y arrive plus.

– Vous n'arrivez plus à vous produire en spectacle. Mais vous aimez toujours jouer du piano, non ?

– *Concerto pour la main gauche*, répéta Wiener, qui semblait en être obsédé. Ravel l'a écrit pour un pianiste manchot. Un handicapé. C'est ce que je suis.

– Vous êtes un pianiste formidable. Vous avez ébloui des milliers de gens. Vous avez ébloui votre fils.

– Samuel, dit Wiener en sourdine. Samuel.

Sa main gauche attaqua alors un clavier imaginaire et il fredonna les premiers accords sinistres du fameux *Concerto en ré* joué par la « mauvaise » main, la main senestre. Les yeux fermés, il vit se dérouler la partition, puis il entendit l'orchestre se joindre à lui, les cordes, les timbales, les cuivres. Soudain, il abandonna le clavier et sa main gauche redevint un poing serré.

– Je peux avoir un autre café ?

En soupirant, Sauveur posa les tasses sur le plateau et remonta le couloir. Au pied de l'escalier, il guetta les bruits de la maison. Personne ne s'était encore réveillé. Dans la cuisine, il disposa les bols, le beurre et la confiture, mordit distraitement à même la baguette tandis que coulait le café. Quand il revint dans son cabinet, il trouva Wiener endormi sur le canapé, ses chaussures boueuses sur l'accoudoir.

– Meeerde !

Il renonça à son envie de le secouer par l'épaule et, le voyant frissonner dans son sommeil, alla même lui chercher une couverture. Estimant qu'il dormirait au moins une heure, Sauveur décida de l'abandonner à son sort et emporta avec lui la cage de madame Gustavia, qui faisait assez bruyamment le tour du propriétaire. À sa grande surprise, il trouva la cuisine en pleine effervescence. Louise, Lazare, Jovo s'affairaient à faire chauffer le lait et griller les tartines.

– Papa, t'étais où ?

– Je suis allé chercher la farine au moulin, je l'ai portée au four du seigneur et j'ai fait cuire le pain.

– Cool, dit quelqu'un dans son dos.

– Mais vous êtes tous tombés du lit ce matin, s'étonna Sauveur, un peu embêté de n'avoir pas eu le temps de se débarrasser de Wiener.

Le petit déjeuner commençait à s'organiser, chacun ayant pris place autour de la grande table de ferme, quand Wiener jugea à propos de faire son apparition, la chemise froissée, les yeux troubles, romantique et dévasté.

– Non, mais non ! protesta Sauveur en se levant de table. C'est chez moi, là !

Wiener parcourut la tablée du regard et désigna le croissant que Gabin s'apprêtait à enfourner.

– J'ai faim.

D'un geste d'automate, Gabin lui tendit son croissant, prêt, si le type s'avérait menaçant, à dégainer sa louche. Mais Sauveur prit les devants, il attrapa Wiener par les épaules, le fit pivoter et le poussa vers le couloir.

– Qu'est-ce que c'est, ces gens ? voulut savoir Wiener. Des patients ?

– Non, je ne dirige pas un établissement pour dingos, fit Sauveur d'une voix très ferme, comme s'il avait besoin de s'en persuader lui-même. Et je ne consulte pas le dimanche.

– On est dimanche ?

– On est dimanche.

Wiener s'assit dans le canapé.

– En termes courants, lui dit Sauveur, reprenant son fauteuil de thérapeute, vous êtes ce qu'on appelle un boulet.

– Ah ?

– Oui. Maintenant, j'aimerais savoir ce que vous comptez faire dans les... mettons... vingt minutes à venir. Parce qu'on est dimanche et que j'aimerais retrouver ma famille.

– Les dingos ?

– Qu'avez-vous l'intention de faire ?

– Je finis mon croissant. Et puis je vais chercher une chambre d'hôtel.

– Il y a un Ibis tout à côté.

– Très bien. Je vais passer deux-trois jours dans cette ville de ploucs. Voir Samuel. Récupérer mentalement.

– Ça risque de prendre plus de deux-trois jours, si vous voulez mon avis.

– Vous faites des thérapies brèves comme aux USA ?

– J'ai l'air américain ?

Wiener se releva et se dirigea vers *Le Voyageur*.

– Ce tableau me fascine. J'ai l'impression que quelqu'un va arriver dans le dos de ce type et le pousser dans le vide.

– Ou l'empêcher de s'y jeter.

– Ah oui ? Vous voyez ça comme ça... Intéressant.

Il s'éloigna du tableau, les mains dans le dos, s'approcha de la fenêtre et poussa une exclamation. Il se tourna vers Sauveur, paniqué.

– Lui !

– Pardon ?

– Lui. Là. Dans la rue. C'est lui. Mais comment il a su ?

Sauveur s'arracha à son fauteuil et aperçut par la fenêtre la Mercedes noire, garée en face.

– Vous n'auriez pas laissé un petit mot dans votre chambre d'hôtel à Paris, du style : « Je vais voir monsieur Saint-Yves à Orléans » ?

– Mais non. Rien. Qu'il s'en aille ! Je ne veux pas de son gourou !

– Du calme, du calme, fit Sauveur de sa voix d'hypnotiseur.

Mais Wiener était hors de lui, à la fois en rage et effrayé. Il invectivait la Mercedes noire. Soudain, il leva le bras gauche, serra le poing gauche.

– Non, non, ne faites pas ça ! hurla Sauveur, comprenant qu'il voulait fracasser la main gauche du *Concerto en ré*.

C'était trop tard. Le poing s'était abattu sur la vitre et l'avait traversée.

Semaine du 2 au 8 novembre 2015

Ce lundi 2 novembre, l'Éducation nationale battait le rappel des citoyens entre 3 et 18 ans encore désireux de s'instruire.

– Pourquoi on fait vivre une chose pareille aux enfants ? questionna Lazare, sincèrement accablé, au moment de partir à l'école.

– C'est pour que les parents puissent enfin jouer à la Wii, répondit Sauveur.

– C'est pas drôle.

– Je sais. J'ai rétrogradé en quelques mois du papa le plus cool au père le plus ringard. C'est ce qu'on appelle une perte de popularité dans les sondages. Au revoir, quand même.

Lazare, qui avait déjà ouvert la porte, laissa tomber son Eastpak à ses pieds et courut se serrer contre son père.

– J'ai pas envie de partir, murmura-t-il.

Paul, de son côté, battait la semelle devant la porte fermée de l'école Louis-Guilloux avec dix bonnes minutes d'avance. Il avait fui les crises de nerfs de Pimprenelle, les chougneries d'Achille et la voix grondeuse de son père. Ouf, un peu de calme. Il plongea la main dans la poche de son blouson pour y caresser un doudou bien chaud.

– Ohé ! lui cria Lazare du bout de la rue.

Ils se tombèrent dans les bras, l'un semblant protéger l'autre. Car depuis le printemps dernier, Lazare avait entamé une croissance athlétique qui le ferait ressembler à son papa et, à son grand regret, il dominait son ami de plusieurs centimètres. Plus le temps passerait, plus Paul aurait l'air d'être son cadet d'une ou deux années.

– J'ai une surprise ! J'ai une surprise ! chantonna Paul.

Ils adoraient se faire des surprises.

– Quoi ?

– Regarde dans ma poche !

Il l'entrebâilla pour que Lazare pût apercevoir Bidule.

– Tu es fou ?

– J'avais promis à Jeannot de lui montrer, répondit Paul sans se démonter. De toute façon, il dort dans ma poche.

– Il manque d'air, tu vas le faire crever.

– Mais non !

Depuis quelques mois seulement, Paul envisageait la possibilité que ceux qu'il aimait meurent un jour. Mais cette malédiction n'avait pas encore frappé les hamsters.

– Eh, Diesel ! appela Paul dans la cour de récré, faisant signe à un petit CP.

– Tu l'as tu l'as tu l'as apporté ? fit Jeannot, qui avait du mal à démarrer ses phrases et y avait gagné un surnom.

Paul sortit à l'air libre le pauvre Bidule, qui poussa un couinement de frayeur.

– Il est il est il est trop marrant. Eh, Ma Mathis, viens voir !

Mathis appela Nour qui appela Océane…

– Mais range-le, range-le ! suppliait Lazare, qui ne voulait pas collectionner comme Paul les mots en rouge dans son carnet de liaison.

Paul fourra le hamster dans sa poche avant de se mettre en rang et accrocha son blouson au dossier de sa chaise.

Madame Dumayet, maîtresse de ce double niveau

CP-CM1 passablement agité, avait trouvé pendant ces vacances de la Toussaint une innovation pédagogique. Le bâton de pluie. Celui qu'elle avait acheté était en bambou décoré, long d'un mètre, et empli de petites graines.

– Voilà : quand je le retourne comme un sablier, tout le monde se tait pour écouter le bruit de la pluie. C'est magique.

Et surtout, comme le lui avait indiqué une de ses amies, institutrice en maternelle, cela permettait le retour au calme. Madame Dumayet renversa le bâton de pluie, qui fit entendre un délicieux bruit argentin évoquant, avec un peu de bonne volonté, celui de l'averse contre la vitre.

– Y a pas y a pas y a pas de bâton de soleil ?

La remarque de Jeannot fit rire toute la classe et l'effet magique fut dissipé.

En cours de matinée, madame Dumayet eut parfois la tentation d'utiliser le bâton de pluie pour taper sur la tête de Mathis ou même de Paul, qu'elle aimait pourtant beaucoup. À deux années de la retraite, elle était devenue allergique au bruit continuel des enfants. Ils avaient toujours, toujours quelque chose à dire.

– Qu'est-ce qu'il y a ? Qu'est-ce que c'est encore

que cette agitation ? gronda madame Dumayet, s'approchant d'un petit groupe de CM1. Jeanne, qu'est-ce qui t'arrive ?

– C'est Noam, fit Jeanne, le ton contrarié. Il dit qu'on est contrôlés.

– Mais non, il n'y a pas de contrôle un jour de rentrée.

Madame Dumayet vit tout de suite que sa phrase avait amené un sourire de suffisance sur les lèvres des garçons.

– J'ai dit quelque chose de drôle ? Mathis, tu me réponds ?

– Mais madame, c'est pas vous qui contrôlez le monde !

– Et c'est qui ?

– Ben, les Illuminatis, fit Noam comme s'il s'agissait d'une évidence.

Madame Dumayet fronça les sourcils. Son petit-fils de 12 ans, Damien, lui avait parlé récemment des théories du complot en vogue chez les ados. Elle avait d'ailleurs eu beaucoup de mal à le convaincre que, non, la CIA n'était pas responsable de la mort de Kennedy, de Coluche et de Lady Di. Ses CM1 auraient-ils mis leurs vacances à profit pour se documenter sur YouTube, leur principale source d'approvisionnement en matière d'imbécillités ? Elle voulut en avoir le cœur net.

– C'est quoi, les Illuminatis ?

– C'est ça, fit Mathis en dessinant un triangle avec ses deux mains et en le plaçant devant son œil.

– C'est El Ga El Ga El Ga…

Jeannot, comme mû par un ressort, venait de bondir de sa chaise.

– Quoi, Helga ? questionna imprudemment la maîtresse.

– El Gaouli !

Jeannot avait un grand frère, fan de rap complotiste. Faisant le signe du diable, le petit doigt et l'index dressés comme deux cornes, Jeannot se dandina en rappant sans le moindre bégaiement :

– *Ils veulent le pouvoir/Prendre le contrôle/De nos corps et nos esprits/Nos âmes à n'importe quel prix…*

– Assieds-toi, Jeannot, assieds-toi ! lui ordonna la maîtresse tandis que toute la classe se gondolait de rire.

À défaut de contrôler le monde, madame Dumayet reprit le contrôle de la situation avant que Jeannot ait eu le temps d'entamer le premier couplet : *Qui tient les pays par la dette comme par les couilles ? / Qui dans les guerres fournit aux deux camps les armes et les douilles ?*

Ce qui était dommage en un sens, car les CP découvraient le son « ou » ce matin. Mon Dieu, songea madame Dumayet, tandis que ses élèves se mettaient enfin au travail, est-ce que les parents ont idée du fatras qu'il y a dans la tête de leurs enfants ?

– Paul, qu'est-ce que tu cherches sans arrêt dans ta poche ? dit-elle tout à coup, car, comme les Illuminatis, elle avait l'œil partout.

Paul était incapable de mentir.

– C'est Bidule.

– Quel bidule ?

– Mon hamster.

Il le sortit de sa poche parce qu'il commençait à le trouver assez peu réactif. Lazare avait peut-être raison quand il disait que le manque d'air engourdissait le pauvre Bidule. Tous ceux qui n'avaient pas encore fait sa connaissance poussèrent un « oooh » d'attendrissement, à l'exception de Jeanne, qui poussa, elle, un cri d'épouvante. Madame Dumayet eut un éclair de génie pédagogique.

– Calmez-vous, la pauvre petite bête est morte de peur.

En toute hâte, et multipliant les « chut, chut », elle alla chercher en haut de son armoire la cage qui avait servi à Capucine, une tortue décédée deux années auparavant. Quelques vieux chiffons et quelques mouchoirs en papier en tapissèrent le fond, et Bidule y fut installé.

– Maintenant, tout le monde à sa place et ne faites pas trop de bruit. Bidule a eu beaucoup d'émotions. Ce serait bien qu'il dorme un peu.

Là où le bâton de pluie avait échoué, Bidule réussit. On ne se déplaça plus dans la classe que sur la pointe des pieds et tout le monde parla à voix basse.

*
* *

Ella s'était endormie tard et réveillée tôt. Elle ne pouvait plus prétexter la gastro pour ne pas retourner au collège. Elle n'avait donc que deux solutions : braver le regard des autres en s'habillant comme sur la photo ou se dérober au regard des autres en s'habillant comme une fille « normale ». En prévision de cette seconde option, elle avait prélevé dans l'armoire de Jade un chemisier au motif Liberty rose et un soutien-gorge rembourré.

À 6 h 30 du matin, dans la salle de bains fermée au verrou, Ella enfila sur son torse plat le soutien-gorge, encore renforcé par du coton, puis le chemisier à fleurs. Pour supporter cette épreuve, elle se raconta que son alter ego, Elliot Kuypens, l'écrivain-aventurier, se déguisait en fille pour entrer dans le harem d'un sultan. D'une main inexperte, elle mit du mascara sur ses cils, du rose à ses joues, du gloss sur ses lèvres, puis elle glissa dans le couloir en chaussettes jusqu'à sa chambre. La sueur coulait le long de ses bras. Elle frotta ses mains moites contre son jean et, les jambes flageolantes, s'affaissa au bord de son lit. Elle sortit de son engourdissement au bout de dix minutes. Elle devait partir de la maison sans que personne ne la voie. Elle réussit à chausser ses Converse roses et se redressa. Le miroir, devant lequel, habillée en garçon, elle improvisait parfois des chorégraphies sur *Sans contrefaçon*, lui renvoya son reflet d'enfant perdu. Elle entendit toquer à sa porte mais ne parvint pas à réagir.

– C'est moi qui te conduis à l'école, dit son père sur le seuil de la chambre.

Il l'avait fait à plusieurs reprises l'année précédente pour s'assurer qu'elle passait le porche du collège.

– Tu m'entends ? fit-il. Je te…

Sa voix s'éteignit. Il avait aperçu le reflet d'Ella dans le miroir.

– Mais c'est quoi, ce…

Le mot déguisement ne franchit pas ses lèvres.

– T'as pas besoin de… Bon, dans dix minutes, on part.

Il referma la porte, presque aussi bouleversé que sa fille. Ella arracha le chemisier et le soutien-gorge comme si le feu avait pris à ses vêtements, elle attrapa sa marinière puis, tout en l'enfilant par la tête, courut se débarbouiller sous le robinet. Elle dut finir son démaquillage avec un produit de beauté appartenant à sa sœur et elle pleura tout en frottant ses yeux avec du coton. De retour dans sa chambre, elle ôta ses Converse et chercha dans le bas de son placard ses vieilles baskets grises.

– Ah non, merde, gémit-elle.

Sa mère les avait jetées. Il ne lui restait plus que ses chaussures vernies en 39, bien cachées dans leur boîte. Un modèle masculin. Tout au bout de son jean slim, elles lui faisaient de grands pieds qui attiraient immanquablement le regard. On toqua de nouveau à sa porte et, sans entrer, son père la prévint :

– On y va !

Il fut soulagé en l'apercevant dans son duffle-coat, sac marin à l'épaule, et visage nu. Puis son regard tomba sur les chaussures.

– Ella ! appela une voix dans la cuisine. Tu es prête, ma chérie ?

Camille attrapa sa fille par le bras et la poussa vers la sortie.

– Va pas…

Il voulut dire : « voir ta mère », mais il ne put finir sa phrase. Tous deux s'enfuirent par l'escalier sans dire au revoir à personne.

– À droite, dit-il. Je suis garé à…

Une fois dans la voiture, se sentant l'un et l'autre à l'abri, ils purent reprendre souffle. Camille conduisit d'abord en silence. Puis :

– Ça te dira, samedi, un bowling ? Parce que c'est pas avec ta mère ou ta sœur que je pourrais…

Ella, qui refoulait une envie de vomir, ne desserra pas les dents.

– Hein, qu'est-ce que t'en dis ? insista Camille.

– Oui.

De nouveau, le silence. Puis :

– C'est aujourd'hui que tu vois ton psy ?

– Oui.

– 17 h 30, c'est ça ?

– 17 h 15.

Ils étaient arrivés dans la rue du collège et Camille se gara en face du porche.

– Voilà. Vas-y.

Elle eut un geignement en se baissant pour attraper son sac, elle ouvrit la portière et Camille eut envie de lui crier : « Non, reste ! »

– Vas-y, répéta-t-il sur un ton bourru.

Il ne comprenait pas ce qui lui arrivait, ce qui arrivait à sa fille, mais il souffrait pour elle. Autant qu'elle, peut-être. Il avait besoin de boire. Oui, un verre de whisky le remettrait. Il regarda Ella s'éloigner sur le trottoir, étrange silhouette, cheveux ras et grands pieds.

Tandis qu'elle avançait vers l'entrée du collège, Ella eut l'impression que ceux qu'elle appelait dans sa tête « les gens » la regardaient, les gens ricanaient, disaient « travelo » dans son dos, la montraient du doigt. C'était peut-être vrai, c'était peut-être faux. Elle croyait les entendre. *Regarde ses pieds, regarde ses chaussures*, ah, ah, les gens riaient. Je vais vomir, je vais m'évanouir, pensa Ella. Il lui fallait vite se cacher. Les cabinets. Elle s'y enferma, lâcha son sac, s'assit par terre, dos au mur. Elle ne voulait pas mourir, non. Elle voulait juste disparaître. Elle sursauta. Quelqu'un essayait d'ouvrir la porte, puis y donna un coup de pied. Il y eut des cris et des rires dans le couloir voisin, des appels, *T'es où ? Dépêche !* des pas précipités, un robinet qui coule, une chasse d'eau tirée, puis la sonnerie, et les bruits décrurent, les pas s'éloignèrent.

Ella s'était ressaisie. Elle n'irait pas en cours, mais pour le moment elle était coincée au collège. Elle avait une solution de repli, un havre de paix : l'infirmerie. Quand elle y entra, madame Sandoz venait d'avoir Sauveur au téléphone.

– Ella ! s'écria-t-elle, comme si elle l'avait attendue.

Madame Sandoz était infirmière scolaire depuis vingt-cinq ans. Depuis vingt-cinq ans, elle était au service d'adolescents qu'elle portait dans son cœur, elle qui n'avait jamais pu porter d'enfant. Sa bonne volonté était un peu brutale ou maladroite, mais comme elle s'en rendait compte, elle passait parfois le relais à un psychologue. C'était elle qui avait aiguillé vers Sauveur Margaux et Blandine Carré, Ella Kuypens, Samuel Cahen, et bien d'autres.

– Ma pauvre chérie ! s'exclama-t-elle. Dans quel état tu te mets ! Je vais te donner un sucre avec de l'alcool de menthe.

C'était l'autre remède de madame Sandoz.

– Sauveur m'a tout expliqué.

– Tout, balbutia Ella.

– Oui, tiens, laisse-le fondre sur ta langue… Tu en as, des drôles de chaussures.

Madame Sandoz se racla la gorge, consciente qu'elle venait de lâcher une bêtise.

– Je le connais, ce Jimmy, ajouta-t-elle. C'est un garçon qui fait des complexes. Et toutes ces filles qui t'embêtent, tu sais, ce sont des jalouses.

– Je suis différent, c'est ça qui les embête.

Ayant coupé la chique à madame Sandoz, Ella savoura l'alcool de menthe tandis que son père, quelques bars plus loin, s'enfilait son deuxième whisky du matin.

*
* *

La reprise se faisait sentir pour Sauveur. Son téléphone n'arrêtait pas de sonner, perturbant parfois les séances.

– Ne vous en préoccupez pas, monsieur Kermartin, j'ai un répondeur. Donc, vous vouliez me parler de votre femme ?

– Oui, je l'aime beaucoup, je l'aimais beaucoup, se reprit-il. J'ai été très heureux avec elle. Pas un nuage entre nous ! J'ai eu un chagrin, un chagrin ! Quand elle est morte, je veux dire. J'ai pleuré, je voulais mourir, vous demanderez à ma fille, JE VOULAIS MOURIR.

– Mais je vous crois. Vous avez eu énormément de peine.

– Voilà, appuya-t-il.

– Mais maintenant vous allez mieux, et c'est normal.

Les yeux de monsieur Kermartin remontèrent vers le plafond.

– Votre femme ne vous en veut pas, ajouta Sauveur.

– Elle était d'un tempérament assez jaloux, chuchota Kermartin, comme s'il livrait là une information secret-défense.

– Vous pensez que Violette – c'était le nom de votre épouse, n'est-ce pas ? – vous pensez que Violette ne voit pas d'un très bon œil votre nouvelle relation féminine…

– Mais… elle est morte, s'affola Kermartin.

Sauveur songea au vers célèbre de Victor Hugo : *« L'œil était dans la tombe et regardait Caïn. »* L'œil jaloux de Violette était désormais relayé par des caméras au plafond.

– Votre femme est morte, lui confirma Sauveur. Mais quand quelqu'un que nous aimons, un conjoint, un enfant, meurt et nous laisse survivants, nous nous sentons coupables et nous avons du mal à nous autoriser à être heureux de nouveau. Je le sais par expérience.

– Vous avez perdu… ?

– Mm, mm.

– C'était votre femme ?

Sauveur acquiesça, un peu ennuyé de s'être livré.

– Vous étiez heureux en ménage, vous aussi ?

Sauveur fit non de la tête, ce qui parut ouvrir des perspectives à monsieur Kermartin. Toujours sur le ton de la confidence, il admit que Violette avait été une épouse remarquable, mais insupportable, en fait. Cet aveu fit perler la sueur à son front, mais pas s'écrouler le plafond.

– Je me demande quelque chose… Je me demande si je n'ai pas un peu inventé cette histoire de caméras ?

– Ah oui ?

– C'était peut-être seulement dans mon imagination ?

– Peut-être.

Après avoir promis de rappeler Sauveur au cas où les voisins se manifesteraient de nouveau, Kermartin s'écria :

– J'ai été bien inspiré en venant vous voir! Quand j'ai lu sur votre plaque «Sauveur Saint-Yves psychologue clinicien», je me suis dit: «Avec un nom pareil, ce type-là doit faire des miracles!»

Sauveur joignit son rire à celui de Kermartin, nullement certain que son patient soit tiré d'affaire. Peut-être un jour prochain échouerait-il aux urgences psychiatriques en plein délire paranoïaque? Peut-être, tout au contraire, épouserait-il son amie et vivrait-il de nouveau vingt années de bonheur conjugal? Plus il avançait dans sa vie d'homme et de psychologue, plus Sauveur était certain d'une chose: qu'il était un grand ignorant.

– Ella?

– Vous savez? lui dit-elle en ramassant son sac pour le suivre dans son cabinet.

– Non, je ne sais pas.

– Mais si! Que je ne suis pas allée en cours aujourd'hui? Madame Sandoz vous raconte tout et vous racontez tout à madame Sandoz!

– Madame Sandoz et moi menons encore des existences distinctes. Mais nous échangeons parfois des informations.

Sauveur se rendit compte que ce ton blagueur ne convenait pas : Ella n'était pas Blandine.

– Comment vas-tu ? se reprit-il, mettant plus de chaleur dans sa voix.

– Ça va encore faire des histoires avec les parents. Maman…

Au même moment, quelqu'un frappa à la porte d'entrée avec le heurtoir en forme de poing.

– Tu as demandé à tes parents de venir ? s'informa Sauveur.

Ella secoua la tête, déconcertée et presque inquiète. Mais déjà on frappait à la porte du cabinet de consultation. Sauveur se leva pour ouvrir à…

– Monsieur Kuypens ?

Ella rangea ses pieds du mieux qu'elle put sous sa chaise et accueillit son père d'un :

– Mais tu fais quoi, là ?

– Je suis interdit de séjour ? demanda Camille, se tournant vers Sauveur.

Il sentait l'alcool.

– Est-ce que tu acceptes que ton père reste ? demanda Sauveur à Ella.

– J'ai le choix ? fit-elle, soupçonneuse.

– Oui. Ton père peut aller en salle d'attente.

Camille fit entendre un bredouillement qui contenait le mot « mineure ».

– Je veux bien qu'il reste, dit-elle, mais je veux savoir pourquoi il est venu.

Sauveur désigna le canapé à monsieur Kuypens, qui s'assit en soufflant comme un phoque.

– Je suis venu parce que… parce que je trouve qu'Ella ne va pas bien, dit-il, s'adressant au thérapeute. Soi-disant que vous la soignez…

– Je ne soigne pas mes patients comme un médecin soigne une angine.

– Je sais, je sais, ronchonna Camille. En même temps, si ça sert à rien…

– Mais comment tu sais que ça sert à rien ? se révolta sa fille, prête à bondir et oubliant de dissimuler ses pieds.

Le regard de Camille, comme aimanté, vint se fixer sur les souliers trop grands.

– Et c'est quoi, ça ? demanda-t-il d'une voix que l'émotion cassait.

Ella replia les jambes.

– J'aime bien, dit-elle.

– Et ta mère qui t'achète des chaussures roses, ricana Camille.

Il se souvint du reflet dans le miroir et ajouta :

– T'as pas besoin de ressembler à ta sœur. Elle a son genre et toi, tu as le tien.

– Qu'est-ce que c'est, le genre d'Ella ? fit Sauveur, comme s'il s'interrogeait lui-même à haute voix.

– Mais c'est un peu… le genre garçon manqué.

– Garçon manqué, répéta Sauveur.

– Ah oui, oui ! s'esclaffa Camille. Vous allez me resservir votre truc qu'on a eu un garçon qui est mort avant Ella et…

– Et ?

– Non, mais moi, ces trucs de psy, j'y crois pas.

– Je ne veux pas être une fille, déclara Ella, le ton neutre.

– Tu… tu veux pas ? balbutia Camille. Mais c'est pas quelque chose qu'on décide.

Ella attrapa son sac marin et en sortit son téléphone. Elle le tendit à son père. Sauveur comprit qu'elle lui montrait la photo.

– C'est toi, ça ?

– Ça, répéta Ella, la voix blessée.

Camille prit le temps de bien regarder.

– Ça te va bien, dit-il en lui rendant le téléphone.

Leurs mains se touchèrent. Ils se regardèrent, surpris d'être si proches.

– Vous n'êtes pas choqué, releva Sauveur.

– Pourquoi je le serais ? protesta Camille.

– Ella aime s'habiller avec des vêtements d'homme, souligna Sauveur, voulant vérifier ce que Camille pensait vraiment.

– Et alors ? Si ça lui plaît… De toute façon, moi, les chichis de fille, j'aime pas trop.

– Vous avez entendu ce que vous a dit Ella ?

– Quoi ?

– Qu'elle ne veut pas être une fille.

– Oui, mais ça, c'est pas possible.

Il adressa cette dernière remarque directement à Ella et sur un ton de regret.

– Qu'est-ce qui n'est pas possible ? le pressa Sauveur.

– De de de… de changer de sexe !

Personne ne dit : « Pourtant, certains le font », mais sans doute tous les trois le pensèrent.

– Je n'ai pas eu de fils, et c'est sûr, je l'ai regretté, reprit Camille. Mes filles, j'ai toujours eu l'impression qu'elles appartenaient à ma femme. J'osais pas trop… comment dire ? interférer.

Il soufflait, souffrait, s'introspectant peut-être pour la première fois de sa vie.

– Mais Ella… c'est moi qui ai choisi son prénom.

Sauveur se souvenait de la séance où monsieur Kuypens avait nié le fait, de même qu'il avait refusé d'admettre la proximité sonore entre les deux prénoms, celui du garçon défunt, Elliot, et celui de sa remplaçante, Ella.

– Je voyais bien, quand tu étais petite, que tu étais casse-cou, poursuivit-il. J'aurais dû t'encourager. Mais ta mère, c'était tout le temps : « Attention, tu vas lui faire mal ! Attention, elle n'a que trois ans ! » Un jour, je me rappelle, au toboggan, tu as voulu monter sur le plus grand, celui qui tournait…

– … et maman m'a obligée à monter sur le petit, celui pour les bébés, compléta Ella.

Ils avaient le même souvenir, ils avaient eu la même déception.

– Moi aussi, tu sais, j'aurais voulu faire des trucs de casse-cou. Je voulais piloter un avion, faire du saut en parachute.

– Pourquoi tu ne l'as pas fait ?

– Je sais pas. La vie… On décide à votre place.

Il avait repris la petite entreprise de chromage fondée par son père, qui lui avait pesé sur les épaules, année après année, et, imbibé des odeurs des bains d'acide chromique et sulfurique, lui-même s'était mis à boire.

– Mais toi, tu feras ce que tu voudras, promit-il à sa fille, tu choisiras.

– Vous êtes un type sensationnel, Camille, dit Sauveur, prenant son ton d'hypnotiseur.

– Sensationnel ? Vous m'avez regardé, là, tout de suite ?

Sa voix chevrotait, ses mains tremblaient.

– Vous avez vu ce que je suis devenu ?

– Je vois qui vous êtes, rectifia Sauveur.

– Eh bien, vous êtes forts, vous, les psychologues, essaya de rire Camille.

Mais il pleurait. Sauveur lui tendit sa boîte de Kleenex, puis s'aperçut qu'Ella en avait également besoin.

– Est-ce que tu veux parler de l'école ? lui demanda Sauveur à mi-voix.

Il souhaitait qu'Ella informe son père du harcèlement dont elle était victime.

– Pourquoi ?

– Parce qu'il peut t'aider.

Monsieur Kuypens fut donc mis au courant et passa peu à peu de l'envie de « casser la gueule à tous ces petits cons » au souci de régler le problème dans l'intérêt de tous. Sur le seuil de la porte, Camille posa la main sur l'épaule d'Ella, une main qui ne voulait plus trembler.

En fin de journée, alors qu'il allait fermer son cabinet, Sauveur reçut un dernier appel.

– Docteur Agopian. Je voulais vous prévenir que madame Poupard sortira ce jeudi après-midi à 13 heures. Elle est tout à fait stabilisée. Ce serait bien que son fils soit là pour la raccompagner chez elle.

Se rendait-il compte qu'il parlait d'un lycéen paumé et non d'un infirmier psychiatrique ?

– Je lui ferai la commission, répondit Sauveur.

Il revit le geste de Camille, posant sur l'épaule de sa fille une main protectrice. Si Gabin quittait son refuge au grenier, Sauveur ne le protégerait plus, et il eut le sentiment que dès lors tout pouvait arriver.

*

* *

Dès le lendemain, 8 heures, on heurta à la porte du 12 rue des Murlins, et Sauveur n'eut plus un seul temps mort jusqu'à 19 h 30. Le carrousel de toutes ces vies qui n'étaient pas la sienne était reparti, lui donnant le tournis.

– Bonjour Maïlys ! Entrez, madame Foucard. Et vous êtes monsieur… ?

– Vous pouvez m'appeler Lionel. Oups, excusez-moi, je dois répondre.

– Monsieur… euh… Lionel, je vous arrête tout de suite, fit Sauveur, une main levée pour lui signifier l'interdiction, vous ne pourrez vous asseoir que si vous éteignez votre téléphone. Je vous demande 45 minutes d'attention en continu.

– Hein ? Ah oui ? Éteindre le… oui, je… fais ça…

Lionel parlait pour gagner du temps, ce qui lui permit de finir son SMS.

– Je le mets en mode avion, ça ira ? demanda-t-il en lançant un coup d'œil à Sauveur.

– Vous le rangez dans votre poche et vous ne le sortez plus.

– Pas de problème.

On sentait le gars habitué à vous dire : « Promis », les yeux dans les yeux, et à ne jamais en tenir compte. Madame Foucard s'assit, après avoir précisé que *le sien* était fermé, et Maïlys réclama les animaux de la ferme.

– D'abord, Lionel, je vous remercie d'avoir pris de votre temps pour venir ici. J'ai cru comprendre que vous étiez très occupé ?

– Hein ? Ah ? Oui… euh… pas mal… occupé.

Lionel, qui était un trentenaire au visage sympathique, ne semblait pas intégrer instantanément ce qu'on lui disait. Comme madame Foucard lors de la séance précédente, il triturait son téléphone dans sa poche pour ne pas perdre le contact. Après un échange un peu laborieux, où Sauveur devait sans cesse réactiver l'attention de Lionel, il fut établi que, dans le couple, c'était madame Foucard qui gagnait l'argent, Lionel « développant un jeu vidéo » depuis six ans.

– C'est un MMOG.

– Pardon ? Un… ?

– *Massively multiplayer online game*, précisa madame Foucard, que son compagnon paraissait agacer.

– C'est un peu comme *Second Life*, qui est en perte de vitesse. Il y a un créneau à prendre, ajouta Lionel, dont l'œil fut soudain attiré par Maïlys.

La petite s'était approchée, agitant à bout de bras un animal en plastique.

– Elle veut quoi ? dit Lionel, s'adressant au thérapeute, comme s'il était seul habilité à analyser le comportement d'un enfant.

– C'est un quoi, comme animaux ? demanda Maïlys, se tournant vers l'adulte susceptible de s'intéresser à elle.

– Une chèvre, répondit Sauveur.

– Elle est tout blanc la sèvre et ses parents ils sont

tout blancs, ils sont pas morts mais ils sont perdus, dit-elle d'une traite, puis elle repartit jouer en sautillant.

– Elle est normale pour son âge ? s'informa son père.

– Elle ? *Elle*, oui, répliqua Sauveur en insistant sur le pronom personnel.

– Ne sois pas stupide, Lionel, fit madame Foucard, la voix cinglante.

– Mais quoi ? Je demande ! Je sais pas si c'est normal pour une gosse de son âge de se taper la tête dans le mur.

– Elle a recommencé cette semaine ? questionna Sauveur.

– Cette semaine ?

Lionel interrogea sa compagne du regard comme s'il ne savait pas si sa fille s'était assommée récemment. Le manque induit par le sevrage téléphonique commençait à faire effet. Il aurait eu besoin d'urgence d'un SMS ou d'un MMS pour le ranimer.

– Cette semaine, elle a surtout fait des caprices, répondit la mère à sa place. Vous m'aviez conseillé de lui dire non. Le résultat, c'est qu'elle se roule par terre ou qu'elle essaie de me taper.

– T'es messante ! cria Maïlys en lui lançant la chèvre.

Celle-ci atterrit aux pieds de son père.

– C'est normal aussi, ça ? fit-il, un peu sarcastique.

– Quand on est énervé, oui, lui répliqua Sauveur. C'est même approprié.

– J'en balancerais bien, moi aussi, des chèvres, fit madame Foucard entre haut et bas.

– Sur qui ? demanda Sauveur, la voix suave.

Elle jeta un regard sombre à son compagnon.

– Attends, j'y suis pour rien, moi, si la gamine fait n'importe quoi, se rebiffa Lionel. D'ailleurs, à la base, je voulais pas.

– Vous ne vouliez pas quoi ? questionna Sauveur, toujours de sa voix de chanteur de charme.

– Être père. C'est pas mon truc, je trouve que c'est flippant.

– Mais c'est incroyable d'entendre ça ! explosa sa compagne. Tu n'as pas fait trois enfants ?

– Comment, trois enfants ? répéta Sauveur, tombant des nues.

– Mais sur *Second Life* ! Des enfants virtuels, fit Lionel sur un ton geignard.

– Et tu passes la moitié de tes nuits avec eux et avec… comment s'appelle-t-elle déjà ? Un nom crétin comme on rêve d'en porter à 12 ans…

– Alison, marmonna Lionel, vexé. C'est pas crétin, c'est virtuel.

Madame Foucard prit Sauveur à témoin :

– Vous me voyez, là, moi ? J'ai 35 ans, je gagne ma vie, NOTRE vie, j'élève ma fille, SA fille, et lui, il refuse de se pacser avec moi, mais il se marie avec Alison.

– Je la connais pas, je l'ai jamais vue ! glapit Lionel. C'est virtuel, putain !

C'était la première fois que Sauveur assistait à une scène de ménage mettant en cause un avatar sur Internet et il était médusé au point de ne pas penser à calmer le jeu. Et soudain, bing ! Non, pas un SMS. Une vache volante, qui vint frapper Lionel à la tête.

– Ah… c'est pas son jour, remarqua Sauveur pour lui-même. Ça va, monsieur… Lionel ?

– Mais enlevez-lui ses projectiles ! gémit le malheureux garçon, tout en se massant le front.

Maïlys, les sourcils froncés, l'œil noir de colère, regarda Sauveur s'avancer vers elle. Elle serrait quelque chose dans son poing.

– C'est le petit veau ? lui demanda-t-il, en pliant les genoux devant elle. Tu devais me le rendre.

Une moue tremblant sur ses lèvres, Maïlys desserra ses petits doigts et laissa tomber l'animal en plastique. Sauveur, se penchant vers elle, lui murmura à l'oreille :

– Tu répètes après moi ? Papa…

– Papa, dit-elle, regardant Sauveur, comme hypnotisée.

– Je regrette…

– Ze regrette…

– … de t'avoir fait mal.

– Fait mal.

– Un bisou, maintenant ? Non, non, pas à moi. Enfin… je veux bien aussi. Mais c'est papa qui réclame un bisou, n'est-ce pas, Lionel ?

Père et fille s'embrassèrent si maladroitement qu'ils se heurtèrent le front contre la pommette. Ouille, firent-ils tous les deux, et Sauveur conclut gaiement :

– « Le réel, c'est quand on se cogne. »

*
* *

Madame Cahen aurait ajouté : quand on se cogne, c'est que votre fils vous a poussée. Il n'y avait pas de jour où elle ne rappelait à Samuel cet épisode.

– Je n'y vois plus clair de l'œil gauche. T'as dû m'endommager le nerf optique.

Ou bien :

– J'ai des migraines ophtalmiques, m'a dit le docteur. Et ça, c'est le coup que j'ai pris derrière le crâne.

Samuel aurait pu lui rétorquer qu'il l'entendait se plaindre de ces fameuses migraines depuis qu'il était enfant. Mais il préférait en endosser la responsabilité et faire semblant de soigner sa prétendue impulsivité.

– Tu as pris ton Lexomil ? lui demanda sa mère, ce mardi matin.

– Un quart de comprimé. Je vois Sau… le docteur Saint-Yves tout à l'heure pour faire le point.

– Tu ne vas pas y aller toutes les semaines… 45 euros, j'ai pas les moyens.

Samuel rassemblait en silence livres et cahiers pour sa journée de lycée. Sa mère insista :

– Tu y vas encore une fois chez ce docteur, et puis c'est tout. Il n'est pas remboursé.

– Je ne vais pas avaler n'importe quel médoc pour te faire plaisir.

– Tu as peur que ça t'empêche de bander ? ricana madame Cahen.

Samuel eut un frisson de dégoût. Il devait se sauver ou l'envie de la frapper deviendrait incontrôlable.

L'arrivée d'un SMS sur son smartphone lui offrit une diversion.

– Ta petite copine qui te relance ? fit madame Cahen avec un mouvement vers lui comme si elle allait regarder l'écran.

Il eut juste le temps de voir que c'était un SMS de Wiener. Saisi d'une joie démesurée, il enfouit le téléphone dans la poche droite de son blouson.

– J'y vais, marmonna-t-il, en attrapant son sac à dos.

– C'est ta copine, fit-elle, lui barrant le chemin. Pourquoi tu te caches si tu ne fais rien de mal ?

Samuel connaissait maintenant l'engrenage qui le menait à la violence. Il ne voulait pas y succomber. Il enfonça la main droite dans sa poche, palpa le smartphone et garda le contrôle de sa voix :

– Laisse-moi passer.

– D'abord, tu me dis, fit-elle, le ton mutin, comme s'il s'agissait d'un jeu entre eux deux.

– Je te dis quoi ?

– Qui c'est ?

– Amanda. Tu la connais pas.

– Amanda comment ?

– Gastenbide.

– Amanda Gastenbide ! s'exclama madame Cahen,

dont les yeux jetaient d'inquiétants éclairs. T'es allé la chercher où, avec un nom pareil ?

– Dans ma classe. Tu me laisses passer ? Je vais être en retard chez Sauveur.

– Tu crois que je n'ai pas compris tes manigances ? cria-t-elle. Tu ne vas pas chez le médecin, tu vas la retrouver. C'est des histoires de coucheries et de cochonneries, tout ça !

Samuel sentit qu'il allait craquer. Une provocation de plus, et il frapperait. Il enfonça l'autre main dans sa poche.

– Mais vas-y, pousse-moi ! Ton père me battait. Alors, pourquoi pas toi ? Tel père…

– Tais-toi ! hurla-t-il, incapable de refréner la montée de sa colère.

– Chut, les voisins… les voisins vont t'entendre…

Mais n'était-ce pas ce qu'elle voulait ? Qu'on sache, que tout le monde sache qu'elle était une mère battue. Il voyait le piège, il le voyait comme il ne l'avait encore jamais vu, et il allait s'y jeter. Dans sa poche, sous ses doigts, le smartphone vibra de nouveau et, contre toute attente, il eut un rire heureux. Papa.

– Tu fais pitié, dit-il à sa mère, et il se prit une claque d'une violence incroyable.

Emportée par son mouvement, madame Cahen tituba et Samuel put passer et fuir par l'escalier. Il était sacrément sonné, mais libre, libre ! Tout d'abord, il courut comme pour se mettre à l'abri, puis il ralentit le pas et sortit le téléphone de sa poche.

Je suis à l'hôtel Ibis. Tu viens quand tu veux. Wiener (ton père)

Samuel lut et relut le message que Wiener lui avait envoyé en double exemplaire avec cette variante : quand tu veux, mais vite. Quel hôtel Ibis ? Ici ? À Orléans ? Ou bien à Shanghai ?

Pendant ce temps, dans le cabinet de consultation, Sauveur regardait passer l'heure. 9 h 50. 9 h 55. Que faisait Samuel ? À 9 h 57, Sauveur eut la réponse sur son téléphone fixe.

– Excusez-moi, j'arrive… Ma mère m'a embrouillé et puis j'ai reçu un SMS de mon père, que je n'ai pas bien compris.

Samuel le lut d'une voix essoufflée tout en marchant.

– Qu'est-ce que tu ne comprends pas ?

– Mais c'est quel hôtel Ibis ?

– 12 avenue du Maréchal-Leclerc.

Samuel pila sur le trottoir. Donc, son père était là, à deux pas.

– Mais je ne peux pas le voir, se désola-t-il. J'ai rendez-vous avec vous, et après j'ai cours…

– Tu y vas maintenant, l'interrompit Sauveur.

– Maintenant, genre tout de suite ? s'affola Samuel, dont c'était pourtant le seul désir.

– Dépêche-toi.

L'oiseau Wiener était encore au nid, mais pour combien de temps ?

– D'accord, j'y vais. Merci ! Merci !

– Mais tu n'oublies pas ce que je t'ai dit ? Tu lui laisses le temps. Il est comme il est.

– Ne vous inquiétez pas, dit Samuel, riant presque. J'ai compris. C'est un mec barré.

S'il pouvait l'appeler « papa » de temps en temps, ça lui suffisait.

Dans le hall de l'Ibis, Samuel se sentit intimidé. Il avait mené seize années d'une vie si étriquée qu'il n'était jamais entré dans un hôtel et, quand il s'approcha du réceptionniste, il eut l'impression de tourner une scène de film.

– Monsieur Wiener a pris une chambre ici, dit-il d'une voix qui lui parut très adulte. Est-ce que vous pourriez le prévenir que son fils est à la réception ?

– Chambre 421, fit le réceptionniste. Je l'appelle.

Tout en faisant les cent pas dans l'entrée, Samuel

se prépara au choc de cette deuxième rencontre. Mais comme il avait gardé en mémoire l'image d'un dandy en tenue de concertiste, il ne reconnut pas tout de suite l'homme qui s'avança vers lui en pull noir ras du cou tombant sur un jean serré, des baskets rouges aux pieds, et le bras gauche en écharpe. Ils se regardèrent, presque aussi surpris l'un que l'autre, sans même penser à se saluer.

– C'est quoi ? questionna Wiener en désignant la joue de son fils.

– Rien. Une embrouille.

– Moi, c'est une fenêtre.

Il parut chercher l'inspiration autour de lui pour dire autre chose.

– Je joue du piano huit heures par jour depuis trente-sept ans. Tu as idée de ce qu'on peut faire d'autre ?

– Prendre un café ?

C'est ainsi qu'ils se retrouvèrent tous deux à la brasserie de l'Annexe. Devant un cappuccino, Wiener apprit à son fils qu'ils avaient le même thérapeute.

– Sauveur ?

– Oui. Très efficace comme garçon, laissa tomber Wiener de son ton dédaigneux. Il a stoppé l'hémorragie, il m'a conduit aux urgences, il a flanqué un coup de poing à Antoine qui voulait m'emmener de force à Paris. Je n'ai plus d'imprésario et ma carrière de soliste est terminée. Ça te dirait de faire le tour du monde en voilier ?

Samuel se demanda si son père plaisantait ou s'il était parti dans un petit délire.

*
* *

Ce mardi soir, Louise avait un « dîner de filles » avec Valentine et Tany, un exercice qui consistait à manger une salade César tout en parlant des hommes, ceux qu'on avait eus, ceux qu'on avait, et ceux qu'on n'aurait jamais, Benedict Cumberbatch pour l'une, François Cluzet pour l'autre. Valentine était mère célibataire d'un petit Hector et Tany parlait d'en « faire un », pas forcément un Hector, mais un enfant d'une façon plus générale. Cependant, comme elle le reconnut en face de sa salade :

– Faire un enfant sans père, c'est pas évident.

– C'est sûr, confirmèrent Louise et Valentine.

Le problème de Tany étant réglé, au moins pour la soirée, on passa au cas de Louise.

– Il t'a proposé de vivre ensemble, ou pas ?

– C'est compliqué, soupira Louise.

Valentine et Tany connaissaient Sauveur de vue comme de réputation. Beau mec, bonne situation. Sans être envieuses, elles préféraient tout de même que ce soit compliqué. Louise leur raconta son dimanche, pourri par un type à moitié fou, un patient de Sauveur, qui s'était mutilé dans son cabinet de consultation en passant la main à travers la fenêtre.

– Heureusement que ce n'était pas du double vitrage, il se serait cassé le bras ! Il y avait du sang partout !

Sauveur l'avait appelée à la rescousse. À eux deux, ils avaient donné les premiers soins au patient, qui tournait de l'œil. Puis, une fois sur le trottoir, en partance pour les urgences de Fleury, ils avaient été abordés par un jeune homme blond surexcité.

– Il voulait faire monter de force notre blessé dans sa Mercedes, et Sauveur lui a balancé un de ces coups de poing dans la mâchoire !

Louise mima l'uppercut avec un certain enthousiasme. Mais depuis, elle n'avait pas revu Sauveur, qui était débordé.

– Tu ne crois pas qu'il te balade ? s'inquiéta Tany.

Louise rentra chez elle, le cœur gros. Ces derniers jours, elle avait senti une gêne entre Sauveur et elle. Ce n'était pas seulement la présence de Jovo ou de Gabin. C'était quelque chose qu'il ne disait pas, qu'il n'arrivait pas à dire. Peut-être ne l'aimait-il pas assez pour lui faire une place dans sa vie ? En rallumant le téléphone qu'elle avait éteint au dîner par politesse, elle vit que Sauveur lui avait envoyé un texto entre deux rendez-vous.

See you tomorrow ?

Contrairement à ce que Louise redoutait, Sauveur cherchait à lui faire une place dans sa vie. Comme il l'en informa le lendemain soir, puisque Gabin retournait chez lui, le grenier se libérait pour Jovo, et du même coup, le canapé-lit du bureau redevenait disponible pour Alice.

– Pas le grand confort, mais une semaine sur deux, elle acceptera peut-être ?

Au ton de sa voix, Louise se demanda s'il ne se forçait pas un peu.

– Tu sais, il n'y a pas d'obligation entre nous.

– Comment ça ?

– Si… si tu ne te sens pas prêt, bredouilla-t-elle.

Elle avait tellement peur qu'il se saisisse de la perche qu'elle lui tendait pour répliquer : « D'accord, faisons comme ça. Toi chez toi, moi chez moi. »

– Ah bon ? C'est ce que tu crois ? fit-il avec sa manie de ne jamais répondre.

– J'ai l'impression, mais je peux me tromper, dit Louise aux abois, j'ai l'impression que le courant ne passe plus aussi bien entre nous, que… enfin, je ne sais pas… Tu m'aimes ?

Sauveur passa la main sur son front comme s'il y était écrit : *Ce type t'a trahie.* « Tu te décides ? lui demanda Jiminy Cricket. C'est pile poil le bon timing. »

– J'ai fait un truc idiot, Louise. C'est sans importance, mais je crois que, tant que je ne t'en parlerai pas, ça créera une gêne entre nous. J'ai eu un geste… déplacé envers une patiente.

« Regarde la tête qu'elle fait, lui dit le criquet, elle ne comprend rien. Sois plus précis ! »

– Je l'ai embrassée, c'est tout. Je ne peux pas t'en dire plus, d'abord parce qu'il ne s'est rien passé de plus, ensuite parce que je ne peux pas parler de mes patients.

– Tu… tu l'aimes ? balbutia Louise, désespérée.

– Mais non. Mais pas du tout. Je ne la connais pas. Et ne me demande pas si c'est une habitude chez moi de draguer mes patientes. La réponse est non. Je t'aime, toi. Toi. Je veux vivre avec toi.

Louise ne savait plus comment réagir. Elle venait d'obtenir une déclaration d'amour en bonne et due forme. Mais en même temps, en même temps…

– Tu es un type comme les autres, dit-elle d'une voix qui s'étonnait.

– Ouch… C'est pas sympa.

Au fond, il était soulagé que Louise cesse de l'idéaliser.

– Malgré tout, j'ai été bien élevé et j'ai un gros Surmoi, ajouta-t-il avec un sourire au criquet. Je suis donc un type fiable à 99 %.

– Tu t'en sors toujours avec une blague, hein ?

– J'essaie.

Ils se guettaient du coin de l'œil.

– Je te demande pardon, dit-il enfin.

*
* *

Monsieur et madame Gonzales se méfiaient un peu de Sauveur. Qu'est-ce qu'il allait encore leur raconter ? Dans la salle d'attente, ils couvaient des yeux leur fille aînée, Ambre, 13 ans, un long corps, un long cou, un long nez.

– Bonjour Ambre, bonjour, monsieur, madame

Gonzales, les accueillit Sauveur avec jovialité. Vous ne m'avez pas amené votre petite dernière ?

– Ysé est chez ses grands-parents, répondit monsieur Gonzales.

– Ah, ah, le papy bricoleur ! se réjouit Sauveur.

– Oui, fit madame Gonzales, l'air chagrin. C'est le docteur Dubois-Guérin qui nous a dit…

– … de l'envoyer à la campagne, compléta son mari.

– Mais quel excellent docteur !

Du genre à vous conseiller de manger du poisson pendant les révisions du bac et de croquer une pomme en cas d'insomnie. Il avait bien sûr repéré l'épuisement de la petite Ysé.

– Alors, Ambre, il paraît que tu as de bons résultats scolaires, la complimenta Sauveur.

Les lèvres de la jeune fille marmonnèrent un acquiescement.

– Mais tu as des soucis de sommeil, je crois ?

– Dors pas…

– Pardon ?

– Parle plus fort, dirent les parents.

– Je dors pas, répéta Ambre, l'air contrarié.

– Pas… du tout ? s'informa Sauveur.

– Si. Avec les somnifères.

– Il n'y a que les somnifères qui te fassent dormir ?

– Oui.

Le cas était plus alarmant que prévu.

– Je croyais que tu ne prenais des somnifères que dans les périodes de contrôle.

– Y en a tout le temps, répliqua Ambre, toujours du même air contrarié, et se frottant le poignet.

– Te gratte pas, dirent les parents.

– Eczéma ? s'enquit Sauveur.

Madame Gonzales voulut couper court à l'interrogatoire médical :

– Elle a une pommade.

– Prescrite par votre docteur ?

ELLE : Non, par le pharmacien.

LUI : Elle ne veut plus voir Dubois-Guérin.

Sauveur se tourna vers Ambre.

– Tu es fâchée avec le docteur ?

Mutisme complet et grattage du poignet. Madame Gonzales répondit à sa place que le docteur avait dit à Ambre de s'intéresser un peu plus aux garçons et un peu moins à ses contrôles, et qu'il l'avait choquée. Sauveur eut une petite moue de regret. Le conseil était judicieux, mais prématuré. Ambre avait la maturité sexuelle d'une enfant de six ou sept ans.

– Je peux vous donner une adresse de dermatologue, reprit Sauveur. Les démangeaisons, c'est très désagréable, la nuit.

Bien que se sentant de plus en plus accablé, il garda un ton enjoué pour demander à Ambre ce qu'elle faisait quand elle n'était pas à l'école.

– Mes devoirs.

– Pardon ?

– Parle plus fort !

– Mes devoirs.

– Ça lui prend beaucoup de temps, dit madame Gonzales. Elle avait un devoir à faire de technologie, elle y a passé le week-end. Mais elle a eu 17. La meilleure note de la classe.

– 18, rectifia Ambre, toujours de son ton buté.

– Et c'est pas sa matière la plus forte, s'extasia monsieur Gonzales.

Sauveur fit une nouvelle tentative en direction d'Ambre.

– Tu veux faire plaisir à tes parents, lui dit-il, et c'est très gentil de ta part. Mais tu remarqueras que les adultes ne travaillent pas le week-end, qu'ils ont des loisirs. Ils font du shopping, du sport, ils regardent la télé, ils traînent à table…

– J'aime pas, maugréa l'adolescente.

– Mm, mm. Il y a quelque chose que tu aimes faire, à part tes devoirs ?

– Des bracelets brésiliens.

– Ah ? fit Sauveur, un peu désarçonné. C'est ce que tu portes au poignet ?

Un soupçon l'effleura. C'était peut-être la matière ou les teintures des bracelets qui provoquaient une allergie. Mais il garda pour lui cette intuition puisque c'était le seul centre d'intérêt d'Ambre dans l'existence.

– Dans le même ordre d'idées, lui suggéra-t-il, il y a les scoubidous, les colliers de perles, le tricotin, le canevas, les…

– J'aime pas.

– Elle a des goûts précis, souligna son père d'un ton de satisfaction.

– C'est comme pour la nourriture, ajouta sa mère. Que le blanc du poulet et la purée Vico.

– Glace vanille, marmonna Ambre.

– Oui, et la glace vanille ! reprirent en chœur les parents.

– Pas fraise ? questionna Sauveur.

– Non, pas fraise.

– Ni chocolat ?

– Non, pas chocolat.

– Mm, mm.

Peut-être qu'au bout de dix ans de psychanalyse Ambre arriverait à envisager la glace à la pistache. Mais ce n'était pas gagné. Les quarante-cinq minutes s'écoulèrent sans que Sauveur entrevît la moindre possibilité d'une alliance thérapeutique avec Ambre Gonzales. J'ai complètement foiré, se dit-il en écrivant l'adresse d'une dermatologue sur son papier à en-tête. Ni monsieur ni madame Gonzales ne parlèrent de reprendre un rendez-vous.

– Vous voulez que je vous fasse un bracelet brésilien pour la prochaine fois ? dit Ambre sur le pas de la porte.

Première phrase articulée de façon intelligible. Sauveur jeta un petit coup d'œil à monsieur et madame Gonzales, tous deux saisis de stupeur.

– C'est très sympa, je veux bien.

Règle numéro 1 : ne jamais désespérer des ados.

– Jeudi prochain, tu peux venir seule. Tu connais le chemin.

– Au revoir, monsieur Sauveur.

– Au revoir, Ambre.

Ils se serrèrent la main. L'alliance était nouée.

*
* *

Sauveur aurait aimé enjamber ce vendredi pour se retrouver tout de suite en week-end. Bien qu'il ait préparé Gabin à cette échéance, il appréhendait ce qui allait se passer. À 12h30, désertant son cabinet de consultation pour la pause de midi, il déboula dans la cuisine.

– Tu es prêt ?

Sans un mot, Gabin souleva le sac à dos dans lequel il avait entassé des vêtements, son ordi, ses affaires de classe et de toilette.

– Super, tu as fait des sandwichs…

– Non. C'est Jovo.

Sauveur attrapa le sandwich au saucisson et y mordit à pleines dents.

– Mange, mange, fit-il, la bouche pleine. On doit y être à 13 heures.

Il se forçait. Il avait un nœud dans la gorge. De son côté, Gabin faisait la gueule, ce qui s'accordait bien à son visage cabossé, aux lèvres naturellement boudeuses.

– Ne fais pas cette tête, Gabin. Ce n'est pas la fin du monde. Tu reviens quand tu veux ici. C'est chez toi.

– Non.

– Quoi, « non » ?

– C'est pas chez moi.

Ils mangèrent en silence, et Sauveur avala une tasse de café, en regardant la pluie tomber sur le jardin.

– On y va.

Il aurait voulu trouver des mots affectueux, un geste de réconfort, mais il se sentait plus démuni que dans son cabinet de consultation. Parce que, là, c'était sa vie.

– En plus, dit Gabin dans la voiture comme s'il poursuivait une conversation, je pourrai pas aller au concert.

– Le concert avec ton copain d'Internet ?

– Je peux revendre mon billet sur Leboncoin.

– Pourquoi ?

– Pourquoi ! s'énerva Gabin. Mais parce que je dois surveiller ma mère !

– C'est ce week-end, ton concert ?

– Non, c'est vendredi de la semaine prochaine.

– Écoute, tu ne vas pas t'interdire de vivre. Ta mère a un traitement, elle a mon numéro de téléphone, elle peut très bien passer une soirée toute seule.

Une fois sur le parking de l'hôpital, Gabin, des écouteurs dans les oreilles, fit signe à Sauveur qu'il restait dans la voiture. Sauveur, que l'attitude de Gabin commençait à mécontenter, partit donc seul à la recherche de madame Poupard. Elle attendait chambre 109, tout habillée, une petite valise à ses pieds, et son ordonnance de médicaments à la main, comme un humain livré avec son mode d'emploi.

– Bonjour Émilie.

– Ah, c'est vous ? Je m'en vais, lui dit-elle comme s'il n'était pas au courant.

– Je sais. Je suis venu vous chercher. Votre fils vous attend dans ma voiture.

Sauveur attrapa la valise.

– Prête ?

Elle lui posa la main sur le bras.

– Je préférerais rester à l'hôpital. Je ne veux pas l'encombrer.

– Qui ça ?

– Mon fils. Mon pauvre Gabin. Il est heureux chez vous. Il m'a raconté. Ce petit Lazare, pour lui, c'est comme un petit frère. Et ce vieux monsieur, là, Jojo…

– Jovo… Il les reverra, Émilie. Mais c'est important que Gabin ait aussi un chez-lui.

– Chez lui, c'est dans son grenier, enfin, votre grenier. Moi, je suis un poids mort pour lui.

De son bras libre, Sauveur lui entoura les épaules.

– Vous allez suivre votre traitement, et tout ira bien.

Mais même à ses oreilles, sa voix sonna faux.

Après avoir déposé les Poupard chez eux, au 20 rue Auguste-Renoir, Sauveur partit affronter la deuxième moitié de sa journée de consultations. Il savait mettre entre parenthèses ses soucis personnels pour se consacrer aux autres. Mais quand il aperçut Wiener assis sur la dernière marche de son escalier, il lâcha un soupir, presque un râle d'épuisement.

– Oui, je sais, je suis un boulet, dit le pianiste en se relevant avec difficulté.

Son bras en écharpe le déséquilibrait, et il paraissait toujours transi de froid.

– Mais achetez-vous un manteau ! l'engueula Sauveur au passage.

Comme Wiener se dirigeait vers le cabinet de consultation, Sauveur le retint :

– Non, pas par là !

Comme Wiener se tournait vers la salle d'attente, Sauveur s'écria :

– Par là non plus ! J'attends quelqu'un dans cinq

minutes. Merde, Wiener! Si vous n'aviez pas une tendance naturelle à le faire, je vous passerais par la fenêtre!

Toutefois, il le fit entrer dans son cabinet, se disant que son autre patient... patienterait.

– Qu'est-ce que je vais devenir? dit Wiener de sa voix lasse en s'asseyant dans le canapé.

– C'est une bonne question.

– Je ne jouerai plus jamais de piano, reprit-il en désignant son bras gauche en écharpe.

– Vous dramatisez. C'est une entorse du poignet.

– Je n'ai plus envie de jouer en public.

– Ça reviendra, répliqua l'implacable docteur Tant-Mieux.

– J'en fais des cauchemars. Elle est là, dans la salle, elle guette les fausses notes. C'étaient des claques, mais aussi des brûlures de cigarette. J'ai... J'ai des marques.

Il passa la main le long de son bras gauche.

– Vous aviez raison quand vous m'avez dit que j'avais été...

Ses yeux clignèrent plus vite, plus fort. Il ne put sortir l'expression de sa bouche.

– ... un enfant martyr, compléta Sauveur.

– C'est ça. Quand elle est morte, j'ai cru que

j'étais libre. Mais je n'ai jamais cessé de la traîner avec moi. C'est elle, le boulet.

– Vous avez réussi à mener une carrière internationale, lui rappela Sauveur. Qu'est-ce qui s'est détraqué récemment ?

– J'ai toujours été au bord du vide, répondit Wiener, les yeux sur *Le Voyageur.* L'autre jour…

Il tressaillit en entendant le heurtoir retomber deux fois sur la porte d'entrée.

– « L'autre jour »… finissez votre phrase, Wiener.

– Je ne sais plus ce que je voulais dire.

Il écoutait le patient suivant s'installer en salle d'attente.

– Reprenez-vous, lui dit Sauveur de sa voix d'hypnotiseur. L'autre jour…

– L'autre jour… oui, c'est ça, fit-il, retrouvant le fil fragile de ses pensées. Vous m'avez dit qu'on m'avait volé mon enfance. Quand j'ai vu Samuel après le concert à Paris, j'ai compris qu'on m'avait volé autre chose.

Ce jeune homme de 16 ans surgissant brusquement avait achevé de le déséquilibrer. On lui avait volé son fils.

– Mais Samuel et moi, on a des projets, on va faire le tour du monde en voilier.

Sauveur claqua des doigts en répétant « Wiener, oh, oh, Wiener » pour le rappeler à la réalité.

– Je plaisante, j'ai le mal de mer sur une balançoire. Mais c'est pour dire…

De nouveau, sa pensée s'égara.

– C'est pour dire ? Wiener, vous êtes là ou pas ?

– Si, si. Mais je voudrais vous demander… Je sais que vous ne devez pas mélanger les thérapies de vos patients et que… Mais c'est à cause de la marque sur sa joue.

Le pianiste avait fait parler Samuel à la brasserie de l'Annexe. La marque sur la joue était due à une gifle de sa mère. Wiener avait peur pour son fils, peur que l'histoire se répète. Sauveur relativisa le problème de Samuel.

– Il a une relation difficile avec sa mère, mais il ne vit pas, il n'a jamais vécu le calvaire d'un enfant battu.

– Et moi, c'est ce que j'ai vécu ? Un calvaire ?

Wiener avait besoin de l'entendre de la bouche de son psychothérapeute, de s'en persuader lui-même, car personne, tout au long de son enfance, n'était venu à son secours, personne n'avait voulu voir dans ce petit prodige, qui jouait devant des salles pleines et saluait sur commande, un enfant martyrisé.

*
* *

Alice était devenue experte dans l'art de faire semblant. Faire semblant d'être copine avec Marine Lheureux. Faire semblant d'aimer papoter avec Pimprenelle. Faire semblant de ne pas supporter Sauveur. À force de semblant, Alice ne savait plus ce qu'elle pensait vraiment.

– Tu n'as pas à rester chez ce type pendant tout le week-end si tu n'en as pas envie, lui dit Jérôme, ce vendredi soir au dîner.

– C'est mal élevé de dire « type », releva Paul.

– Tu n'es pas chargé de mon éducation, répliqua Jérôme, montant tout de suite la voix.

Son fils lui tapait sur les nerfs pour deux raisons. Il avait le visage émouvant des jeunes garçons qui ressemblent à leur maman et il avait le caractère hardi de sa Nanou.

– Et c'est à ta sœur que je parle, pas à toi, ajouta Jérôme. Donc, Alice, si tu veux revenir à la maison dimanche, il n'y a pas de problème.

– Tant pis pour toi, t'auras pas de crêpes, chantonna Paul. Parce que Jovo, il fait trop bien les crêpes !

Sa sœur eut envie de le piler. Comme d'habitude,

elle avait le cœur traversé de sentiments contradictoires. Bien sûr, tout était insupportable chez les Saint-Yves, les hamsters et *Mario Kart*, Lazare et Paul collés à la glu, Jovo et ses histoires de guerre, Sauveur et ses trucs de psy, Gabin et ses blagues pourries. Mais il y avait les crêpes de Jovo, les coups de folie de Sauveur quand il mettait la musique antillaise à fond, les rigolades à table quand on lâchait Bidule, et sa mère qui était tout à coup tellement belle. Mais même ça, ça faisait mal.

– Je sais pas, bougonna-t-elle, je verrai. De toute façon, je peux toujours dormir chez Selma.

Elle mentait, car Selma n'était pas disponible ce week-end. Alice souhaitait seulement que son père cesse de faire pression. Elle avait envie de savoir ce qu'elle voulait, sans faux-semblant.

Dès que Paul retrouva sa mère le samedi matin rue du Grenier-à-Sel, son premier souci fut de savoir quand ils iraient chez Lazare.

– On nous attend pour le déjeuner, répondit Louise, attrapant leurs sacs à dos.

– Et pourquoi ils ne viennent jamais déjeuner chez nous ? releva Alice. Pourquoi c'est toujours nous qui nous déplaçons ?

– C'est vrai, oui, je n'y pensais pas, reconnut

Louise, cherchant à faire plaisir à sa fille. La prochaine fois…

Comment dire à Alice d'une façon un peu délicate que le canapé-lit s'était libéré ?

– Tu n'as pas de projet avec tes copines ce week-end ? s'informa Louise, tout en faisant le tri des affaires sales et cherchant l'éternelle chaussette manquante.

– Pourquoi ? Tu as besoin de te débarrasser de moi ?

Avec sa mère, Alice ne prenait pas la peine de faire semblant (d'être aimable, par exemple).

– C'est juste pour savoir, esquiva Louise.

Il fallait pourtant qu'elle mette les choses au point. Sauveur les invitait pour le week-end complet, nuit comprise. Jusqu'à présent, Alice avait refusé de dormir chez les Saint-Yves.

– Tu sais que Gabin est retourné hier chez sa mère ? reprit Louise, en vue de préparer le terrain.

– Cool, fit Alice, le ton ironique.

C'est là que Paul, se tournant vers sa sœur, mit les pieds dans le plat :

– Comme ça, tu vas dormir dans le bureau de Sauveur !

Alice eut devant elle un vaste choix de répliques :

« Dans tes rêves », « C'est ça, le plan ? », « Il n'en est pas question », « Si c'est ça, je retourne chez papa »... Mais que voulait-elle vraiment ?

– C'est chiant, ce bureau, dit-elle, c'est ouvert de tous les côtés.

Louise se demanda si elle avait bien entendu. Ce n'était pas un oui clair et net, mais ce n'était pas un non définitif.

– On fera attention à ne pas te déranger, dit-elle, du ton le moins insistant possible.

Pas de réponse. Mais à midi, quand Louise appela ses enfants pour partir rue des Murlins, tous deux se présentèrent à elle avec leur petit sac à dos de survie, Alice ayant en prime son cabas Vanessa Bruno, glissé au bras façon reine Elizabeth, et Paul une cage de hamster dans chaque main.

– On y va, dit Louise, attrapant sa propre valisette rose fuchsia.

Peut-être était-ce un tournant dans leur existence ? Peut-être allaient-ils ce week-end poser les fondations d'une famille Rocheteau-Saint-Yves ?

Louise gara sa voiture rue des Murlins puis ils entrèrent par le jardin.

– Le temps s'est mis au beau, remarqua Louise, vous allez pouvoir faire de la trottinette.

– Du jeu vidéo aussi, prévint Paul.

Que de bonheurs en perspective !

Sauveur les attendait dans la véranda.

– Vous êtes encombrés, dit-il sans enthousiasme apparent.

– Rien de trop pour un week-end, se défendit Louise.

Sauveur lui fit signe de s'écarter des enfants et l'attira dans la cuisine.

– J'ai un petit problème, lui dit-il à voix basse. C'est juste un contretemps.

– De quoi tu me parles ? s'inquiéta Louise.

– Du canapé-lit.

– Gabin est toujours là ?

– Non, non. Il viendra seulement pour les crêpes demain.

– C'est Jovo ?

– Non, non. Jovo a pris ses quartiers dans le grenier.

– Mais alors, où est le pro…

Louise ne put finir sa phrase. Elle venait d'apercevoir dans le dos de Sauveur quelque chose qui lui fit ouvrir des yeux démesurés. Plus exactement, c'était quelqu'un qui venait d'entrer dans la cuisine. Et plus exactement encore, c'était le fou qui cassait les fenêtres à coups de poing. Sauveur se tourna vers lui et le présenta à Louise :

– Monsieur André Wiener.

– Il me semble que nous nous sommes croisés récemment, fit Wiener, flegmatique.

– Euh… oui, balbutia Louise, qui s'abstint de lui rappeler que, ce jour-là, il était couvert de sang et poussait des hurlements.

– Je vais fumer au jardin, dit Wiener, en garçon discret qui ne veut pas s'imposer.

Louise attendit qu'il se fût suffisamment éloigné pour chuchoter :

– Mais qu'est-ce qu'il fait là ?

– C'est le contretemps dont je te parlais. Mais dès lundi, je le confie au docteur Agopian.

– Tu veux dire que… que tu l'héberges chez toi ?

– Très très momentanément, fit Sauveur, le ton suppliant. Je trouvais qu'il avait des moments d'absence inquiétants pendant sa séance. Donc, j'ai hésité à le relâcher dans la nature… d'autant qu'il a une chambre au quatrième étage à l'hôtel Ibis et… qu'il a un peu tendance à passer par les fenêtres. Hum… tu m'en veux ?

C'était tellement saugrenu que Louise n'arrivait pas à se sentir en colère.

– À choisir, dit-elle, j'aime autant que tu héberges tes patients que tes patientes.

Finalement, les choses s'arrangèrent, car Alice trouva amusante l'idée de dormir sur le canapé de la véranda, enveloppée dans une grosse couette.

– La chance ! la jalousèrent les garçons. Elle va regarder la télé toute la nuit !

Le lendemain midi, Gabin rejoignit la maisonnée pour manger les crêpes.

– Dites, chef, vous n'avez pas du rhum, que je les fasse flamber ? demanda Jovo.

– Un Antillais a toujours du rhum, lui répondit Sauveur, en brandissant une bouteille La Mauny.

Bientôt, de belles flammes bleues s'élevèrent au-dessus de la poêle tandis qu'une odeur délectable emplissait la cuisine.

Regardant la tablée où se promenait Bidule et autour de laquelle s'entassaient, outre Louise, Alice, Paul et Lazare, un légionnaire plus ou moins gangster, un pianiste déséquilibré et un Elfe de la nuit déscolarisé, Sauveur eut le sentiment que le 12 rue des Murlins prenait bel et bien ces derniers temps l'allure d'un établissement pour dingos.

Semaine du 9 au 15 novembre 2015

Alice se sentait en décalage avec ses copines de toujours, Mélaine, Hannah, Selma et Marine. Leurs ragots, leurs râleries, les plaisanteries sur Ella devenue «Ello le travelo», qui était de retour au collège… qu'elle était loin de tout ça!

Ce lundi matin, elle se revoyait dans une cuisine, une cuisine plus grande qu'une salle à manger, qui s'ouvrait sur une véranda puis sur un jardin. Ça sentait le rhum et l'after-shave. Il y avait là Jovo, le vieux baroudeur qui tenait tête à la mort avec ses yeux bleu drapeau, Sauveur, tout en muscles et en douceur, dont la voix grave donnait des frissons, il y avait Wiener, l'homme blessé au regard un peu fou, et puis Gabin, le déconneur énigmatique. Était-ce dû aux vapeurs du rhum ou à la densité masculine au centimètre carré? Elle était tombée amoureuse d'une façon, disons, collective. Elle n'avait pas réussi à dormir sur le canapé dans la véranda. Blottie sous une grosse couette, elle s'était raconté des histoires, dont Jovo, Sauveur, Wiener et Gabin étaient les héros. Elle les trouvait tous beaux.

Elle était en train de se rendormir au-dessus de son classeur d'anglais quand l'infirmière, madame Sandoz, s'annonça dans la classe. Elle parla un instant à la prof tandis que le brouhaha montait.

– Alice, dit la prof, la faisant sursauter, *would you, please, follow Mrs Sandoz ?*

Après les protestations d'usage, Alice quitta la salle de classe, soutenue par le regard de sa meilleure amie, Selma. Dès qu'elle fut seule dans le couloir avec l'infirmière, Alice oublia son rôle d'ado frondeuse.

– Qu'est-ce qui se passe ? fit-elle, d'une voix inquiète.

– Interroge-toi et tu le sauras, lui répliqua madame Sandoz. Et estime-toi heureuse. Je t'évite de passer chez la principale.

– Hein ? Mais j'ai rien fait de mal !

– Tu as du toupet de dire ça. Mais on va s'en expliquer à l'infirmerie. Dépêche-toi, il y a madame Nozière qui nous attend.

La prof de latin ! Alice commençait à comprendre de quoi il s'agissait. Madame Nozière était en train de consulter son smartphone quand Alice entra dans l'infirmerie.

– Bonjour Alice, fit-elle avec son inaltérable distinction souriante. Assieds-toi. Tu devines pourquoi tu es là ?

– Non, fit-elle, la voix tremblante.

– Tu n'as pas remarqué que ta camarade Ella Kuypens ne vient plus en cours de latin ?

– J'ai pas trop fait attention, mentit Alice.

– Ça se voit quand on dit pas la vérité, gronda l'infirmière, et on le regrette.

Madame Nozière toussota. Il ne s'agissait pas de sermonner, mais de « conscientiser », comme avait dit le psychologue. Madame Nozière rappela les faits : le cahier où Ella écrivait un roman et qui lui avait été volé, puis mis en pièces publiquement, le sac auquel elle était très attachée qui avait été souillé d'encre, la photo prise à son insu et qui avait circulé, assortie d'insultes.

– Ses parents sont au courant, dit madame Sandoz, ce qui était inexact en ce qui concernait la mère d'Ella.

L'infirmière ne pouvait s'empêcher d'ajouter ici

et là un commentaire menaçant ou moralisateur, car elle était sincèrement scandalisée. Alice, tremblant de la tête aux pieds, ne cessait de protester qu'elle n'avait rien fait, qu'elle n'y était pour rien, que c'était les autres, les autres…

– Tu as vu la photo, reprit madame Nozière, la voix patiente. Est-ce que tu as lu les commentaires ?

Elle lui tendit son smartphone, mais Alice fit un geste de la main pour le repousser.

– Oui, j'ai lu, mais c'est pas moi…

Elle avait, tout au plus, ajouté une blague sous la photo. Elle n'avait été qu'un petit rouage dans un engrenage. Mais même de cela, elle ne voulait plus se souvenir.

– Ella a donné ton nom, lâcha madame Sandoz, il y a bien une raison !

La prof de latin leva les yeux au ciel. Sa collègue s'y prenait tout de travers. Elle allait monter un peu plus les harceleuses contre Ella Kuypens. Alice fondit en larmes, bredouillant : « Je veux appeler ma mère », comme elle aurait dit : « Prévenez mon avocat. »

Voilà pourquoi, à 12 h 15, Sauveur reçut un appel de Louise sur son portable personnel.

– Je te dérange ? Tu es sur ta pause de midi ? Je peux te parler ?

– Oui, oui, je t'écoute, fit-il de sa voix la plus zen, car il la sentait survoltée.

– C'est horrible ce qui se passe au collège ! Alice m'a appelée. On l'accuse d'avoir harcelé une camarade ! Elle risque de passer en conseil de discipline ou d'être renvoyée. Mais elle n'a rien fait ! Elle était au courant, elle s'est confiée à moi un jour parce que ça la tourmentait. Mais elle, elle n'a rien fait. Ce sont les autres ! Marine Lheureux, c'est une vraie peste, cette gamine !

Sauveur laissa la maman déverser son émotion. C'était lui qui avait déclenché l'opération anti-harcèlement. Mais il n'avait pas imaginé qu'Alice serait la première concernée, ni qu'on la menacerait de renvoi. Il avait expliqué à la principale du collège, à la CPE et à madame Sandoz en quoi consistait la « méthode Pikas », ainsi appelée du nom de son promoteur, Anatole Pikas. Il s'agissait, en cas de (cyber)harcèlement, d'identifier autant que possible les auteurs, puis de les rencontrer un à un pour casser l'effet de groupe. Après avoir établi les faits, on demandait aux harceleurs eux-mêmes de trouver des solutions pour que cesse le harcèlement. Ces entretiens avec le personnel éducatif devaient se répéter autant de fois que nécessaire pour que les coupables montrent un souci pour leur victime et l'aident à retrouver sa place au sein de la collectivité. Nulle part il n'était prévu de conseil de discipline ou de renvoi du collège. Sauveur reposa son téléphone, quelque peu contrarié. Il avait été mal compris. Avant de raccrocher, Louise lui avait demandé s'il pouvait recevoir Alice dans son cabinet de consultation parce qu'elle était hors d'elle. Or il se trouvait qu'un patient avait annulé son rendez-vous de 16 heures à 16 h 45.

– Entre, Alice, entre.

Alice jeta un regard furtif autour d'elle. C'était l'autre partie du 12 rue des Murlins, à laquelle elle n'avait jamais eu accès. Elle se prit les pieds dans un fauteuil et s'effondra presque dans le canapé.

– Ça va ? fit Sauveur, exagérant pour elle sa voix charmeuse. Ta mère m'a raconté tes soucis. Est-ce que tu souhaites m'en parler ?

– Ben… si je suis là, répondit-elle sèchement.

Elle s'aperçut au même moment qu'elle ne souhaitait plus être là.

– J'ai eu madame Sandoz au téléphone, dit Sauveur, qui en avait d'ailleurs profité pour lui remonter les bretelles. Tu as eu le sentiment qu'on faisait de toi la principale fautive dans cette affaire de harcèlement. Je te rassure. Jimmy Delion a été convoqué par la principale et les autres vont discuter avec madame Sandoz et madame Nozière dans les jours qui viennent.

– Mais pourquoi moi ? J'ai rien fait de « grave », dit Alice, dessinant dans l'air des guillemets.

Elle gardait le sentiment d'être victime d'une erreur judiciaire. Cependant, d'après Ella, Alice faisait bien partie de la petite bande des harceleuses.

– Je te crois, dit Sauveur, balayant de la main toute forme d'accusation. Tu n'as rien fait de « grave ». Tu as juste fait circuler la photo.

– Oui, ça, oui…

– Et mis un petit commentaire ?

Alice rougit. Elle avait ajouté une blague sur l'absence de seins d'Ella.

– C'était rien en comparaison des autres.

– Je te crois, je te crois, répéta Sauveur. Le problème, dans ce genre d'histoires, c'est qu'au début on a une boule de neige. Ce n'est rien, une boule de neige, ça ne fait pas mal quand on la reçoit. Et puis tout le monde roule la boule de neige (certains un peu plus que d'autres) et la boule de neige grossit, grossit… À la fin, on déclenche une avalanche, et ça, ça peut faire mal. Personne n'est entièrement responsable de ce qui arrive. Mais tout le monde l'est plus ou moins.

Sauveur, embarqué dans sa métaphore neigeuse, gardait un ton décontracté, tout en enfonçant le clou. Il voulait qu'Alice reconnaisse sa part de responsabilité.

– Je ne sais pas si c'est à cause de la neige, mais je viens de penser à une histoire qui s'est passée à Montréal, il y a une vingtaine d'années.

Alice se prépara à entendre le récit d'un fait divers bien culpabilisant, où le harcèlement d'un adolescent se termine par son suicide. Madame Sandoz lui en avait servi plusieurs.

– Une jeune fille était restée absente quelque temps de son lycée, commença Sauveur, sur le ton de «il était une fois». Quand elle revint en classe, elle portait un petit bonnet, qu'elle n'enleva pas pendant les cours. À un interclasse, un garçon, soit par stupidité, soit par curiosité, lui arracha le bonnet. La jeune fille n'avait plus de cheveux. Sans réfléchir à ce qu'il faisait, le garçon se mit à rire et la traita de crâne d'œuf, ou de boule de billard, quelque chose comme ça. Les jours suivants, tout le monde regardait bizarrement la jeune fille au bonnet, et le surnom commença à circuler.

– Mais c'est débile ! Elle devait avoir le cancer.

– Mm, mm. Une élève, qui n'était pas particulièrement l'amie de la jeune fille, arriva un matin coiffée d'un petit bonnet. Une fois dans la classe, elle l'ôta devant tout le monde. Elle s'était rasé les cheveux en signe de solidarité… Le harcèlement s'arrêta et l'avalanche fut évitée.

– C'est vrai comme histoire ?

– Une patiente me l'a racontée dans ce cabinet. Celle qui s'était rasé le crâne.

– C'est fort de faire ça.

– Tout le monde n'est pas capable de ce degré d'empathie. Mais je pense que tu pourrais empêcher l'avalanche… En fait, tu pourrais aider Ella.

– Comment ? dit Alice, très spontanément.

– Je ne sais pas. Réfléchis.

Il laissa Alice méditer quelques secondes.

– On pourrait lui écrire une lettre d'excuses. Tous.

– C'est une très belle idée. Tu crois que les autres filles te suivront ?

Alice eut une moue incertaine. Mélaine ou Hannah ne voyaient pas du tout Ella comme leur victime.

– Elles n'ont pas à s'excuser, c'est ça ? interpréta Sauveur. Elles pensent que c'est Ella la provocatrice, la déviante et qu'elles, elles sont les garantes des bonnes mœurs. Elle est la gouine ou le travelo, et elles sont normales, conformes. Elles défendent peut-être la morale, au fond ?

Silence.

– J'ai besoin de réfléchir à tout ça, dit lentement Alice.

Trois quarts d'heure plus tard, Sauveur recevait Ella pour sa séance hebdomadaire.

– Ton père ne vient pas ?

– Il est avec un client.

Elle parlait, les mâchoires contractées. Sauveur voulut l'aider à se relâcher.

– Tu es allée au bowling avec lui ce week-end ?

– Oui. À Saran.

Comme on ne pouvait pas éviter le sujet pendant quarante-cinq minutes, Sauveur prit l'initiative :

– Tu étais au collège ce matin ?

La réponse fusa :

– Je n'y retournerai plus.

– Donc, ça ne s'est pas bien passé…

Ella fit non de la tête.

– Jimmy ?

– Même pas. Il a été convoqué chez la principale. Mais c'est les autres de la classe…

Une nouvelle « blague » avait été lancée. Il fallait dire : « T'as pas ta cravate ? » à Ella, ce qui se contractait aussi en « tapata », chuchoté dans son dos. La rumeur s'était aussi répandue chez les petits sixièmes : il y avait un garçon en 4e A qui se faisait passer pour une fille. On l'appelait Ello le travelo.

– J'en ai collé un contre le mur, dit Ella, toujours les dents serrées.

– Pardon ?

– Un type de ma classe qui m'énervait dans le couloir. Sa tête a fait bong dans le mur.

Ella eut un bref sourire de satisfaction. Elle n'avait pas une nature de victime, c'était une bonne chose pour elle. Mais en face, ils étaient 326 au dernier décompte. Elle n'allait pas les démolir un à un.

– C'est normal si j'ai envie de les tuer ? dit-elle.

La délicate lumière rose qui illuminait ses joues était devenue un incendie.

– On a fait naître dans ton cœur des émotions qui ne s'y trouvaient pas. La colère, la haine, le désir de vengeance. Je préfère que tu en sois consciente.

Sauveur avait en tête ces histoires d'enfants humiliés, d'ados tyrannisés, qui, un jour, apportent une arme en classe.

Ce soir-là, alors qu'il était au lit avec son livre

psy du moment, *La Névrose de base*, Sauveur reçut un appel sur son portable personnel. Non, ce n'était pas Louise, c'était :

– Alice ?

– Je sais, il est tard, mais j'ai eu une idée pour aider Ella. Maman ne sera pas d'accord. Je peux te la dire quand même ?

*
* *

La première chose que vit Sauveur en poussant la porte de sa salle d'attente, ce fut Maïlys, assise par terre, disposant autour d'elle toute une petite famille de dinosaures. Madame Foucard – Claudie pour les amis – rangea son smartphone dans son sac en prenant un air coupable.

– On n'attend pas Lionel ? s'informa Sauveur, une fois que Claudie se fut assise en face de lui.

À la fin de la séance précédente, Lionel avait déclaré, l'air très sûr de lui : « À la semaine prochaine. »

– Il dort, répondit sa compagne, laconique.

– On fait quoi ? demanda Maïlys à son thérapeute.

– D'abord, tu ne m'as pas dit bonjour.

– Bonzour.

– Est-ce que tu veux dessiner aujourd'hui ? Les enfants qui viennent ici me font plein de jolis dessins.

Maïlys accepta de s'installer à la table basse devant papiers et crayons et se mit tout de suite à l'œuvre.

– Je ne sais pas comment vous faites, commenta Claudie, démoralisée. Du matin au soir, c'est la guerre à la maison avec Maïlys.

– J'ai une supériorité sur vous. Je ne suis ni son père ni sa mère.

– Elle n'a pas de comptes à régler avec vous, c'est ça ?

– Elle n'a pas besoin de mon amour pour vivre. Le vôtre, elle vous le réclame nuit et jour, elle le réclamera encore quand vous serez morte.

– Et je ne le lui donne pas ? fit Claudie, qui doutait de plus en plus de ses capacités maternelles.

– Le problème avec nos enfants, c'est qu'ils n'en ont jamais assez.

Ding, fit le téléphone dans le sac. Claudie esquissa un geste pour s'en emparer, puis poussa un « rrâân » exaspéré contre elle-même.

– J'essaie de me rééduquer, mais c'est comme un réflexe, se désola-t-elle.

– Mm, mm. Le ding de votre téléphone ressemble au petit bout de sucre qu'on donne au rat et qui déclenche sa faim. Chez vous, le ding déclenche une envie de savoir. C'est incontrôlable. Dans une enquête aux USA, on a demandé aux gens : *« Do you answer your cellphone during sex ? »* Eh bien, une personne sur cinq s'interrompt, quand elle fait l'amour, pour répondre au téléphone.

– Une personne sur… fit Claudie, cette fois en mettant carrément la main dans le sac.

– Qu'est-ce que vous faites ?

Elle stoppa son geste.

– Non mais c'est pas vrai, marmonna-t-elle.

Elle avait eu l'intention de tweeter l'information.

– Je suis vraiment atteinte, non ?

– Pas beaucoup plus que la moyenne de la population. Si vous aimez les statistiques : un Britannique sur cinq s'est déjà payé un lampadaire quand il marchait dans la rue en regardant son téléphone.

– Vous permettez ? Je vais l'éteindre, décida Claudie, c'est la seule solution. Je ne peux pas lutter contre le ding.

Pendant que les deux adultes parlaient, Maïlys avait terminé son dessin. Elle s'approcha de Sauveur, sa feuille à la main.

– C'est pour moi ? lui dit-il en tendant le bras.

La petite serra le dessin contre son cœur.

– Nan. C'est pour maman.

Elle le posa sur les genoux de sa mère en commentant :

– Ze t'ai fait des fleurs.

– Oh, merci ! s'émerveilla Claudie en regardant le gribouillis.

Dans ses yeux brillèrent des larmes, et Sauveur s'exclama :

– Bienvenue dans le monde réel, Claudie !

Au même moment, on entendit heurter à la porte d'entrée.

– En voilà un qui n'y est pas, dans le monde réel, commenta Claudie.

En effet, c'était Lionel, arrivant avec un sourire de vainqueur, alors que la séance était terminée.

– De quoi on parle aujourd'hui ?

Il eut l'air très étonné d'apprendre qu'un rendez-vous avait un début et une fin. Sauveur le mit à la porte avec deux petites tapes de réconfort dans le dos.

– Je sais que c'est triste, mais à 9 h 45, votre tour est passé.

Car c'était le tour de Samuel.

– Ah oui, c'est… spectaculaire, bredouilla Sauveur

en voyant la joue tuméfiée du jeune homme. Tu as fait un selfie ?

Il souhaitait que Samuel garde une preuve de ce qui s'était passé. Mais Samuel était plus préoccupé par son père que par lui.

– Pourquoi vous l'avez fait interner ?

– Wiener était d'accord pour voir le docteur Agopian et le docteur lui a proposé de rester quelques jours à l'hôpital.

– Je l'ai eu au téléphone, il m'a demandé de venir le chercher, fit Samuel, la voix chargée d'émotion.

Sauveur dessina dans l'air des montagnes russes.

– Son humeur est en dents de scie, il est stressé, il faut qu'il retrouve le sommeil. Ni toi ni moi ne pouvons le surveiller 24 heures sur 24. Là où il est, il est en sécurité.

– Il veut reprendre sa tournée, batailla encore Samuel.

– Pour jouer le *Concerto pour la main gauche* ?... Il en a pour plusieurs semaines de rééducation. Écoute-moi, Samuel : tu n'es pas le père de ton père.

La formule parut faire effet.

– C'est vrai qu'il fait chier, admit le jeune homme. Il ne s'est jamais soucié de moi et, là, il faudrait que je le prenne en charge !

– Il n'y a pas que le poignet que Wiener doit rééduquer, conclut Sauveur, heureux de voir son jeune patient revenu à la raison.

Après le départ de Samuel (qui n'avait pas pu régler sa consultation), Sauveur décrocha son téléphone pour appeler Gabin.

– Mmuh ?

Sauveur se rendit compte à quel point lui manquait la tête hagarde et ébouriffée de Gabin quand il se soulevait de son galetas sur les avant-bras pour lui demander, la voix pâteuse :

– C'est le matin ?

– Tu as cours à 11 heures, tu as dix minutes pour te préparer.

– Mais je peux pas laisser ma mère, gémit Gabin. Elle m'a fait tout un cirque, hier.

– Quel cirque ?

Sauveur n'en pouvait plus de voir tous ces ados, et même des enfants, *adultifiés* et contraints d'être les parents de leurs parents.

– Elle veut mourir parce qu'elle est un poids mort. En gros, c'est ça, répondit Gabin. Elle m'empêche de vivre, soi-disant.

– Eh bien, tu lui prouves le contraire en vivant ta vie. Et pour commencer, tu vas au bahut, ce matin.

Ta mère ne doit pas non plus te servir de prétexte pour ne rien foutre, vu ?

– OK, OK, t'énerve pas, man. Et pour vendredi, qu'est-ce que je fais ?

– Quoi, vendredi ?

– Mon concert.

– Tu vis ta vie, je t'ai dit.

*
* *

Lazare n'avait pas tout de suite vu le trou que Gabin laissait derrière lui parce que le jeune homme était revenu manger les crêpes, le dimanche. Puis il y avait eu le lundi, le mardi, le mercredi. Sans Gabin. Et ce jeudi matin, Lazare avait compris que la vie ne serait plus jamais comme avant. Gabin ne lui piquerait plus son mug Barbapapa au petit déj, il ne ferait plus semblant de passer son hamster dans la machine à laver, il ne l'exploserait plus à *Mario Kart* avant le dîner. Bref, Lazare avait perdu son grand frère.

– C'est nul, la maison sans Gabin, se rebella-t-il, tandis que son père buvait sa deuxième tasse de café matinal.

– Mm, mm.

– Pourquoi il est pas resté ?

– L'a une mère, marmonna Sauveur.

– Mais il ne l'aime pas ! Et c'est pas la peine de me dire que je dois pas dire ça, le prévint Lazare.

– Il y a d'autres choses que je ne dois pas dire ? questionna Sauveur, sortant de sa torpeur. Autant que je sois au courant…

– Pourquoi les adultes, ils font toujours ce qu'ils veulent, et nous jamais ?

– C'est une question de fond. Je vais y réfléchir.

– C'est même pas vrai.

– Si, c'est vrai. Je te donne la réponse ce soir.

Ce jeudi matin, monsieur et madame Gonzales, bien qu'étant adultes, n'avaient pas fait ce qu'ils voulaient de leur fille aînée. Ambre était bien décidée à offrir à monsieur Sauveur le bracelet brésilien qu'elle lui avait fabriqué.

– Ce n'est pas très important tout de même, avait voulu la raisonner sa maman, la veille au soir.

– J'ai promis, j'ai promis.

Donc, Ambre, débarrassée de ses parents, était dans la salle d'attente, et, quand elle déplia ses jambes maigres à l'appel de son prénom, Sauveur ne put s'empêcher de penser au héron de la fable, celui qui a un « long bec emmanché d'un long cou ».

– Je vous l'ai fait de quatre couleurs, dit-elle, à peine entrée dans le cabinet de consultation.

– Pardon ?

– Le bracelet brésilien.

– Ah oui, merci ! Tu y as pensé !

Avec des gestes précautionneux, elle sortit de la poche extérieure de son sac à dos un sachet de plastique transparent, fermé par une glissière, qui servait en principe à la congélation des aliments. Il enfermait un serpentin coloré, qu'elle extirpa du bout des doigts.

– Vous voulez que je vous explique la symbolique des couleurs ? dit-elle d'un ton mi-appliqué, mi-prétentieux, qui ne devait pas lui faire que des amis dans sa classe.

– Très volontiers, fit Sauveur, imitant sa diction sans mauvaise intention.

– Chaque couleur représente une qualité et une divinité. Le bleu, c'est l'amour, mais aussi Iémanja, la déesse de la mer. L'orange, c'est le bonheur et la déesse du feu, Inhasa. Le vert, c'est la santé et Oxossi, le dieu des animaux. Et le noir, c'est parce que...

– Parce que je suis noir.

– Alors, reprit-elle, il y a plusieurs façons de tresser un bracelet brésilien, en V, en croix, en losange...

Sauveur se souvint, tout en l'écoutant, d'un petit patient qu'il avait eu un an plus tôt et qui, pendant tout le temps qu'avait duré sa thérapie, ne lui avait jamais parlé d'autre chose que de ses cartes Pokémon. À part cela, il était bourré de tics. Dix minutes plus tard, Ambre n'avait toujours pas décollé du bracelet brésilien.

– Donc, abrégea Sauveur, on le noue, on fait un vœu, et quand le bracelet se casse par usure, le vœu se réalise.

– Oui, mais il faut faire un vœu raisonnable.

– Tu me crois déraisonnable, comme garçon ?

– Non, mais c'est au cas où, fit Ambre, insensible à toute forme de taquinerie.

Elle tenait le bracelet à deux mains, et Sauveur comprit qu'elle avait l'intention de le lui nouer elle-même autour du poignet.

– Je fais un vœu au moment où tu le noues, c'est ça ? fit-il, très sérieux. Euh, on le met à gauche ou à droite ?

– C'est comme on veut.

– Gauche.

La pensée du poignet gauche de Wiener venait de le traverser. Dès lors, le vœu était tout trouvé : que le pianiste puisse de nouveau jouer en concert. Tandis que la jeune fille nouait le bracelet, il put constater que l'eczéma sur ses bras n'avait pas régressé, loin de là.

– Tu n'es pas allée voir la dermatologue ?

– Je sais ce qu'elle va me dire.

– Que tu fais de l'allergie.

– Maman me l'a déjà dit. Mais je veux les garder.

Elle avait un bracelet à chaque poignet.

– À cause des vœux ? essaya de deviner Sauveur.

Elle hocha la tête.

– Ce sont des vœux… raisonnables ?

– Je ne peux pas vous les dire, ou ils ne se réaliseraient pas… Vous avez des ciseaux ? Je vais couper ce qui dépasse. Je trouve que, pour un garçon, c'est mieux, ajouta-t-elle, sans songer au double sens de ses paroles.

La petite cérémonie se termina par un coup de ciseaux que donna Ambre à ras du bracelet.

– Merci, dit Sauveur, en admirant son poignet customisé.

Il réfléchit un instant, sans doute pas assez longtemps, car ce qu'il proposa était tout à fait en dehors des clous.

– Tu sais que je suis des Antilles, Ambre ? Eh

bien, chez moi, on se soigne parfois d'une façon peu… hum… conventionnelle.

– C'est-à-dire ?

– Dans ma famille, il y a des guérisseurs, des gens qui ont un don. J'ai un oncle, l'oncle Ti-Jo, qui « passe » les verrues. Il étend les mains au-dessus de la personne et, quelques semaines plus tard, elle est guérie.

Tout en parlant, il avait fait le geste de l'imposition des mains.

– Ça marche pour l'eczéma ?

– Tu veux qu'on essaie ?

Sans répondre, Ambre étendit les bras en dégageant bien les deux poignets que l'eczéma attaquait. Sauveur plaça ses larges mains à quelque cinq centimètres de la peau et, dans l'ignorance totale de ce qu'il convenait de faire, il ferma les yeux pour se concentrer sur son geste. Au bout de quelques secondes, il sentit que la paume de ses mains devenait chaude. Autosuggestion, se dit-il. Puis, de chaudes, elles devinrent brûlantes.

– Ça me cuit, fit Ambre.

– Bon signe, dit Sauveur entre ses dents.

« Tu es complètement dingo, lui reprocha Jiminy Cricket. Tu te joues de la crédulité d'une jeune patiente ! » « L'effet placebo, tu connais ? » lui rétorqua Sauveur. Il cessa l'imposition des mains avant de courir le risque d'entrer en transe.

– Je suis sûre que ça va marcher, décréta Ambre, vraiment contente du thérapeute qu'elle s'était donné.

Pendant sa journée de consultations, la question de son fils trotta dans la tête de Sauveur. « Pourquoi les adultes font toujours ce qu'ils veulent, et nous jamais ? » Est-ce que je fais ce que je veux ? se demandait Sauveur. Est-ce que je voulais renvoyer Gabin chez lui ? Est-ce que je veux placer Jovo dans une maison de retraite ? Ce qui lui parut très clair, c'est que Jovo ne voulait pas y aller.

– Ah non, non, parlez-moi pas de vos hospices de vieux ! bougonna-t-il.

– Mais une chambre en Éhpad, ce sera beaucoup plus confortable que ce grenier plein de courants d'air !

Jovo et Sauveur étaient assis dans le fameux coin salon pour discuter avant le dîner, et chacun avait un verre de punch à la main.

– C'est quoi le confort, mon gars ? C'est une table de nuit avec un verre pour mettre ton dentier ! J'ai pas besoin de confort : j'ai pas de dentier.

– Mais c'est aussi un environnement, des gens pour prendre soin de vous, des…

– Te fatigue pas, je le sais depuis le début. T'as besoin de la place pour la petite Louise. Je fais désordre chez toi.

– Ce n'est pas cela, s'obstina Sauveur avec un peu de mauvaise foi. Combien de temps pourrez-vous encore monter les escaliers ? Si vous êtes malade, qui va vous soigner ?

– T'as raison, t'as raison.

Mais plus Jovo disait qu'il comprenait, que Sauveur avait raison, plus celui-ci se vexait. Non, il ne se débarrassait pas de Jovo.

– Te mets pas la rate au court-bouillon, lui dit le vieux légionnaire. Je te remercie pour tout ce que t'as fait pour moi. Y a rien qui t'obligeait. Je te demande juste une dernière chose : je voudrais laisser mon fourbi dans ta cave.

Jovo parlait de son gros sac militaire.

– C'est tout mon passé, fit-il, le ton sentimental. Je préfère que ça reste à l'abri.

– Bien sûr, vous pouvez laisser votre sac. Mais moi, ce que je veux, c'est vous mettre à l'abri, vous.

Jovo vida son verre en silence.

– Alors… c'est d'accord ? Je peux donner une

confirmation pour la chambre ? demanda Sauveur de sa voix d'hypnotiseur.

Jovo lui posa la main sur le bras.

– J'irai pas avec tous ces vieux. Faut pas m'en vouloir. Je préfère la rue.

Ce soir-là, Sauveur toqua à la porte de la chambre de Lazare, puis il s'assit au pied du lit en s'adossant au mur.

– Tu te rappelles ta question ?

– Oui.

– Je comprends ce que tu ressens parce que je le ressentais, quand j'étais enfant. À ton âge, on découvre la condition humaine : non, on ne fait pas toujours ce qu'on veut.

Il se tut, la gorge nouée, pensant à tout ce qu'il était en train de perdre. Gabin. Jovo. Cette espèce de famille qu'il s'était inventée.

– J'ai les épaules larges, reprit-il, mais je te l'ai dit un jour, Lazare, je ne suis pas tout-puissant. La seule fois où je l'ai cru, j'ai tout perdu.

Il n'avait pas pu sauver sa femme de la dépression.

– Je ne fais pas ce que je veux, je fais du mieux que je peux. Nous allons garder nos liens avec Jovo et avec Gabin. Nous irons les voir, nous les inviterons, nous penserons à eux, nous leur téléphonerons.

– Ça sera pas pareil, protesta Lazare.

– Crois-tu que tu es pareil qu'il y a un an ou deux ? Tu grandis, tu traverses des épreuves, tu changes. Par moments, tu t'éloignes de moi. Il y a une chose qui ne change pas : je suis ton papa, je t'aime toujours autant.

*
* *

– Le vendredi 13, ça porte bonheur ou ça porte malheur ? demanda Lazare au petit déjeuner, le lendemain matin.

– Ça dépend. Tu es d'une nature optimiste ou pessimiste ?

– Optimiste. On voit Gabin dimanche ?

– Absolument. Et Wiener a une permission de sortie.

Sauveur avait eu le docteur Agopian au téléphone. Celui-ci ne posait aucun diagnostic sur Wiener, ni celui de borderline ni celui de bipolaire. Il avait seulement dit que Wiener était « au bord de la rupture psychique », mais qu'il réagissait bien au traitement. Selon qu'on était d'une nature optimiste ou pessimiste, on pouvait en conclure que le pianiste reprendrait le cours de sa vie d'artiste dans quelques semaines, ou qu'il finirait son existence en établissement psychiatrique.

À 22 h 30, ce vendredi 13, Sauveur était au lit en compagnie de sa *Névrose de base* quand Lazare, poussant la porte de sa chambre, lui cria sur un ton de panique :

– C'est la guerre !

– Hein ?

– Papa, en bas, c'est la guerre… dans la télé !

– Mais pourquoi tu regardes la télévision à cette heure-ci ? Tu sais bien que je l'ai interdit…

– Mais papa, c'est la guerre ! J'allais chercher un verre d'eau à la cuisine et j'ai vu ! Mais viens ! Viens vite ! C'est Jovo qui m'a montré.

Qu'est-ce que ce vieil imbécile avait mis dans la tête de Lazare ? Furieux, Sauveur se redressa. Il était en caleçon, il attrapa un tee-shirt et suivit son fils, qui trépignait en racontant n'importe quoi. Quand il aperçut Jovo dans la cuisine, se soutenant au dossier d'une chaise, Sauveur l'apostropha rudement :

– Qu'est-ce que vous avez montré à mon fils ?

– C'est pas moi, c'est la télé, protesta Jovo, en

désignant la coupable qui continuait de déverser des sons étranges dans le coin salon. J'étais en train de regarder un film de guerre, et quand ça a été la scène d'amour, j'ai cherché une autre chaîne et je suis tombé sur les infos. Le petit est arrivé au même moment dans la cuisine. Ça défouraille à Paris, chef. Je lui ai dit de vous prévenir.

– Ça défouraille ? répéta Sauveur, en s'approchant du téléviseur avec répugnance.

Il resta un moment les yeux fixés sur l'écran, cherchant à comprendre. Un bandeau indiquait :

FUSILLADES MEURTRIÈRES À PARIS

L'écran baignait dans une lumière dorée, celle des rues de Paris la nuit, qui aurait pu être belle si elle n'avait été hideusement accompagnée de l'éclat bleuté des gyrophares des ambulances et des ombres noires d'hommes en gilet pare-balles. Sauveur n'allait pas souvent dans la capitale, mais il y avait fait ses études, et quand il entendit les mots « boulevard Voltaire », prononcés par le journaliste, il sut de quel quartier il s'agissait.

– C'est la guerre, papa ? fit Lazare, se serrant contre lui.

– Mais non, c'est les terroristes machin-daech, lui répondit Jovo.

– Taisez-vous, leur ordonna Sauveur, qui venait d'apercevoir sur l'écran la statue de la République.

Il savait que Gabin avait donné rendez-vous à Gilles Sangha, son ami d'Internet, aux pieds de Marianne parce que c'était un point de repère facile pour un provincial. Sauveur, vacillant, dut s'asseoir sur le canapé, les yeux toujours scotchés à l'écran. Il voulait comprendre ce que disait le journaliste et en même temps sa pensée s'échappait comme s'il refusait de comprendre. Il était question d'attentats, de rafales de tirs, de ceintures d'explosifs, de terrasses de café, du Stade de France et…

– Papa, papa, ils ont dit Bataclan ! hurla Lazare. Il y a Gabin dedans ! Y a Gabin ! Ils vont le tuer !

– Non, dit Sauveur machinalement, non, ils ne sont pas…

Il voulut dire que les terroristes n'étaient pas entrés dans la salle de concert, mais le journaliste affirmait précisément le contraire.

– Papa, où il est, Gabin ? fit Lazare, la voix suppliante. Il faut qu'il revienne chez nous.

Sauveur, les yeux troubles, attrapa la télécommande qui traînait sur le canapé et il éteignit le téléviseur. Puis il se leva et chercha du regard Jovo, qui avait disparu.

– Je monte prendre mon téléphone, je vais appeler Gabin, décida Sauveur.

– Je viens avec toi, s'empressa de dire Lazare, car il avait peur que la guerre entre dans sa maison.

Sauveur monta chaque marche comme s'il avait du plomb aux pieds. Son petit Nokia était resté sur la table de chevet. Gabin était enregistré dans ses contacts à la lettre C comme Cool. Réponds, réponds, pensa Sauveur en écoutant la sonnerie.

– Décroche, supplia-t-il à mi-voix.

Mais il entendit la voix de Gabin au répondeur : *Eh oui, vous êtes encore tombé sur mon clone. C'est pas la peine de lui laisser un message, on ne se parle plus, lui et moi.*

– Putain, fit Sauveur en se frottant le front puis les yeux.

Il avait dit à Gabin : « Vis ta vie », il lui avait dit : « Va au concert. » Il lui avait donc dit : « Va te faire tuer. » Non, non, il ne voulait pas laisser de telles pensées le paralyser. Lazare ne cessait de poser des questions : Qu'est-ce qu'on fait ? Où il est ? Il est pas mort ?

– Calme-toi, Lazare. On doit rester calmes.

Il attrapa son fils par les épaules.

– On n'aidera pas Gabin en s'affolant.

– D'accord, fit l'enfant.

– Je m'habille. Va mettre un pull et des chaussettes.

Au bas de l'escalier, ils aperçurent Jovo, qui avait enfilé son vieux manteau.

– Il ne répond pas au téléphone, lui jeta Sauveur au passage, en se dirigeant vers le téléviseur.

– Il ne faut pas l'appeler. S'il se cache, vous allez le faire repérer.

Sauveur se retourna, glacé d'effroi par cette réflexion.

– Pourquoi vous êtes habillé ? remarqua-t-il.

– Je vais à Paris.

– À Paris ? Et qu'est-ce que vous comptez faire à Paris ?

– Je vais les dézinguer.

Sauveur, ahuri, dévisagea le vieux bonhomme, qui parlait d'aller tuer les terroristes comme si c'était la chose la plus évidente à faire dans les circonstances présentes. Il avisa alors l'insolite sac de sport que Jovo portait en bandoulière.

– Qu'est-ce qu'il y a là-dedans ?

– Mon PM STEN avec deux chargeurs. C'est

peut-être pas leur kalach, mais quand on sait s'en servir, ça dégomme.

Lazare écoutait de toutes ses oreilles, cherchant à décoder ce qui se disait.

– Tu vas les tuer, c'est ça? fit-il, d'une voix surexcitée.

– Mais c'est n'importe quoi! N'importe quoi! se récria Sauveur. Ici, on est à Orléans, on est à plus de 100 km de là où ça se passe. Et même si vous arrivez à vous rendre sur place, là-bas, il y a des barrages de police, il y a les hommes du GIGN! Si vous sortez une arme, c'est vous qui vous ferez descendre, espèce de malade mental! Allez me remettre ça à la cave avec tout votre fourbi de merde!

Sans doute passait-il ses nerfs sur le vieux légionnaire. Mais Jovo ne se formalisa pas.

– C'est vous qui commandez. Mais après, si le gamin se fait buter, faudra pas regretter.

Il s'éloigna, traînant les pieds et penchant du côté où il portait sa mitraillette.

– Mais papa, chuchota Lazare dans son dos, c'est peut-être Jovo qui a raison?

Sauveur se tourna vers son fils.

– Toi, ça suffit! Ce n'est pas la guerre, c'est un attentat. Ces tueurs, ce sont des sociopathes qui vont se faire tuer par la police ou qui se sont déjà fait exploser. Tout ce qui m'importe, c'est de savoir où est Gabin, c'est compris ?

Lazare n'avait jamais vu son père dans cet état, à la fois secoué par la fureur et des larmes roulant sur ses joues.

– Oui, fit-il dans un souffle.

Sauveur se rendit compte qu'il était en train de céder à son angoisse, et qu'il devait se ressaisir. Apercevant Jovo, de retour de la cave, et tassé dans l'ombre du couloir, il l'interpella :

– Va nous chercher le rhum !

Ils s'assirent tous trois dans le coin salon, laissant le téléviseur éteint. À quoi bon ? À quoi bon entretenir la panique à grand renfort d'images et de propos vides de sens ?

– J'attends jusqu'à minuit que Gabin me contacte, décida Sauveur. Si rien ne vient, je prends la voiture et je vais à Paris. Je ne peux pas vous confier mon fils, vous êtes cinglé.

Ceci pour Jovo, qui sirotait tranquillement.

– Je te déposerai chez Louise.

Ceci pour Lazare, qui protesta :

– Mais les terroristes, il ne faut pas qu'ils te tirent dessus !

– On ne me laissera pas approcher. J'essaierai juste d'avoir des informations…

En fait, il ne savait pas du tout ce qu'il pourrait faire, peut-être seulement la tournée des hôpitaux. La sonnerie du petit Nokia leur fit pousser un cri à tous trois.

– C'est Gabin ! hurla Lazare, qui fit un geste pour s'emparer du téléphone.

Sauveur dut le repousser, en levant même la main comme s'il allait le gifler.

– Oui, Louise ?

– C'est pas Gabin, se désola bruyamment Lazare.

– Tu as entendu les infos ? questionna Louise. C'est Alice qui vient de me mettre au courant. Elle traînait sur Facebook avec ses copines. Elle est en panique totale. Rassure-moi, ce n'est pas ce soir que Gabin devait aller à Paris ?

– Si.

– Ah ?… Mais il n'est pas dans le quartier concerné ?

– Si.

– Oh… Mais pas dans…

– Si. Excuse-moi, Louise, je suis perturbé, et Lazare est intenable. Si je n'ai pas de nouvelles avant minuit… Attends, j'ai un double appel. C'est… Je crois que c'est… Gabin ?!

– Sauveur ? Je t'appelle tard, je sais…

– Mais où es-tu ?

– À l'hôpital.

Lazare s'était collé à son père pour entendre la voix de son cher Gabin. Vivant ! Vivant ! Peut-être blessé, mais vivant !

– Quel hôpital ? demanda Sauveur, prêt à sauter dans sa voiture.

– Fleury.

– Comment ça, Fleury ?

– Ben… Oui.

– Il y a un hôpital Fleury à Paris ?

– Je sais pas.

Ni l'un ni l'autre ne semblaient se comprendre. Dans sa tête, Sauveur était toujours là-bas, au milieu des sirènes et des tirs. Il voyait Gabin sur une civière, au milieu d'autres blessés.

– Je t'ai réveillé ? supposa Gabin. Écoute, de toute façon, c'est pas grave à ce qu'ils m'ont dit.

– Tu es juste choqué ?

– Choqué ?… Ouais, un peu.

C'était étonnant. Il avait l'air très relax, et parlait du ton amorti qui lui était habituel.

– Non, le truc qui m'embête, dit-il, c'est que j'ai pas pu aller au concert.

– Quoi ?

– Mais j'ai envoyé un SMS à Gilles pour qu'il ne m'attende pas sous la statue.

– Tu… tu n'es pas allé à Paris ? bredouilla Sauveur.

– Mais puisque je te dis que je suis à l'hôpital de Fleury.

– Qu'est-ce que tu fous là-bas ?

– Au fait, oui, je t'ai pas dit, réalisa tout à coup Gabin. Ma mère a avalé sa boîte de médocs. C'est pas grave. Mais je suis emmerdé parce que je ne peux plus rentrer chez moi. J'ai raté le dernier tram.

– Ne bouge pas, surtout ne bouge pas d'où tu es, lui dit Sauveur, comme si ce qui se passait à Paris pouvait encore l'atteindre. Je viens te chercher.

– Je viens avec toi ! hurla Lazare.

– Toi, toi, tu vas te calmer, dit Sauveur, empochant son Nokia.

Mais ce fut lui qui craqua. Il souleva son fils de terre et le serra contre lui avec emportement.

– Je t'emmène. Jovo, ne regardez pas la télé et ne videz pas la bouteille !

– Bien, chef.

Sauveur partit dans la nuit en tee-shirt, ayant enveloppé Lazare dans son propre blouson. Il savait à peine ce qu'il faisait. Dans sa tête, il se répétait : mon fils, mes fils, comme s'il buggait. Le téléphone sonna de nouveau quand il fut assis au volant de sa voiture.

– Oui, Louise. C'est bon. Je récupère Gabin.

En quelques mots, il lui résuma la situation, ce qui lui permit de retrouver son sang-froid. Mais quand il aperçut Gabin dans la salle d'attente de l'hôpital, son cœur s'emballa. Il l'avait cru mort, il s'était senti responsable de sa mort. Il aurait peut-être cédé à quelque geste théâtral, le serrer contre lui en balbutiant : « Tu es vivant », mais Lazare lui coupa ses effets en se jetant sur son quasi grand frère.

– Mais qu'est-ce que t'as, le moucheron ? s'amusa Gabin. Pourquoi t'es pas couché ?

– Les terroristes !

Sauveur plaça sa main en bâillon sur la bouche de son fils.

– Il a vu un film à la télé avec Jovo. Il est tout retourné.

Ce n'était pas le moment d'apprendre à Gabin que son pote d'Internet était en danger de mort quelque part à Paris.

– Pour ce soir, tu dors à la maison ? lui proposa Sauveur.

– T'as pas reloué ton canapé-lit ?

Une fois rue des Murlins, Lazare et Jovo étant couchés, Sauveur prit le temps de parler avec Gabin. D'abord, de sa mère.

– Je n'ai pas compris, elle allait plutôt bien, lui dit le jeune homme. Elle avait même arrêté avec son truc de «je suis un poids mort, je t'empêche d'être heureux». Mais…

Il sortit de sa poche une lettre pliée en quatre.

«Je te demande pardon, Gabin. Je vais encore te causer du souci. J'ai de l'argent de côté pour l'enterrement. Demande à ma sœur de t'aider pour le règlement de la succession.»

– J'ai trouvé ça sur la table de la salle à manger, juste au moment où j'allais partir prendre mon train pour Paris.

Il avait trouvé sa mère dans sa chambre, assommée par les médicaments. Il n'avait pas voulu déranger Sauveur, supposant qu'il était encore en consultation. Il avait donc appelé les secours et accompagné sa mère aux urgences.

– Pour une fois que je voulais faire un truc fun, soupira Gabin.

– Mm, mm.

Était-ce le moment de lui parler? Fallait-il attendre qu'il ait pris un peu de repos?

– T'as l'air zarbi, Sauveur.

– Hein ?

– Lazare aussi. Qu'est-ce qu'il y a ? Il s'est passé quelque chose ? T'as cassé avec Louise, ou quoi ?

Sauveur décida de parler. Mais comment ?

– Ta mère t'a peut-être sauvé la vie ce soir, Gabin.

Une fois passé le choc des premières explications, Gabin tenta d'appeler Gilles sur son portable. En vain. Il contacta par Facebook des amis qu'il avait en commun avec le jeune étudiant. Personne n'avait de nouvelles.

– Je vais regarder les infos à la télé, dit-il à Sauveur. Tu peux… tu peux aller te coucher si tu veux.

Sans répondre, Sauveur l'escorta jusqu'au coin salon et ralluma la télévision. C'étaient les mêmes images, plutôt l'horreur en boucle que l'info en continu. « Je n'ai jamais vu tant de victimes d'un coup », disait un médecin urgentiste. Le bilan ne cessait de s'alourdir. 80 morts, 100 morts peut-être. Gabin regardait, sonné, KO. Au bout de dix minutes, Sauveur lui tapota l'épaule.

– Ça ne sert à rien. Tu fais le jeu des terroristes en te laissant fasciner par ces images. Se confronter à la réalité, ce n'est pas se laisser sidérer.

– Tu crois que j'en ai quelque chose à foutre de

tes considérations de psy à la con ? lui cria Gabin. J'ai mon pote qu'est peut-être mort. Alors, tu fermes ta gueule !

Puis il plongea son visage entre ses mains. C'était trop pour lui, trop pour une seule soirée. Sauveur éteignit le téléviseur.

– Excuse-moi, dit une voix étouffée.

– Non, tu as bien fait. Je suis un psy, pas forcément à la con, mais un psy. C'est comme ça que je me défends. Je généralise, je théorise, j'essaie de comprendre. J'ai besoin que les choses aient un sens.

Sauveur parla longtemps, utilisant sa voix d'hypnotiseur, critiquant son boulot de psy tout en continuant de le faire, jusqu'à ce que Gabin s'endorme sur le canapé.

Puis il alla chercher la couette dont Alice s'était enveloppée et il l'étendit sur Gabin avec un frisson d'effroi en songeant au geste qu'on fait pour recouvrir d'un drap le corps de celui qui est mort. Il resta un long moment au chevet de Gabin, les yeux fermés, en communion avec ceux qui attendaient encore, qui espéraient encore, et dont l'angoisse tordait le cœur comme elle avait tordu le sien. Enfin, il monta s'allonger sur son lit, pensant qu'il ne trouverait pas le sommeil. Pourtant, il tomba dans un trou noir, d'où la voix de Gabin le tira à neuf heures du matin.

– Sauveur… Sauveur… Il est mort.

– Oh, mon Dieu, balbutia Sauveur, à peine réveillé.

Il sentit que Gabin s'allongeait près de lui et enfonçait la tête dans l'oreiller pour pleurer. Sauveur ne tenta aucun truc de psy à la con. Gabin faisait la seule chose qui était à faire.

Pleure, Gabin, pleure Lysande, le Worgen, pleure Gilles Sangha, l'étudiant, pleure ce jeune homme qui laissera sa vie à tout jamais *inachevée, inachevée, inachevée.*

*
* *

Le dimanche matin, Sauveur eut la surprise de rencontrer une des rares personnes en France qui n'était au courant de rien. Wiener avait refusé la télévision dans sa chambre d'hôpital et il passait le temps en lisant alternativement des partitions musicales et de la poésie. Il accueillit Sauveur assis sur son lit en jean et tee-shirt noirs très moulants, baskets rouges aux pieds, et déclamant du Baudelaire.

– *J'ai longtemps habité sous de vastes portiques/Que les soleils marins teignaient de mille feux...*

– Eh bien, moi, je suis toujours rue des Murlins, lui répondit Sauveur. Vous êtes prêt ?

– Cela se chante sur une très jolie mélodie de Duparc.

Wiener se mit à chanter d'une voix onctueuse :

– *C'est là que j'ai vécu dans les voluptés calmes/Au milieu de l'azur, des vagues, des splendeurs/Et des esclaves nus...*

– À ce propos, vous devriez mettre un pull.

– Âme insensible à la beauté ! déplora Wiener. Vous savez que le traitement du docteur Agopian me réussit bien ?

– Oui, je vois ça.

Sauveur vit aussi, en aidant Wiener à passer son pull, d'anciennes cicatrices sur sa peau, marques de brûlures ou autres. Puis il constata que le pianiste ne mettait plus son bras en écharpe.

– Je faisais cela pour me rendre intéressant. Un bandage, c'est très vilain. Un bras en écharpe, c'est romantique. Ça plaît aux jeunes filles. *Ô triste, triste était mon âme/à cause, à cause d'une femme...*

– Dans votre cas, c'était plutôt à cause, à cause d'une fenêtre.

– Comment s'appelait-elle, cette petite demoiselle qui me regardait par en dessous ? s'informa Wiener, tout en se laissant pousser vers le couloir de l'hôpital.

– Quelle petite demoiselle ? tiqua Sauveur, les sourcils froncés. Alice ? À gauche, à gauche.

– Oui, voilà, Alice. Elle sera là… Alice ?

– Non. À droite, à droite.

Sauveur était contrarié que le pianiste ait remarqué les coups d'œil intéressés que lui jetait la jeune Alice, le dimanche précédent.

– Mais il y a du vent, protesta Wiener, en se retrouvant à l'air libre et grelottant dans son pull noir à grosses mailles.

– Vous n'avez pas d'amis qui pourraient vous apporter une valise de vêtements ?

– Votre suggestion est réalisable à 50 %. J'ai des vêtements, mais je n'ai pas d'amis.

Wiener ne plaisantait pas. Il était entouré d'admirateurs partout où il passait, mais il ne nouait aucun lien.

– Je suis garé à l'autre bout du parking. Tout droit, tout droit.

– Vous êtes un GPS vivant. Que deviendrais-je si vous n'étiez pas là pour m'indiquer la route à suivre ?

Chemin faisant, une courte scène, qui se déroulait sur le parking, arrêta l'attention de Sauveur. Une très jeune femme avec une poussette venait de se pencher pour ramasser un nounours que son bébé avait jeté par-dessus bord. Elle se redressa et se mit à engueuler le petit, qui n'avait pas plus d'un an et qui la regarda avec de grands yeux bleus stupéfaits.

– Mais t'as fini de faire chier ? Ça fait deux fois que je te le ramasse ! C'est dégueulasse par terre, en plus !

Sauveur ne pouvait laisser passer une telle attitude anti-éducative.

– Excusez-moi, madame.

La jeune maman venait de reprendre sa place derrière la poussette. Elle tourna vers Sauveur un visage renfrogné. L'expression « bas de plafond » semblait avoir été créée pour elle.

– Je vous ai vue parler à votre enfant. Il est trop petit pour comprendre le sens de vos paroles, mais il sent que vous êtes en colère. Comme il ne comprend pas pourquoi vous êtes en colère, il croit que vous n'êtes pas contente qu'il existe, et c'est dommage parce que c'est un beau bébé et qu'il vous fait honneur.

La jeune femme l'avait écouté, stupéfaite. Puis son naturel reprit le dessus.

– Et pourquoi il fait chier à jeter son doudou par terre ?

– Il ne sait pas que c'est chiant pour vous, madame. Il fait juste une expérience sur la chute des corps. Vous avez peut-être un futur savant dans votre poussette.

La jeune maman jeta un regard suspicieux sur son Einstein en grenouillère, siffla entre ses dents : « un sssavant », puis, donnant une bonne secousse à la poussette, s'éloigna vers l'entrée de l'hôpital. Sauveur se tourna vers Wiener, qui avait suivi la scène en ricanant.

– Déformation professionnelle, désolé.

– Ne vous excusez pas. Grâce à vous, je sonde les profondeurs du cœur humain !

Rue des Murlins, Jovo avait préparé la pâte à crêpes. Louise était là, sans ses enfants, retournés chez leur père. Gabin et Lazare jouaient à *Mario Kart* dans le coin salon. Wiener, qui ne faisait attention qu'à ce qui le concernait, ne remarqua ni l'abattement de Louise ni les yeux rouges de Gabin. Quand Lazare voulut lui parler de ce qui s'était passé à Paris, Sauveur fit non, non de l'index dans le dos de

Wiener. Il ignorait quel pouvait être l'impact d'une telle nouvelle sur un esprit à peine stabilisé par les médicaments.

– À table ! enchaîna-t-il.

Une fois assis en bout de table, à côté de Sauveur, Wiener sortit de sa poche de jean une petite gélule sous plastique, qu'il tourna et retourna entre ses doigts.

– Je ne sais plus si je dois la prendre deux ou trois fois par jour ?

La question s'adressait indirectement à son thérapeute.

– Vous n'avez pas d'ordonnance ? lui demanda Sauveur.

– Non, j'ai une infirmière, remontée comme un coucou suisse, qui entre dans ma chambre à intervalles réguliers en disant (il prit une voix haut perchée) : « Votre médicament, monsieur Wiener. »

Sauveur, estimant que Wiener était suffisamment perché, lui aussi, lui suggéra de remettre la gélule dans sa poche et d'attendre le dîner.

Après le déjeuner, le temps s'étant radouci, Wiener sortit fumer dans le jardin. Louise, qui était allée cueillir quelques fleurs tardives, revint bientôt dans la cuisine, où Sauveur nettoyait l'évier.

– Ce n'est pas du tabac qu'il fume, lui glissa-t-elle à l'oreille.

– Tu veux dire que c'est du… ?

– Je n'y connais pas grand-chose, mais je reconnais l'odeur.

Que faire ? Confisquer le shit ? Fouiller la chambre d'hôpital ? Alerter l'infirmière-chef ? Sauveur eut un haussement d'épaules fataliste.

– Mouais… Il se paie ma tête.

Vers 16 heures, il embarqua dans sa voiture Jovo, légèrement ivre, et Wiener, aimablement shooté.

– Vous retrouverez le chemin jusqu'à votre chambre ? s'informa Sauveur, une fois garé sur le parking de l'hôpital.

– À droite, à droite, à gauche, à gauche. Je vous vois mardi ?

Wiener allait entamer une psychothérapie à raison de trois séances hebdomadaires.

– *Hasta luego, cariño !** s'écria-t-il, avant de s'éloigner d'un pas sautillant.

– Il plane, votre zozo, dit Jovo.

Après le parachutage du pianiste, Sauveur poursuivit sa route jusqu'à l'Éhpad Les Bruyères, qu'il

* En espagnol : Au revoir, chéri !

avait décidé de faire visiter au vieux légionnaire. La directrice de l'établissement, madame Cotillon, qui avait été prévenue au téléphone par son collègue psychologue, les attendait dans le hall d'accueil. Madame Cotillon était spécialiste du grand âge, du *care*, de la dépendance, de la bienveillance, de l'estime de soi, du vivre ensemble, spécialiste de tout, en fait, sauf de la Légion étrangère et des gangsters.

– Bonjour, monsieur Saint-Yves, bienvenue parmi nous, monsieur Jovanovitch.

– *vic*, rectifia Jovo, l'œil étincelant sous ses sourcils touffus.

Madame Cotillon nota tout de suite que ce grand vieillard, qui tenait à ce qu'on l'appelle par son diminutif, était encore vert, malgré une petite difficulté à marcher droit (due au rhum La Mauny, mais cela, elle ne le savait pas).

– Nos résidents se reposent dans leur chambre en attendant le dîner, dit-elle à Jovo avec bienveillance, *care*, sens du vivre ensemble, du grand âge, de l'estime de soi, etc.

Elle se tourna vers Sauveur comme si lui seul pouvait comprendre la suite de son discours.

– Les plus autonomes regardent la télévision en ce moment, mais pas les informations. Après ce qui s'est passé, nous ne voulons pas les traumatiser. On les a mis devant *Super Nanny.*

– C'est plus prudent, lui répondit Sauveur, avec une pensée pour la mitraillette.

Elle fit de nouveau face au sympathique vieux monsieur.

– Je vais vous montrer une des chambres disponibles, euh… Vick.

– Jovo, rectifia-t-il.

Madame Cotillon haussa un sourcil en point d'interrogation. Ce pauvre monsieur Vick Jovanovitch n'avait plus trop l'air de savoir comment il s'appelait.

Avec une certaine fierté, madame la directrice ouvrit la porte de la chambre 112, rendue disponible par le « départ » récent d'une résidente de 98 ans. Tout était impeccable, le lit, dont on pouvait relever les barreaux pour empêcher les chutes, la table de chevet avec le verre pour le dentier, le fauteuil avec le repose-pieds pour les petites siestes…

– Je préfère le grenier, bougonna Jovo en jetant un regard morose autour de lui.

– Oh, mais monsieur Jovanovitch…

– *vic.*

– Oui, Vick… On ne met aucun de nos résidents au grenier, dit-elle avec bienveillance, *care*, sens du vivre ensemble, du grand âge, de l'estime de soi, etc. Et, ajouta-t-elle, pensant le rassurer, on n'en met aucun à la cave !

– Non, la cave, c'est pour la mitraillette, grommela Jovo.

Madame Cotillon secoua la tête. C'était toujours bien attristant de voir de vieilles personnes si dignes dans un tel état de confusion mentale.

De retour dans la voiture, Sauveur tapota son volant sans se décider à démarrer. Il était un peu énervé.

– Merci de vous être montré sous votre meilleur jour, Jovo.

– C'est trop bien pour moi, votre *Népad*. Et la bourgeoise, là, avec son air sucré, je la supporterais pas vingt-quatre heures.

– Jovo, je ne veux pas vous jeter à la rue, mais je dois m'assurer d'une chose. Y a-t-il quelqu'un à Orléans qui connaît votre passé ?

– Personne. Ce que j'ai fait de… pas trop bien, c'était pas ici.

– D'accord. Et l'ami à Emmaüs, qui n'est pas votre ami, qu'est-ce qu'il sait ?

– On s'est rendu service.

– Vous me l'avez déjà dit. Quel genre de services ?

– Des coups de main.

Sauveur, quant à lui, donna un coup de poing dans son volant. Il ne tirerait rien de Jovo. Ou il le remettait à la rue, ou il l'acceptait tel qu'il était, sans savoir exactement ce qu'il avait été.

Semaine du 16 au 22 novembre 2015

Madame Dumayet se tourmentait tandis qu'elle se rendait à pied à l'école Louis-Guilloux. Devait-elle parler des attentats avec ses élèves, dont certains avaient à peine six ans ? Au mois de janvier précédent, avec ses CE2 devenus désormais des CM1, elle avait parlé de ce qui s'était passé à Paris, des journalistes assassinés dans les locaux de *Charlie*, et de l'attaque dans un supermarché casher. Les élèves avaient même voulu écrire des articles pour leur journal de classe. Mais ce lundi 16 novembre, madame Dumayet décida de commencer la journée par une séance de relaxation, suivie de l'activité chorale. Ce n'était pas l'État islamique qui allait décider de son emploi du temps.

– On tape des pieds pour écraser tous les soucis… On chasse des mains les fourmis…

Tandis que ses élèves secouaient leurs mains, puis faisaient l'accordéon avec leur ventre :

– Gros ventre, on inspire, on inspire, petit ventre, on souffle, on souffle…

Madame Dumayet les inspectait. Ils avaient le teint cireux, les yeux creusés, ils bâillaient à s'en décrocher la mâchoire.

– On fait le chat qui s'étire, on s'étire et on relâche, c'est le pantin qui n'a plus de ficelle. Très bien, on recommence le chat… Paul, il est inutile de miauler.

Depuis le début de la séance de relaxation, en plus de faire le chat, le pantin et l'accordéon, Paul faisait l'andouille. Par moments, sa gaminerie mécontentait Lazare. On allait avoir 10 ans, quand même !

– On va reprendre la chanson que vous avez copiée dans votre cahier, dit madame Dumayet, avec une grande confiance dans le sens poétique de ses élèves. *Le petit cheval dans le mauvais temps, qu'il avait donc du courage !*

Ce fut un concert de protestations : « Ah non, ça endort », « On en a marre de celle-là », « C'est nul, il meurt à la fin ». Madame Dumayet se rendit à ce dernier argument, car la chanson se terminait de façon lamentable : *Il est mort par un éclair blanc, qu'il avait donc du courage, il est mort sans voir le beau temps.*

– Qu'est-ce que vous aimez comme chanson ? demanda-t-elle. Non, Jeannot, pas de rap.

– *J'aime les licornes !* lança Paul.

– Ah oui, ah oui ! firent vingt-cinq voix enthousiastes.

Madame Dumayet, qui n'avait pas vu *Moi, moche et méchant*, découvrit les paroles de cette scie qui en était extraite : *J'aime les licornes, beaucoup, beaucoup, beaucoup, beaucoup/Les licornes, je les aime beaucoup/ Et si j'en avais une apprivoisée, je serais très contente-eu.* Soudain, on entendit une voix flûtée qui bégayait :

– Y a Raja, y a Raja, y a Raja qui…

– Jeannot, lève la main avant de parler.

– … pleure.

En effet, sa petite voisine était en larmes. Raja était une réfugiée irakienne, qui avait fui Mossoul l'été précédent avec toute sa famille, à l'exception de son oncle, le jeune Hilal, égorgé en pleine rue par les hommes de l'EI*.

– Qu'est-ce qu'il y a, Raja ? Qu'est-ce qui t'arrive ? lui demanda madame Dumayet, essayant de

* Voir *Sauveur & Fils, saison 2.*

capter son regard derrière un rideau de cheveux noirs.

– Elle dit elle dit elle dit que c'est la guerre !

La phrase foudroya la classe, comme l'éclair avait frappé le petit cheval blanc. Puis ce fut le brouhaha. Tout le monde avait quelque chose à dire, tout le monde avait son opinion. Les enfants avaient passé le week-end au rythme des informations télévisées. Ils étaient bouleversés.

– Ce n'est pas la guerre, Raja, expliqua la maîtresse. La guerre, c'est quand les papas vont se battre comme soldats.

– Mon papa est soldat, dit Rosanne, une CP qui ne parlait presque jamais.

– Eh bien, il nous protège et il défend notre pays, lui répondit madame Dumayet, qui glorifiait l'armée française pour la première fois de sa vie d'enseignante.

Rosanne se redressa fièrement sur sa chaise.

– Moi, ma marraine, dit Océane, elle connaît une dame qui est morte au Bataclan.

– Moi, ma cousine…

– Moi, la voisine…

Était-ce à cause de la proximité de Paris ou du milieu social des élèves ? De près ou de loin, la moitié de la classe était concernée par les attentats. Madame Dumayet frappa plusieurs fois dans ses mains, ce qui restait une solution plus efficace que le bâton de pluie pour obtenir leur attention.

– Voulez-vous qu'on fasse une minute de silence ?

Un oui unanime jaillit de la bouche des CM1, et les petits CP, comprenant que c'était la bonne réponse, dirent oui également. La maîtresse leur expliqua comment se comporter.

– Vous vous levez, vous croisez les bras ou vous les mettez dans le dos, vous pouvez fermer les yeux si cela vous aide, vous pensez à tous ceux qui ont du chagrin aujourd'hui. Je vous dirai quand la minute de silence sera finie, et vous reprendrez votre place sans faire de bruit.

Madame Dumayet était debout face à ses élèves, les bras croisés, pour donner l'exemple.

– C'est c'est c'est commencé ?

– Oui, Jeannot. Chut.

Pendant quelques secondes, madame Dumayet s'associa par la pensée à toutes les familles endeuillées, puis elle inspecta une nouvelle fois sa classe. Nour, Noam, Mathis, Océane, Lazare, Paul, Rosanne… À deux années de la retraite, un peu larguée par ce monde dans lequel vivaient ses élèves, épuisée par leur agitation incessante, elle se sentait responsable d'eux comme jamais. Tous les visages étaient graves, les regards intériorisés ou les paupières closes. Jeannot avait pris la main de Raja, et madame Dumayet pensa : Voilà les enfants qui feront la France de demain.

*
* *

Sauveur s'attendait à ce que les événements du vendredi se répercutent sur chacun de ses patients, mais il ignorait comment. Il eut un premier indice quand, à neuf heures du matin, le docteur Agopian lui téléphona.

– Je viens de recevoir un monsieur Kermartin, que vous suivez, à ce qu'il paraît.

– J'ai eu plusieurs séances avec lui, oui.

Kermartin avait été conduit aux urgences par une amie très proche qui s'inquiétait de son état. Il accusait ses voisins du dessus de vouloir percer le plafond et il entendait leurs coups de marteau. Sauveur donna au docteur Agopian quelques indications biographiques, tout en redoutant un diagnostic de paranoïa. Mais Agopian, bien que n'étant pas de nature très chaleureuse, était un médecin prudent qui ne se pressait jamais d'étiqueter les gens.

– Ce qui vient de se passer fragilise tout le monde, dit-il, à commencer par ceux qui n'allaient déjà pas très bien. Je vois ce que je peux faire pour votre patient. Merci pour votre temps, monsieur Saint-Yves.

À commencer par ceux qui n'allaient déjà pas très bien, se répéta Sauveur, en se dirigeant vers la salle d'attente.

– Madame Germain ?

Gervaise Germain était une Antillaise d'une quarantaine d'années, que Sauveur avait guérie d'un toc de propreté* qui l'obligeait à prendre des douches de deux heures, à ouvrir les portes avec des gants et à s'asseoir exclusivement sur un petit napperon blanc. Elle développait à présent un toc d'angoisse qui l'obligeait à faire le signe de croix chaque fois qu'un mot contenant la syllabe MAL se présentait à son esprit ou dans la conversation. Faute de quoi, le MALheur s'abattrait sur elle.

– Tu as vu ces horreurs à la télévision ? dit-elle, en s'asseyant lourdement dans un fauteuil. Il faut les pendre, tous ces gens !

– Je crois qu'ils sont morts.

* Voir *Sauveur & Fils, saison 2.*

– Je parle de tous les gens qui pensent pareil qu'eux. Il faut les tuer.

– On ne peut pas tuer quelqu'un pour quelque chose qu'il pense. D'ailleurs, on ne peut pas vraiment savoir ce que quelqu'un pense.

– Mais on sait ce qu'ils pensent, avec leurs foulards, leurs barbes, leurs mosquées !

– Gervaise, je ne peux pas vous suivre sur ce terrain. Vous proposez de tuer les musulmans de France.

– Hein ? sursauta Gervaise, malgré sa forte masse. J'ai jamais dit ça !

– Mais si. À l'instant. Des gens qui portent des foulards, des barbes, qui vont à la mosquée ? Je ne veux pas jouer aux devinettes, Gervaise, mais qu'est-ce que c'est ?

– Faut pas les tuer. Il faut juste les renvoyer chez eux.

– On chasse des millions de personnes ?

– Juste ceux qui exagèrent.

– Qui exagèrent quoi ?

– Ah, tu es fatigant avec toutes tes questions.

– Désolé. Je suis peut-être un peu à cran aujourd'hui. Mais des gens comme vous et moi, Gervaise, nous savons ce que c'est d'être rejetés. Nous avons un bronzage un peu… exagéré, non ?

Elle rit et écarta d'un geste de la main les propos qu'elle venait de tenir, plus par angoisse que par conviction.

– On reprend notre thérapie, Gervaise? Avez-vous fait vos exercices?

Pour combattre l'obsession de sa patiente, Sauveur lui proposait de prononcer tous les jours une liste de mots contenant le son MAL, tout en s'interdisant de faire le signe de la croix.

– J'ai fait les exercices, dit Gervaise, sur un ton très déterminé.

– Donc, nous pouvons les refaire ici?

– Si tu veux.

Le ton était déjà moins déterminé.

– Je prononce le mot et vous le répétez. Je commence. Malédiction.

– Malédiction.

– Un peu plus fort.

– Malédiction.

Vinrent ensuite maladresse, malappris, malchance, animal, maladie, etc.

– Voilà, fit Gervaise, en essuyant ses mains moites avec un Kleenex.

– Voilà rien du tout, lui dit Sauveur. Vous avez triché.

– Comment ça, j'ai triché ? s'indigna Gervaise, en roulant de gros yeux.

– Chaque fois que vous disiez le son MAL, du bout de l'index gauche et en vous cachant bien, vous traciez un petit signe de croix dans votre paume droite.

– Ah, tu as vu ça, toi ? rigola Gervaise, un peu bluffée.

– Eh oui ! Je suis un MALin.

Il reconduisit sa patiente jusqu'à l'entrée puis, au moment de lui tendre la main, le besoin de parler le traversa.

– Vous savez, Gervaise, ceux qui ont tué au Bataclan, et tous ceux qui tuent en se réclamant de Dieu ou de l'État islamique, ils tuent indifféremment : des chrétiens, des musulmans, des athées, des Blancs, des Noirs, des enfants, des vieux, des femmes. Ils ne sont qu'une poignée de gens à la surface de la Terre, mais pour eux la vie humaine ne représente rien, pas même la leur.

Il emprisonna les mains de Gervaise entre les siennes.

– Le Mal n'est pas dans les mots, dit-il, il est dans ceux qui le font.

*
* *

Ce même lundi, à 17h30, à peine la porte franchie, Ella s'écria :

– Vous êtes au courant de ce qui s'est passé ?

– Euh, oui, je crois, répondit Sauveur, un peu surpris qu'elle puisse en douter.

– Je ne m'y attendais pas. Et vous ?

Sauveur opéra une rapide révolution mentale.

– Oh, tu parles de ce qui s'est passé au collège ? Madame Sandoz m'a tenu informé. Les filles de la 4e C ont obtenu de la CPE qu'on fasse une journée d'information sur le harcèlement scolaire à la rentrée prochaine, c'est ça ?

– Oui, et Jimmy va écrire avec notre prof de techno un dépliant sur les dangers des réseaux sociaux. Ce sera distribué dans tout le collège.

– Je crois que Marine Lheureux a proposé qu'on nomme des élèves-référents en quatrième-troisième, à qui on pourra signaler tous les faits de harcèlement.

C'était l'application de la méthode Pikas. Les harceleurs eux-mêmes proposaient des solutions.

– J'ai reçu une lettre d'excuses, dit Ella, en la tendant à son psy.

– Tu souhaites que je la lise ?

– Je ne veux pas la garder. Les excuses, ça ne sert à rien. Tout ce que je demandais, c'était qu'on ne fasse pas attention à moi. Ils m'ont pourri la vie. Je ne peux pas retourner au collège. Les gens me regardent comme si j'étais un genre de monstre.

Sauveur se demanda si Ella n'exprimait pas ses propres doutes sur sa normalité en les projetant dans le regard des « gens ».

– Madame Nozière serait heureuse que tu reviennes à son cours.

Sauveur touchait la corde sensible. Ella avait idéalisé sa prof de latin, smart, souriante et cultivée.

– Ça, c'est possible, dit-elle après réflexion. Le pire, c'est ma classe. Ils vont continuer de m'embêter avec leurs « tapata ».

– Alice a suggéré qu'on consacre une heure de vie de classe au harcèlement dans tout l'établissement. Cela devrait faire réfléchir les « gens ».

Ella fit une petite moue peu convaincue.

– Le pire, dit-elle, c'est qu'ils sont bêtes.

– « Je préfère le méchant à l'imbécile, parce que l'imbécile ne se repose jamais », répondit Sauveur en souriant. Les gens ne sont pas bêtes, mais parfois ils suivent le mouvement.

– C'est des moutons, jugea Ella, impitoyable.

Ce qui venait de lui arriver l'avait blessée à vie.

– Je ne veux pas qu'on me fasse des excuses parce que je ne veux pas pardonner.

Avec un soupir désolé, Sauveur se contenta de hocher la tête. Y a-t-il des choses impardonnables ?

Sur le pas de la porte, au moment où elle lui serrait la main, Ella s'écria soudain :

– C'est affreux, ce qui s'est passé à Paris ! Je n'en ai pas dormi !

Ses yeux brillèrent, ses joues rosirent. La petite lampe intérieure s'était rallumée. La souffrance des autres, elle la partageait.

Ce soir-là, Sauveur repoussa le moment d'appeler Louise. Quand c'était sa semaine avec les enfants, sa voix au téléphone était tendue, et Sauveur, à tort ou à raison, percevait ce reproche : pourquoi n'es-tu pas à mes côtés ?

– Louise ? Excuse-moi, j'appelle un peu tard.

Au bout de quelques phrases, Sauveur perçut plus qu'une tension dans la voix de Louise.

– Ça va ?

– Ça irait mieux si tu n'avais pas conseillé à Alice de se raser la tête.

– De… quoi ?

Alice avait donc mis à exécution le projet dont

elle lui avait parlé au téléphone : se faire une coupe à la tondeuse en signe de solidarité avec Ella Kuypens.

– Mais je l'ai dissuadée au contraire ! protesta Sauveur.

– Ah oui ? En lui racontant l'histoire de cette fille à Montréal…

– Mais cela n'avait rien à voir, et je lui ai expliqué au téléphone qu'Ella prendrait peut-être très mal le fait qu'on l'imite.

– Alice va jusqu'à porter une cravate. Son père est furieux. Il dit que tu la détraques !

Sauveur ne put s'empêcher de rire.

– Si tu trouves ça amusant, se vexa Louise.

– Écoute-moi… Alice a agi contre mon avis et en sachant que ses parents ne seraient pas d'accord. Elle voulait réparer une erreur et peut-être faire un peu de provoc. En gros, elle a 13 ans, c'est une fille bien, et je suis sûr qu'elle est mignonne avec sa coupe courte.

– C'est 45 euros, au revoir et merci ?

– Bonne nuit à toi aussi, répliqua Sauveur, avant de raccrocher.

Tout le monde était tendu.

Il allait être minuit, et Gabin dans son grenier ne dormait pas. Son ordinateur ronronnait dans l'ombre, mais Pepsi l'Explorateur ne rejoindrait pas le monde de *Warcraft* cette nuit, ni les nuits suivantes. Lysande était mort.

– Putain, j'ai faim, marmonna Gabin, se redressant sur son matelas.

Il ne pouvait pas jouer, il ne pouvait pas dormir, il ne voulait plus pleurer. Manger était la solution.

Quand il entra dans la cuisine, madame Gustavia se dégourdissait bruyamment et Jovo fumait dans la véranda.

– Ça fait un foin, ces bestiaux, grogna-t-il. Alors, c'est l'heure du ravitaillement ?

– Je vais me faire un choco chaud… Au fait, Lazare m'a dit pour la mitraillette. C'était sympa de venir à ma rescue.

– À ton service. Mais Sauveur veut que je m'en débarrasse.

– De la mitraillette ? C'est pas trop le genre de trucs qu'on met à la poubelle.

– Puis ça peut toujours servir.

– Sûr. Je te fais un choco ?

Gabin aimait la présence macabre du vieux légionnaire. Il se sentait plus fort en sa compagnie. Tous deux s'attablèrent bientôt devant un chocolat fumant et une tartine de camembert.

– C'était ton arme de service quand tu étais

dans la Légion ? voulut savoir Gabin à propos de la mitraillette.

– On va dire ça. Tu sais, faut pas trop fouiller le passé. C'est toujours la merde qui remonte.

– T'es un poète, Jovo.

Au premier étage, Sauveur, qui n'avait pas sommeil, venait tout de même d'éteindre sa lampe quand la porte de sa chambre s'entrouvrit. Lazare se glissa jusqu'à lui.

– J'ai peur.

Sauveur ralluma. Son fils grelottait dans son pyjama trop court.

– Tu as peur de quoi ?

– De dormir. Et si je mourais en dormant ?

– *« Mourir... dormir... peut-être rêver ! Oui, c'est le problème. Car quels rêves vont venir dans ce sommeil de la mort ? »*

– Hein ?

– C'est de Shakespeare. Tu veux un chocolat chaud ?

Lorsqu'ils arrivèrent aux dernières marches de l'escalier, ils entendirent un bourdonnement de voix en provenance de la cuisine. Sauveur fut soulagé de constater que ce n'était pas la bouteille de rhum qui circulait.

– Tournée générale de Nesquik, dit-il.

– T'as pris mon mug, remarqua Lazare en s'asseyant près de son cher Gabin.

– J'aime trop Barbapapa.

Sauveur s'assit à son tour et, noyé dans les vapeurs du chocolat, perçut ce que Louise ressentait depuis plusieurs mois : le 12 rue des Murlins était une maison de garçons.

– Il manque Paul, dit Lazare à l'unisson.

Sauveur remarqua les manches du pyjama qui arrivaient au-dessus du poignet de Lazare.

– Tu grandis trop vite. Tes vêtements ne suivent pas.

Moi non plus, songea-t-il. J'avais un petit garçon, et c'est presque un adolescent.

*
* *

Sauveur avait décidé de tenter une expérience ce mardi matin, une séance conjointe père-fils entre Wiener et Samuel. Le pianiste arriva à l'heure, déposé par un taxi. Il s'assit, ou plutôt se vautra, dans le canapé et prit tout de suite un ton de plainte exaspérant.

– J'ai envie de musique. J'ai envie de jouer du piano. J'ai envie de jouer en public.

– Voilà trois bonnes nouvelles.

– Sauf que je ne peux rien faire, dit Wiener, en soulevant son poignet bandé.

– Vous avez vu le kiné à l'hôpital ?

– Demain.

Puis il reprit sa litanie larmoyante :

– J'ai annulé tous mes concerts jusqu'au 25 décembre. Je cours à la ruine. Ça vous dit de m'entretenir ?

– Ceux qui vous entretiennent au début vous exploitent à la fin.

Wiener se mit à cligner des yeux.

– Samuel est en retard, non ?

Sauveur jeta un regard à la pendule ronde, accrochée au mur d'en face. 10 heures. Samuel avait un quart d'heure de retard.

– Sa mère a encore cherché la bagarre, supposa Wiener, se tortillant sur le canapé pour se redresser.

– Vous êtes inquiet ?

– Non, pourquoi ? rétorqua Wiener, clignant toujours plus vite.

Sauveur laissa le silence s'installer entre eux.

– Sa mère ne lui fera pas ce que la mienne m'a fait. Ça, c'est une chose certaine, dit enfin Wiener.

Sauveur se mordilla l'intérieur des joues, ce qu'il

faisait pour s'interdire de réagir. Mais il se réjouissait que Wiener découvrît qu'on peut se faire du souci pour quelqu'un d'autre que soi. On entendit alors le bruit du heurtoir de la porte d'entrée. Wiener se redressa tout à fait, comme s'il souhaitait faire meilleure impression.

Samuel entra, essoufflé, le blouson ouvert, un lacet défait, le sac à dos bâillant sur une épaule, l'air en vrac.

– J'ai fait ce que j'ai pu, dit-il.

– C'est bon, le tranquillisa Sauveur. Reprends ton souffle, assieds-toi. Je ne te présente pas…

Il désigna son père à Samuel. Ils s'adressèrent un petit signe du menton et un vague sourire. Peut-être Wiener avait-il envie d'étreindre son fils, peut-être Samuel aurait-il aimé crier : « Papa ! » Mais pour le moment, cela ne se voyait pas.

– Vous trouvez qu'on se ressemble ? se questionna Wiener sur un ton très dubitatif.

Samuel eut l'impression de se prendre une gifle d'une autre nature que celle infligée par sa mère.

– Pourquoi cette question ? lui demanda Sauveur.

– Parce qu'il a des doutes sur sa paternité, répondit Samuel à sa place. Je ne suis pas assez bien pour lui.

Wiener prit un air d'étonnement candide.

– J'ai dû dire quelque chose qu'il ne fallait pas… Je comprends mieux la musique que les humains.

– Tu ne fais pas tellement d'efforts, maugréa Samuel.

Wiener jeta un regard un peu perdu à son thérapeute.

– Votre fils n'est pas très content de l'accueil, lui suggéra Sauveur.

Wiener, en proie à son tic, avait l'air assez penaud.

– Je voulais dire quelque chose de gentil. Mais j'ai dit le contraire.

Samuel se sentit fondre intérieurement. Papa. Papa. Mais il était bloqué, ça ne sortait pas.

– Je ne voulais pas être désagréable, lui dit-il. Je suis juste perturbé. Je viens d'apprendre qu'un de mes profs est mort au Bataclan.

Il s'aperçut que Sauveur lui faisait des signes pour qu'il s'arrête de parler.

– Qu'est-ce qu'il y a ? s'étonna Samuel. On ne peut pas parler de ce qui s'est passé au Bataclan ?

Sauveur restait persuadé que Wiener n'était pas informé, ce qui n'était plus le cas.

– De quoi tu veux que je parle ? dit-il à son fils, de son ton dédaigneux. Les Eagles of Death Metal, ce n'est pas mon genre de musique.

Sauveur se passa la main sur le front, un peu découragé. Est-ce que Wiener faisait exprès ?

– Je t'ai prévenu, dit-il à Samuel, ça va prendre un peu de temps.

Le temps d'établir quelques connexions entre le cœur et le cerveau.

En soirée, Sauveur s'aperçut qu'il avait manqué un appel d'Alice.

– Tu as essayé de me joindre ?

– Oui, je voulais te raconter. Ella est revenue en cours de latin et elle n'a pas du tout pensé que je me moquais d'elle en voyant ma coupe de cheveux.

Alice avait la voix triomphante. Mais la mise en garde de Sauveur lui avait tout de même été utile. Elle avait pris les devants en s'expliquant avec Ella dans le couloir, avant l'entrée en classe.

– Je lui ai dit que je trouvais son style très cool et que chacun avait le droit de s'habiller comme il voulait, sauf les imbéciles qui s'habillent comme tout le monde.

– Tu as dû lui faire plaisir.

– Oui, elle était super contente et super étonnée aussi. Elle est très sympa, je ne la connaissais pas.

On est rentrées ensemble. Je ne savais pas que tu étais son psy !

– Je n'ai pas le droit de parler de mes patients.

– Elle est trop fan de toi. Il paraît que c'est génial de faire une psychothérapie.

– Eh bien, bravo pour ton initiative. Je n'aurais pas parié dessus. J'espère que ta maman va s'habituer à ton « style très cool ».

Alice gloussa. Non, sa mère n'appréciait pas, et son père encore moins.

– Si j'ai bien compris, ils me tiennent pour responsable de tes excentricités, dit Sauveur. Louise s'est presque fâchée…

– Avec toi ? Oh, c'est pas à cause de mes cheveux, protesta Alice. Attends, je ferme la porte de ma chambre… C'est plus prudent.

– Plus prudent ? répéta Sauveur, intrigué.

– Je préfère qu'elle entende pas.

Alice baissa la voix pour plus de sûreté.

– Elle est énervée parce que Gabin et Jovo sont toujours chez toi et qu'elle ne peut pas faire une famille machintruc…

– Machintruc ?

– Recomposée, souffla Alice dans son téléphone.

– Elle te l'a dit ?

– Non, elle dit rien, ma mère. Je devine.

– Mm, mm.

– Tu sais, moi, je te comprends, ajouta Alice. On n'a pas besoin d'être tout le temps ensemble, genre 24 heures sur 24. On peut s'aimer et avoir deux apparts, par exemple. Mais ça, tu vois, c'est nous, c'est la nouvelle génération qui pense comme ça. Ma mère, elle est… plus classique. En plus, elle a pas confiance en elle, tu vois ? Elle pense que tu l'aimes pas assez pour vouloir vivre avec elle…

Sauveur l'écoutait, sous le charme. On aurait dit une chroniqueuse de *Psychologie magazine* ou une conseillère conjugale.

– J'aime énormément ta mère, Alice.

– Ouais, je sais. Mais elle, elle le sait pas. Son rêve, je suis sûre, c'est que tu la demandes en mariage avec la bague et tout, comme au cinéma.

– Mm, mm. Et après, on vit tous ensemble rue des Murlins ?

Alice gloussa de nouveau. Ça, c'était le rêve de sa mère, pas le sien.

– Moi, je trouve très bien comme on est. J'adore manger les crêpes chez vous, mais pendant la semaine, tu m'excuses, je préfère ma chambre. Je peux pas dormir sur un canapé-lit avec plein de monde autour. J'ai besoin de mon petit confort. Et puis, j'aime bien penser aux gens quand ils sont pas là. Il me faut de l'air, tu vois ce que je veux dire ?

Était-ce la nouvelle génération ou la nouvelle Alice ? Individualiste, certes, mais curieuse des autres.

– Je suis vraiment content qu'on ait cette conversation, Alice. Tu es quelqu'un de bien.

– Bof. Souvent, je pense que je suis infecte. Je suis jalouse de Paul, maman le préfère, je voudrais que ses hamsters crèvent. Et je fais semblant d'être copine avec Pimprenelle alors que c'est une grosse conne. Je suis hypocrite, en fait. C'est pareil au collège. Je fais semblant d'être amie avec Marine, mais je ne peux pas la supporter. Ella est beaucoup mieux que mes « amies de toujours ». Mais je ne vais pas devenir son amie parce que je ne veux pas me retrouver seule dans ma classe. Je suis lâche.

– Quel réquisitoire ! Tu es en train de découvrir qu'on a le cœur partagé, qu'on est travaillé de sentiments contradictoires. Si nous l'acceptions, nous serions toujours incertains, toujours nous interrogeant.

– Ce serait super fatigant !

– C'est pourtant ce que tu essaies de faire.

Quel chemin parcouru en quelques mois ! Alice éprouva quelque chose d'étrange. Elle chercha le mot. Elle était fière. Fière d'elle-même. Mais l'instant suivant, elle était déjà tourmentée : n'avait-elle pas dit tout cela parce qu'elle était jalouse de sa mère, peut-être même un peu amoureuse de Sauveur ? La petite machine à s'introspecter se remit en marche. Oui, c'était super fatigant, mais quel vaste territoire à explorer quand on a 13 ans : soi !

*
* *

Les yeux sur *Le Voyageur*, qui lui-même n'en finissait pas de contempler la mer de nuages, Sauveur mangeait un sandwich. Ce n'était pas dans ses habitudes de déjeuner dans son bureau, mais madame Foucard avait décalé son rendez-vous du mardi matin au mercredi midi, au motif que Lionel était traumatisé par les attentats de Paris. Sauveur eut la surprise de constater en ouvrant la porte de la salle d'attente que Claudie était seule.

– Maïlys ?

– Elle est chez sa grand-mère, le mercredi. Et Lionel n'a pas dormi de la nuit. Il récupère.

Sauveur eut envie de signifier à madame Foucard qu'elle ne prenait pas au sérieux cette psychothérapie. Mais elle avait l'air très lasse.

– Comment allez-vous ? lui demanda-t-il, rengainant son mécontentement.

– C'est surtout Lionel. Il veut partir en Islande.

– En Islande ?

– Oui, enfin… n'importe où. Loin d'ici. Il dit qu'on aurait pu être au Bataclan, ou qu'on aurait pu être à la terrasse de La Belle Équipe, parce qu'on est déjà allés dans ces deux endroits, et le fait qu'on « aurait pu », ça le traumatise.

– Mm, mm, marmonna Sauveur, remarquant au même moment qu'il avait laissé des miettes sur le plancher.

Lui aussi aurait voulu être ailleurs. Pas en Islande, mais dans sa propre vie, pour régler ses propres problèmes. Tout en faisant semblant d'écouter sa patiente, il établit sa to-do list.

1/ acheter des vêtements à Lazare, qui pousse dans mon dos sans m'avertir ;

2/ me débarrasser de cette arme qui est toujours à la cave ;

3/ avoir une vraie discussion avec Louise ;

4/ tenir un peu mieux mes comptes ;

– En fait, ce que Lionel voudrait, poursuivit Claudie, c'est vivre dans *Second Life* et ne plus sortir de sa chambre.

5/ m'inscrire sur *Second Life* ;

Non.

5/ prendre un rendez-vous avec ma contrôleuse.

– Au revoir, Claudie. Ça va aller. Ne vous en faites pas. Ça va aller.

Il était passé à côté d'elle, et même Jiminy Cricket s'en foutait. Je dois arrêter ce métier, s'alarma Sauveur. Je ne m'intéresse plus à mes patients.

– Les filles ?

C'était l'heure des sœurs Carré. Margaux et Blandine se levèrent de leurs sièges dans la salle d'attente mais, le regard accroché à celui de Sauveur, semblèrent attendre encore.

– Ça va ? leur dit-il, le ton négligent.

– Vous avez vu… à Paris, balbutia Margaux.

– Ah ? Oui… C'est affreux.

Il avait pensé : mais ça s'est passé vendredi, et on est mercredi. Je deviens fou, se dit-il, ou ce monde est fou. Sur les chaînes d'info en continu, une horreur chasse l'autre, et nos cerveaux zappent à l'unisson. Les deux sœurs étaient en face de lui, attendant un geste ou une parole. Ce fut Blandine qui trouva la solution. Elle se jeta dans ses bras, bredouillant :

– Pourquoi ils ont fait ça ? J'en ai des cauchemars la nuit.

Margaux s'approcha d'eux et, oubliant sa retenue habituelle, passa le bras autour du cou de sa sœur.

– On se fait une chaleur humaine, dit Blandine avec ferveur, comme s'ils venaient de mettre au point une nouvelle technologie.

Margaux reprit ses distances en passant dans le cabinet de consultation.

– On a envoyé une lettre à notre père, dit-elle.

– Avec « accusé de réception », ajouta Blandine, qui appréciait l'air menaçant de la formule.

– Pour lui dire quoi ?

– Pour lui demander d'arrêter ses démarches auprès du juge, répondit Margaux.

– On veut rester avec maman, simplifia Blandine.

Remis en selle par les sœurs Carré, Sauveur s'apprêta ensuite à recevoir un nouveau patient qui attendait avec sa mère.

– Madame Aronoff? Entrez, asseyez-vous. Bonjour, jeune homme.

Le jeune homme avait dans les 6 ans, une figure d'ange et des yeux pleins de confiance.

– Est-ce que tu sais pourquoi ta maman a pris rendez-vous avec moi ?

– J'ai du j'ai du j'ai du...

– Jédu ?

– J'ai du mal à parler.

La maman compléta l'information : l'orthophoniste pensait qu'une psychothérapie serait bienvenue.

– Il a beaucoup trop de choses à dire ! Ça se bouscule, dit madame Aronoff, posant un tendre regard sur son fils.

– Voilà une excellente nouvelle pour un psychologue.

Il se tourna vers l'enfant :

– Je m'appelle Sauveur, et toi ?

– Moi c'est moi c'est moi c'est Jeannot.

– C'est c'est un prénom très sympathique.

Attention, se dit Sauveur, je suis tellement mimétique que je risque de bégayer. Il affermit sa voix pour demander :

– Alors, qu'est-ce que tu aimes dans la vie ?

Jeannot lui fit un beau sourire.

– Rrrr… raja.

*
* *

Depuis le début de la semaine, cahin-caha, Gabin retournait au lycée. La consigne générale semblait être de le laisser tranquille. Seul le professeur d'histoire-géo avait salué « le retour parmi nous de Gabin Poupard », s'attirant un regard glauque du jeune homme.

– Le docteur Agopian m'a demandé de passer voir ta mère ce soir, lui dit Sauveur, au dîner. Elle souhaite me parler. Elle envisage peut-être de reprendre sa psychothérapie à sa sortie de l'hôpital.

– Cool, fit Gabin, attablé devant son hamburger.

– Mais Gabin ne va pas partir de chez nous ! se récria Lazare. Ici, y a Jovo qui le protège.

– T'inquiète, la rue Renoir est safe, répliqua Gabin de sa voix atone.

– Moi, je veux apprendre à tirer, décréta Lazare.

– Pardon ?

– Apprendre à tirer… sur une cible… à l'arc. Lazare adaptait progressivement son projet à la désapprobation qu'il lisait dans les yeux de son père.

– On en reparlera, fit Sauveur, jetant un regard de travers à Jovo. Il y a des choses plus urgentes, comme de te racheter un pyjama.

Madame Poupard avait reculé l'heure de prendre son somnifère et elle attendait Sauveur, assise dans son fauteuil. Elle était restée habillée et s'était même maquillée, abusant du rose à joues au point de paraître fiévreuse.

– Vous avez bonne mine, la complimenta Sauveur de cette voix fausse qui ne le trompait pas.

– Je regrette, dit-elle.

– Vous regrettez ?

– De m'être ratée.

– Pourquoi avez-vous fait cela ?

– Pour Gabin, je vous jure que je l'ai fait pour Gabin.

Elle ne voulait plus peser sur la vie de son fils.

– Un suicide est la pire des charges à porter pour les vivants. Émilie, je sais de quoi je parle : je porte ce poids.

– Vous ?

Tout en cherchant à la dissuader d'une récidive, Sauveur prit conscience de la vérité de ce qu'il lui disait. Oui, c'était une charge, un poids mort sur ses épaules. Il ne s'en était jamais tout à fait remis. Le suicide de sa femme lui interdisait peut-être de refaire sa vie. Il avait peur de s'engager de nouveau ou bien il se sentait coupable, ou les deux à la fois.

– Je cherche une autre solution pour moins peser sur Gabin, dit Émilie.

– Oui ?

– Ma sœur m'a proposé d'aller chez elle à Arcachon. Le bon air, la mer... Elle a été infirmière, elle me fera prendre mon traitement. Je vais bien me retaper.

Voulait-elle emmener Gabin au loin ? Quel chagrin ce serait pour Lazare !

– Vous avez déjà fait beaucoup pour mon fils, reprit Émilie. Quand il parle de vous, c'est…

Elle ne put aller au bout de sa phrase, envahie par trop d'émotions. Dans le silence qui suivit, Sauveur se prit à espérer, espérer quelque chose d'improbable, espérer l'inespéré.

– J'aime Gabin, vous le savez que j'aime Gabin ? le pressa Émilie.

– Vous l'aimez à vouloir mourir pour lui.

– Mais pour Gabin, vous êtes comme… Je ne suis pas égoïste, Sauveur, je n'essaie pas de me débarrasser de mon fils…

– Je le sais, et je sais que vous souffrez en ce moment.

– Je vous le confie, Sauveur. Le temps que j'aille mieux. Vous voulez bien que je vous le confie ?

Quand il revint au 12 rue des Murlins, il lui sembla voler de marche en marche jusqu'au grenier. Il était transporté.

– Gabin, je peux te parler une minute ?

Sauveur lui rapporta la conversation qu'il venait

d'avoir avec Émilie mais, devant le peu de réaction du jeune homme, il dissimula la joie qu'il avait éprouvée.

– Tu es déçu ? fit-il, sans se rendre compte qu'il exprimait ce que lui ressentait.

– Déçu de quoi ?

– De ne pas aller à Arcachon avec ta mère ?

Le regard de Gabin se noya au loin.

– Ça se télescope dans ma tête. Ma mère a voulu se tuer… Gilles est mort… Est-ce que j'ai le droit… tu vois ce que je veux dire ?

– Oui, je vois… Tu me fais penser au *Lotus bleu* que mes parents m'avaient offert quand j'étais petit garçon.

– Quel lotus bleu ? répéta Gabin sans comprendre.

– C'est une aventure de Tintin qui se passe en Chine. J'avais été très impressionné par une image à la fin de l'album. On voit le jeune Tchang qui presse les deux mains sur sa poitrine et qui dit : « Il y a un arc-en-ciel dans mon cœur. Je pleure le départ de Tintin et je ris de retrouver un papa et une maman. »

Gabin avait écouté, immobile, regardant son chagrin s'éloigner de la rive.

– C’est toujours un peu codé ce que tu racontes, fit-il, après avoir attendu un commentaire explicatif.

Il y eut un long, long silence que Sauvé, le bien-nommé, meubla en s’activant dans sa cage.

– J’ai un arc-en-ciel dans mon cœur, dit soudain Gabin, puis il eut un rire qui s’acheva en sanglot.

*
* *

Une nuit blanche et trois cafés plus tard, Sauveur était face à Ambre Gonzales.

– Ça n’a pas marché, votre truc d’imposition des mains.

– Désolé, fit-il, un peu pâteux. Je n’ai pas le don de mon oncle Ti-Jo.

Ambre remonta ses manches de sweat pour dégager ses poignets irrités.

– Tu n’as plus tes bracelets brésiliens, constata Sauveur.

– Maman les a coupés. Elle a dit que c’était dangereux.

Ambre parlait sans rancœur, mais semblait abattue.

– Tu regrettes à cause des vœux ? Tu penses qu’ils ne vont pas se réaliser ?

– C'est déjà le cas.

– Tu veux qu'on en parle ? Maintenant que les bracelets sont défaits, tu es aussi déliée de ton vœu de silence.

– Je peux vous dire pour un des deux, dit-elle, la voix hésitante. Je voulais avoir 18 de moyenne.

– Pardon ? fit Sauveur, se penchant vers elle pour être sûr de bien entendre.

– Avoir 18 de moyenne jusqu'à la fin de la troisième.

– Tu as de très bonnes notes, non ?

– J'ai baissé. Hier, j'ai eu un 15 en anglais.

– Tu es une fille raisonnable, Ambre. Tu sais bien, au fond de toi, que les vœux, c'est de la superstition… En quoi est-ce si important d'avoir 18 de moyenne ?

Elle arrondit les yeux, ne comprenant pas la question.

– Mais… c'est bien, balbutia-t-elle.

– C'est bien pour qui ?

– Ben, pour les profs… enfin… pour les parents…

– D'accord. C'est bien pour la patrie, pour la famille, pour Dieu le père. Et pour toi, ça a une importance quelconque ?

– Forcément.

– Forcément ?

– Mes parents sont contents. Ils en parlent à tout le monde. Ça leur fait plaisir. C'est normal de vouloir faire plaisir à ses parents, non ?

– Mm, mm. Et qu'est-ce qui se passerait si tu avais de moins bonnes notes ? Ou même des mauvaises notes ?

Ambre secoua la tête comme si la chose n'était pas envisageable.

– Ton frère a de mauvaises notes et il a l'air de très bien se porter.

– Oui, mais c'est un garçon.

– Et alors ?

– Les garçons, on les aime, même s'ils ne sont pas bons en classe.

– Et les filles, on ne les aime qu'à condition qu'elles travaillent bien, explicita Sauveur.

– Vous croyez ? s'effraya Ambre.

– C'est ce que tu viens de me dire.

– Mais c'est vrai ou c'est pas vrai ?

Sauveur laissa délibérément la question sans réponse.

– Est-ce qu'on peut parler de l'autre vœu ?

– Vous ne le répéterez pas à mes parents ?

– Tout ce qui se dit ici reste entre nous. Je suis lié par le secret de la thérapie.

– Bon, fit Ambre.

Mais elle resta muette.

– Ça a l'air difficile à dire, commenta Sauveur au bout de quelques secondes. Est-ce que tu veux l'écrire ?

Ambre fit non de la tête, puis ferma les yeux. Elle prenait mentalement son élan.

– Je veux mourir avant mes parents, dit-elle enfin.

– C'était ton vœu ?

– Oui. J'aurais trop de peine si mes parents… alors, comme ça, si je meurs avant…

– … tu ne connaîtras pas la douleur de perdre ton père et ta mère. Et eux, comme tu vas les décevoir par tes mauvaises notes, ils ne t'aimeront plus et ils s'en ficheront un peu que tu meures avant.

– C'est affreux ! se révolta Ambre.

– Attention ! Ça, c'est ce que tu penses. Je n'ai pas dit que tes parents le pensaient.

– Mais ils le pensent ou pas ?

– Tes questions sont un bon point de départ pour une psychothérapie. On va résumer : Est-ce qu'on m'aime parce que je donne satisfaction avec mes bonnes notes ? Si je cessais d'avoir de bons résultats, est-ce qu'on m'aimerait encore ? Est-ce que je vis uniquement pour être aimée de mes parents ? Et s'ils meurent, est-ce que j'ai encore une raison de vivre ?

Ambre posa un regard de désolation sur ses deux poignets nus et à vif.

– C'est pour ça que je fais de l'allergie ?

Plus le jeudi déroulait les séances, plus Sauveur retrouvait du plaisir à être avec ses jeunes patients. En toile de fond, il y avait cette pensée : Gabin reste rue des Murlins. Sauveur projetait des travaux d'aménagement dans le grenier, qui était à peine salubre.

– Bonsoir, Wiener, asseyez-vous. Bravo, vous avez un manteau !

C'était la deuxième séance hebdomadaire du pianiste.

– Je l'ai emprunté à mon kiné, il me plaisait bien.

– Le manteau ?

– Nous laisserons planer l'ambiguïté.

– Qu'est-ce que le kiné a dit à propos de votre poignet ?

– Il s'est réjoui de ce que j'étais droitier, et puis

il a tiré une autre tête quand je lui ai appris que je devais jouer le *Concerto pour la main gauche* le 25 décembre à 20 heures avec l'orchestre de Radio France.

– C'est votre échéance ?

– Ce concert doit être retransmis en direct sur France Musique. J'ai intérêt à l'assurer si je ne veux pas passer pour une étoile morte.

– Mm, mm.

– Méfiez-vous, Saint-Yves, je lis dans vos yeux.

– Qu'est-ce que vous lisez ?

– Que, même si mon poignet est en état de marche, je ne serai pas, moi, en état de résister au stress.

– Imaginons que nous sommes le 25 décembre, dit Sauveur en prenant sa voix d'hypnotiseur. Il est presque 20 heures. Vous êtes dans la coulisse, prêt à entrer en scène.

Wiener se mit à cligner.

– Fermez les yeux, lui enjoignit Sauveur. Vous entendez les instruments qui s'accordent, le chef d'orchestre est à son pupitre. Ça va être à votre tour. Que se passe-t-il ?

– Dans le meilleur des cas, des terroristes vont entrer, fit Wiener en rouvrant les yeux.

– Vous ne voulez pas jouer le jeu ?

– Vous savez ce que je vois quand je ferme les yeux ? Je la vois, *elle*. Elle est dans la coulisse, et j'ai peur. Je sais que je peux tromper la salle, escamoter une erreur, mais elle, elle voit tout, elle entend tout, et elle me fera payer mes fausses notes, mon manque de fougue ou un tempo trop rapide. Tout. Tout. Elle me fera tout payer. Par des coups ou des brûlures, en me privant de dessert ou de dîner. Ou bien elle m'enfermera dans la penderie, sa penderie avec son odeur, que je déteste. Je ne peux pas fermer les yeux, Sauveur.

Wiener déposa son poignet gauche dans sa paume droite.

– J'ai souvent pensé me couper les mains, dit-il sur un ton anodin. Je ne l'ai pas fait parce que je n'ai jamais pu répondre à cette question : une fois que j'ai coupé la main gauche avec la main droite, comment est-ce que je fais pour couper la main restante ?

Par ses réflexions saugrenues et son caractère provocateur, Wiener rappelait quelqu'un à Sauveur. Quelqu'un de beaucoup plus jeune. Ah oui ! Blandine Carré. Étrange association d'idées, mais pas si loufoque. Si la jeune fille n'était pas une enfant martyre, elle était tout de même dévalorisée par un père narcissique et pervers, qui voulait la mettre sous médication. Tandis que Sauveur laissait dériver sa pensée, Wiener s'était trouvé une occupation.

– Mais qu'est-ce que vous faites ?

Le pianiste était en train d'ôter le bandage de son poignet.

– Je me libère.

Il rapprocha ses deux mains pour les comparer. Il avait des traces encore fraîches des entailles faites par le verre, et Sauveur pensa aux autres marques sur ses bras. Avec une grimace de douleur, Wiener fit jouer les articulations de son poignet.

– Arrêtez de vous saboter, lui ordonna Sauveur.

– Qu'est-ce que ça peut vous faire ?

– Ça me fait que je suis votre psychothérapeute et que j'ai l'intention de venir écouter votre interprétation du *Concerto pour la main gauche* le 25 décembre à la Maison de la Radio.

Dans un mouvement de superstition dont il n'eut pas conscience, Sauveur entoura de la main droite son poignet gauche, là où il portait le bracelet brésilien.

Ainsi se tissait un lien mystérieux entre tous les patients du 12 rue des Murlins.

*
* *

Quelle semaine détestable qui s'achevait enfin ! Louise avait récupéré Paul et Alice en piteux état le dimanche soir, affolés par les images que leur père leur avait laissé regarder. Et il y avait eu autre chose, ce choc quand elle avait ouvert la porte à Alice.

– Mais qu'est-ce que tu as fait à tes cheveux ?

– Tu remercieras ton copain, s'était exclamé Jérôme, posant les sacs des enfants dans l'entrée. C'est à lui qu'on doit cette brillante idée de ta fille !

– N'importe quoi, marmonna Alice, avant de filer dans sa chambre.

Elle avait pourtant rendu Sauveur responsable de sa décision. À travers la mince cloison de sa chambre, elle entendit son père parler de ce « type qui se permet d'intervenir dans l'éducation de nos enfants ».

Le lundi, Louise s'était fâchée lorsque Sauveur avait téléphoné, d'ailleurs très tard en soirée. S'était-elle fâchée à cause d'Alice ? Ou parce qu'il semblait si peu pressé de l'appeler ? Quand elle en avait parlé avec Valentine, celle-ci avait répété la phrase fatidique : « Il te balade. » Sauveur lui avait dit qu'il voulait vivre avec elle, qu'ils auraient un bébé ensemble, qu'il allait trouver une place en maison de retraite pour Jovo, que Gabin retournerait chez lui. Mais c'étaient des paroles en l'air. Car dans les faits ils ne se voyaient « en famille » qu'un week-end sur deux dans une maison sans intimité. Par un reste de prudence, Louise n'avait pas parlé à Valentine de la patiente que Sauveur avait embrassée. Elle lui aurait conseillé de rompre.

Le mardi, le rédac-chef de *La République du Centre* avait demandé à Louise de faire un papier sur les familles recomposées, sujet d'une conférence donnée le lendemain soir à la Maison des associations par une éminente sociologue. Branle-bas de combat : à qui confier Paul pendant qu'elle assisterait à la causerie ?

– Maman, j'ai 13 ans, on n'a plus besoin de baby-sitter ! s'insurgea Alice.

– Oui, et dès que j'ai le dos tourné, tu fais n'importe quoi !

– Tu as peur de quoi ? Que je me fasse un piercing ? À 19 heures, à Orléans, tout est fermé.

Louise choisit de faire confiance et laissa ses enfants seuls après le dîner. En s'asseyant dans la salle de conférences, au milieu d'une assistance féminine, elle réalisa à quel point le sujet traité la concernait.

Elle nota à la volée tout ce qui pouvait servir pour son futur article :

La famille recomposée : mode de vie d'un enfant sur dix en 2015.

La probabilité de divorcer : 10 % en 1965, près de 50 % en 2015.

L'homme a 23 % de chances de plus qu'une femme de se remettre en couple après une séparation. Un homme qui a des enfants a même plus de chances de retrouver une compagne. Il inspire confiance et respect ou il attendrit en papa poule. Bref, il en devient attractif ! Pour les femmes, c'est tout le contraire.

Dans la nuit, elle rédigea son article.

« Familles recomposées : Monsieur s'en sort mieux que Madame. »

C'était aussi simple que ça.

À 0 h 30, un SMS tomba sur son portable. *Toujours d'accord pour ce w-e ?* Louise regarda l'écran de son portable sans se décider. « Tu es la cinquième roue du carrosse », lui avait dit Valentine. « C'est bien confortable pour lui. Le plaisir sans les responsabilités », avait ajouté Tany. Louise prit le téléphone au creux de ses mains. Il lui semblait que ses copines, que la sociologue, que toutes les femmes seules avec enfants lui disaient : « Écris NON. » Elle tapa OUI.

C'était plus fort qu'elle, comme dans la chanson: «C'est mon homme, je l'ai dans la peau, j'en suis marteau»... Après un bref débat avec elle-même, elle ajouta un ☺.

Le samedi matin, quand Louise appela: «Les enfants!», Alice se présenta dans l'entrée avec son sac à dos, mais prévint sa mère:

– Je déjeune avec vous, je dors chez Selma. C'est pas la peine de criser. Sauveur n'en fait pas toute une histoire.

Sous-entendu: lui. Louise se sentit parcourue par quelque chose de désagréable. Le tremblement de la colère. Mais elle se maîtrisa, et le sourire de Sauveur, quand il l'accueillit dans la véranda, fut sa récompense. Il était d'humeur radieuse: il avait acheté des étagères et un vrai lit pour aménager le grenier de Gabin et faire plaisir à son banquier en s'enfonçant dans le rouge.

– D'enfer, la coupe de cheveux! fit-il, apercevant Alice. On voit mieux tes yeux...

– ... et mes boutons, compléta la jeune fille, impitoyable avec elle-même.

Gabin et Lazare squattaient le canapé et, contre tous les règlements, jouaient à *Mario Kart*. Paul, profitant du relâchement de la discipline, les rejoignit.

– Tu joues ? lança Gabin à Alice.

– Je suis nulle à ce truc.

– Cool. J'aime bien gagner.

Elle gloussa et vint s'asseoir à côté de son frère. Sauveur croisa le regard de Louise.

– Belle brochette sur canapé, lui dit-il entre haut et bas. (Puis à la cantonade :) Quelqu'un a commandé les pizzas ?

– Ça doit toujours être des pizzas ? s'informa Alice.

– Non, répondit Gabin, ça peut aussi être des pizzas.

Pour cette fois, c'était Jovo qui avait passé la commande à Pizza Hut. La table était mise, le vin débouché, les plantes arrosées, les hamsters nourris. Sauveur attira Louise contre lui.

– Elle est pas belle, la vie ?

Comme une revendication du bonheur après les horreurs du vendredi de la semaine d'avant.

À table, Alice, assise entre Jovo et Gabin, rit, gloussa, s'étouffa parfois dans son verre d'eau, excitée par cette camaraderie d'un nouveau genre. Au dessert, Sauveur, qui nageait dans la certitude que tout baignait, annonça sans précaution qu'il avait un rendez-vous à l'hôpital de Fleury à 14 heures (avec

Wiener pour sa troisième séance, mais cela, il ne le dit pas.)

– Ah bon ? Tu t'en vas ? s'étonna Louise.

– Désolé, je n'ai pas pu caser cette séance dans la semaine. Quand je reviens, on fait un tour en trottinette, hein, les boys ?

Il obtint un soutien inconditionnel de sa base, qui le sentait en danger de se faire engueuler. Au moment où il s'éloigna dans le couloir, il fut rattrapé par Alice.

– Sauveur ! Je voulais te dire… Je dors pas là.

– Ton « petit confort » ?

– Tout juste. Mais tu me gardes des crêpes demain ?

– No soucy.

Or, cet échange, quasi complice, parvint aux oreilles de Louise, restée dans la cuisine, et de nouveau elle se sentit parcourue par un frisson de colère. Les choses s'organisaient dans son dos, et Sauveur s'en sortait, comme toujours, à son avantage. « J'en ai pour une heure », lui avait-il dit, sachant pourtant que ce serait plutôt une heure et demie.

Qu'allait-elle faire dans l'intervalle ? La réponse semblait toute trouvée : ranger la cuisine. Les boys avaient mystérieusement disparu, lui laissant tout en plan. Louise s'écarta de l'évier encombré et de la grande table non débarrassée. Le canapé devant la télé était également déserté.

– Tu cherches Paul ? fit Alice, dans son dos. Il joue à la guerre dans le jardin.

– À la guerre ? répéta Louise, incrédule.

Son fils n'avait jamais eu de jeux guerriers. D'ailleurs, elle n'avait jamais acheté le moindre revolver en plastique, ni le plus petit pistolet à eau. S'approchant de la verrière, elle ne vit d'abord que Lazare en embuscade derrière un laurier. Elle eut une exclamation de contrariété en apercevant Paul, à plat ventre sur la pelouse, qui n'était plus en cette saison qu'un mélange de terre et de foin. Soudain, quelque chose vola dans les airs avec un sifflement suivi d'une explosion. C'était une pomme de pin. Les deux garçons en avaient fait toute une provision et ils bombardèrent la cabane à outils. Un manche à balai, sortant d'une meurtrière, riposta par un tacata de mitrailleuse. Jovo se défendait. Louise, impuissante, assista à la chute de Diên Biên Phu ou à l'attaque de Fort Alamo. Les garçons ne semblaient pas bien fixés, notamment sur les bruitages qui alternaient les bombardements et les cris de Sioux.

– À l’attaaaque !

L’invasion de la place forte leur réserva une surprise. Ce traître de Gabin, passé à l’ennemi et dissimulé derrière la tondeuse à gazon, les bombarda de noisettes à leur entrée.

– Ah, ah, vous êtes morts, vous êtes morts !

Pendant ce temps, à Fleury, Sauveur, remontant le couloir de l’hôpital, vit un homme, le manteau sur le bras, qui sortait de la chambre de Wiener.

– Vous êtes le kiné ?

Sauveur avait reconnu le manteau. Il s’informa de l’état du blessé.

– Le poignet, ça ira, mais c’est le dos. Il faut qu’il relâche les tensions.

Le jeune kiné avait pris sur son week-end pour venir masser le dos du pianiste.

– C’est quelqu’un de formidable. Cultivé. Passionné.

– Mm, mm.

– On va tout faire pour qu’il puisse jouer son *Concerto pour la main gauche*.

Encore un que Wiener a embobiné, s’amusa Sauveur, sans admettre qu’il était dans le même cas.

Quand il revint rue des Murlins, il trouva Louise dans la cuisine en train de griffonner sur la table de ferme un article intitulé : *Comment parler du Bataclan à nos enfants ?*

– Prêts pour la trottinette ?

– Oh, je n'en sais rien. J'ai envoyé Paul et Lazare se laver.

Les deux garçons s'étaient salis de la tête aux pieds au cours de leurs manœuvres d'encerclement de la cabane du jardin.

– Tu penses quoi, de ce genre de jeux ? demanda Louise, attendant l'avis argumenté du psychologue qui pèse le pour et le contre.

– Boys, soupira Sauveur.

Au dîner, il fut question d'un jeu de shoot, *Spec Ops*, où il fallait tuer des terroristes pour libérer les passagers d'un train, ce qui permit à Jovo de mimer le parachutage de la Légion étrangère sur Kolwesi pour délivrer des otages. Louise se sentit très seule. Gabin ne la regardait jamais en face, ne lui adressait jamais la parole. Il ne lui était pas hostile puisqu'il avait triomphé, mais il se sentait comme un usurpateur, une sorte de Jean-sans-Terre qui aurait chassé du trône les enfants légitimes.

– Tu trouves bien ce *Spec Ops* pour un enfant de même pas 10 ans ? questionna Louise, une fois en tête à tête avec Sauveur dans la chambre à coucher.

– Ça te tracasse, ces jeux guerriers…

– Tu pourrais RÉPONDRE ?

Sauveur leva les mains en l'air comme quelqu'un qui se rend, murmurant : « OK, OK. »

– Lazare n'est pas un garçon agressif. Ton fils non plus. Mais des images les ont agressés. Elles sont là, maintenant.

Il posa un doigt sur son front.

– Tu ne crois pas que c'est Jovo qui leur bourre la tête ?

Sauveur fut soulagé d'entendre sonner son petit Nokia.

– Excuse-moi, fit-il en saisissant son téléphone personnel.

Peu de patients connaissaient ce numéro, mais parmi eux, il y avait :

– Monsieur Kuy…

Sauveur s'interrompit. Il ne devait pas prononcer le nom d'un patient devant Louise. Il fit signe qu'il quittait la chambre pour prendre la communication.

– Non, non, dit-il en s'éloignant, vous ne me dérangez pas.

Mais moi, si ! songea Louise, excédée. Un samedi à 21 heures ! On ne pouvait donc compter sur aucune vie privée ? Dix minutes plus tard, Sauveur n'était toujours pas de retour dans la chambre, et Louise, ayant jeté sur ses épaules le sweat Columbia University, descendit dans la cuisine. Sauveur n'y était pas. Il avait gagné son cabinet de consultation, ayant Camille Kuypens au téléphone. Le père d'Ella avait eu, au bowling de Saran, un malaise qui l'avait effrayé. Demi nu, assis en tailleur dans son fauteuil de thérapeute, sans autre éclairage que celui de la rue, Sauveur oubliait qu'on était samedi, que Louise l'attendait et qu'il avait froid.

– L'alcoolisme est une maladie, Camille. Vous devez vous soigner. Si vous ne le faites pas pour vous, faites-le pour ceux que vous aimez, pour votre femme…

– Je veux le faire pour Ella.

Sa voix tremblait, son corps tremblait, il était en larmes, il était en sueur. Une seule chose pouvait encore le sauver.

– Ella a besoin de moi, dit-il.

Ayant raccroché, Sauveur monta à l'étage, l'esprit préoccupé.

– Louise ?

La jeune femme n'était plus dans la chambre. Ni dans le bureau attenant. Sauveur descendit l'escalier.

– Louise ! Ah, tu es là ?

Elle était assise sur le canapé dans la véranda.

– Qu'est-ce que tu fais ?

– J'attends.

Sauveur bredouilla quelques excuses distraites. Il pensait encore à Camille. Il avait promis de lui chercher une place dans un centre de désintoxication alcoolique.

– Ça ne va plus être possible, dit Louise.

– Pardon ?

– On n'arrive pas à se voir pendant la semaine et, le week-end, tu es envahi par tes clients.

– Patients, rectifia machinalement Sauveur.

D'un coup, Louise, la douce Louise, explosa.

– Oui, eh bien, moi, je n'ai plus de patience !

Trop de colère s'était accumulée en elle. Sauveur voulut reconquérir tout de suite le terrain qu'il sentait perdu et il posa la main sur le bras de Louise. Elle se dégagea d'un mouvement brusque.

– J'ai vraiment l'impression d'être la cinquième roue du carrosse, dit-elle, empruntant l'expression à Valentine.

– La cinquième roue du carrosse ?

– Oui, et tu me balades depuis des semaines.

Toutes les femmes seules avec enfants, toutes les sociologues et toutes les bonnes copines lui soufflaient : « Vas-y, règle-lui son compte. » Ce qu'elle fit.

– Tu m'as menti, tu m'as trahie, tu ne tiens aucune de tes promesses.

Affolée par ce qu'elle disait, navrée de voir la peine qui s'imprimait sur le visage de Sauveur, elle continuait tout de même.

– Je ne peux pas te faire confiance, je préfère reprendre ma liberté.

Un grand silence suivit cette dernière déclaration.

– Bien, fit-il, comme quelqu'un qui prend acte.

Il ne se défendit pas, il ne se justifia pas. Il ne s'excusa pas non plus.

– On a besoin de réfléchir, tous les deux.

– Non. TU as besoin de réfléchir, répliqua Louise. Moi, je sais ce que je veux. TOI, tu ne le sais pas.

– D'accord.

Il paraissait très calme, presque détaché. En réalité, il était effondré. Il n'avait jamais mesuré à quel point il aimait Louise.

– Qu'est-ce que tu veux faire ?

– Je vais dormir ici, dit-elle. Demain matin, je rentre chez moi.

– Et Paul ?

– Sauf si tu y vois un inconvénient, il passera le dimanche ici, et tu me le reconduis en soirée.

Sa voix fléchissait. Il la devina partagée.

– C'est un peu stupide de se déchirer comme ça, dit-il, posant de nouveau la main sur son bras nu. Il fait froid, viens dans la chambre...

Elle se recroquevilla sans répondre, et Sauveur songea à une phrase de Talleyrand qu'il citait parfois à ses patients : « Il n'y a qu'une façon de dire oui, c'est oui. Tout le reste veut dire non. » Donc, c'était non.

Dès sept heures, ne voulant pas croiser Sauveur ni les enfants, Louise rejeta la couette dans laquelle elle s'était entortillée et se sauva par le jardin. Une fois réfugiée rue du Grenier-à-Sel, elle prit une douche puis, dans la cuisine déserte, après avoir cherché en vain de quoi manger, elle se mit à pleurer en songeant à la rue des Murlins, le dimanche matin. Les batailles de céréales, les lâchers de hamsters, le débraillé de Sauveur, encore endormi malgré les trois cafés, les « cool » de Gabin à contresens de la conversation, et l'odeur de tabac dont Jovo était imprégné.

– Hein ?

Elle avait sursauté en entendant sonner à la porte. Était-ce Sauveur qui venait la rechercher ? La demander en mariage, pourquoi pas ? Happy end, *kiss the bride*, grains de riz à la sortie de l'église.

– Nanou ?

C'était son ex-belle-mère, agitant triomphalement un sachet de la boulangerie.

– Des croissants, ma chérie ! J'espère que je n'arrive pas trop tôt ? J'étais dans le coin, je me suis dit : hop, je tente ma chance ! C'est un monsieur charmant qui m'a ouvert en bas… Qu'est-ce que tu as ? Tu as pleuré ?

– Non, fit Louise, fondant en larmes.

Deux croissants plus tard, Nanou savait tout et elle était consternée.

– Tu as cassé avec Omar Sy ! ? Tu es folle, ma chérie.

– Mais enfin, tu ne m'as pas comprise ? s'étonna Louise.

– Je n'ai rien compris. Qu'est-ce qu'il t'a fait, ce pauvre garçon ?

– Pour commencer, il n'est jamais disponible.

– Tu préfères qu'il soit au chômage ?

– Non, mais de là à se faire bouffer par ses patients et… par tout le monde, en fait.

– Mais c'est un Antillais. Le cœur sur la main, le sens de l'hospitalité, de la fête…

– Oui, mais pas du mariage.

– Tu as vraiment besoin de t'appeler « madame Saint-Yves » ?

– J'ai besoin de me sentir aimée. Je suis peut-être vieux jeu. Ou romantique, je ne sais pas.

Nanou haussa les épaules.

– Je vais te dire une bonne chose : le prince charmant, dès qu'il a mis ses pantoufles, il attend qu'on lui fasse les courses et la cuisine. C'est pas romantique du tout. Prends le bon côté de la vie et laisse la vaisselle aux autres.

Louise écoutait, les yeux écarquillés, cette femme déjà âgée, jouisseuse et effrontée. Avait-elle tort, avait-elle raison ? En tout cas, elle vous remontait sacrément le moral ! Le portable de Louise tinta.

– Ça, c'est lui, prédit Nanou.

En effet, c'était un SMS de Sauveur. Louise sourit.

– Qu'est-ce qu'il te raconte ?

Louise lut à voix haute :

– **On est trop tristes sans toi. Viens manger nos crêpes.**

– Réfléchis avant de répondre par une bêtise, la mit en garde Nanou.

Louise tapa son message sans réfléchir et tourna l'écran vers Nanou.

Flambées au rhum pour moi ! Je t'aime.

– Voilà, approuva Nanou. Ça, c'est romantique.

Le vendredi 25 décembre 2015

Pour les vacances de Noël, Maïlys était partie avec ses parents un peu moins loin qu'en Islande, à Bolbec en Normandie, chez Papy et Mamie.

Madame Dumayet emmenait son petit-fils Damien deux jours à Disneyland et se demandait bien pourquoi.

Les sœurs Carré passeraient Noël chez leur mère, le Nouvel An chez leurs grands-parents, et refusaient de voir leur père, qui menaçait d'envoyer la police.

Gervaise avait pris l'avion pour la Martinique.

Kermartin avait une permission de sortie de l'hôpital pour la journée du 25.

Madame Poupard se reposait chez sa sœur à Arcachon.

Les Gonzales ne prendraient pas de vacances.

Jeannot avait invité Raja chez lui pendant toute une journée. Il ne bégayait presque plus depuis qu'en psychothérapie il avait trouvé l'astuce de parler sur un rythme de rap.

Camille Kuypens commencerait une cure de désintoxication dans une clinique juste après le 1er janvier. En attendant, il buvait plus que jamais et il était même tombé dans la rue. Ella avait demandé à Sauveur s'il croyait en Dieu. Elle voulait prier pour son père.

Chez les Saint-Yves, le 23 décembre, on décora le ficus de la véranda avec des boules et des guirlandes.

– Je n'ai jamais eu de sapin de Noël dans mon enfance, se justifia Sauveur.

– Le petit Jésus non plus, souligna Gabin.

– Mais c'est quoi, cette histoire de petit Jésus ? voulut savoir Lazare.

Jovo fit remarquer à Sauveur que son fils en savait « moins qu'un chien ».

– Si le petit Jésus existe, dit-il, avec tout ce que j'ai fait dans ma vie, il ne doit pas être trop content de moi.

– Le père Noël non plus, lui signala Gabin. Si tu as fait une liste, oublie.

Lazare fit savoir à la compagnie que Paul irait à la messe de minuit.

– Il paraît que c'est long, mais qu'on chante des chansons… Et c'est vrai ce que dit Paul : que Jésus, on lui a planté des clous dans les pieds et les mains ?

Sauveur se sentit un peu honteux de l'ignorance de son fils. Jovo avait raison. Lazare en savait moins qu'un chien.

– On empruntera un livre sur Jésus à la bibliothèque, fit-il, évasif.

– Mais pourquoi ils ont fait ça ? insista Lazare, le ton désapprobateur. Pourquoi ils l'ont tué ?

– Et pourquoi ils ont tué mon copain Gilles, hein, tu le sais ? fit soudain Gabin.

Voyant qu'il avait plongé tout le monde dans l'embarras ou le chagrin, Lazare demanda ce qu'on mangerait à Noël, ce qui permit à Sauveur de fournir une réponse tout aussi satisfaisante que les précédentes :

– J'en sais rien.

Cette année, c'était le tour de Nanou d'inviter chez elle pour la Noël. La grand-mère d'Alice et Paul, qui n'avait guère de principes, en avait pourtant un concernant Noël. « Une fête, c'est pour qu'on s'amuse, pas pour qu'on tartine. » Donc, du pain surprise à la bûche glacée, tout était fourni par Picard surgelés. Les assiettes étaient en carton, les gobelets en plastique, Nanou étant partisane des fêtes jetables. Pour ce buffet du 25 décembre, elle avait invité :

• son ex-belle-fille, Louise, et ses deux petits-enfants préférés, Alice et Paul ;

• le boy-friend de son ex-belle-fille, Sauveur, et ses deux fils (ou presque), Lazare et Gabin ;

• son nouveau boy-friend à elle, Willie, petit, gros, laid comme un pou, qui avait sur tous les hommes de Meetic cette supériorité : il savait danser ;

• la mère de Louise, une vieille radoteuse que Nanou n'aimait guère, mais qu'on ne pouvait pas laisser seule dans son coin en ce beau jour de Noël ;

• son fils Jérôme et sa nouvelle femme, Pimprenelle, que Nanou tenait pour deux imbéciles, et qui avaient, par erreur, ajouté une unité familiale en la personne d'Achille, un gueulard de 7 mois ;

• sa fille Agnès, son compagnon François-Marie, et leurs deux fils de 7 et 5 ans, Axel et Evan, que Nanou aurait volontiers enfermés à la cave si les parents avaient été d'accord.

Nanou ignorait :

• que la mère de Louise n'était pas au courant de l'existence de Sauveur ;

• que Pimprenelle s'était naguère introduite rue

des Murlins pour espionner Sauveur en se faisant passer pour une patiente sous le nom usurpé de Pénélope Motin*;

• que Jérôme était jaloux de Sauveur;

• que Pimprenelle était jalouse de Louise.

Les conditions étaient donc réunies pour que ce beau jour de Noël se termine dans le sang.

Deux voitures partirent d'Orléans pour Montargis ce 25 décembre au matin. L'une d'elles devait emporter Sauveur, Lazare et Gabin, mais au dernier moment Sauveur préféra ne pas laisser Jovo en compagnie de La Mauny. L'ex-légionnaire s'assit donc sur la banquette arrière à côté de Lazare.

– Vous direz que je suis quoi à ces messieurs-dames? s'informa-t-il.

– Le grand-père de Gabin, répondit Sauveur. Ça te va, Gabin?

– Cool. Ça fera meilleur effet qu'ancien gangster.

– C'est vrai que tu es un ancien gangster? questionna Lazare.

– Tu devais pas la boucler? ronchonna Jovo en direction de Gabin.

La seconde voiture partit du Grenier-à-Sel dix

* Voir *Sauveur & Fils, saison 2.*

minutes plus tard, emportant à son bord Louise, dans la petite robe noire qui mettait en valeur sa blondeur, Alice, les cheveux aussi hérissés que son humeur, et Paul, serrant contre lui son cadeau de Noël, une cible pour fléchettes (à bout aimanté).

– À part nous, c'est qui, les invités ? demanda Alice, assise sur le siège avant.

– Sauveur, Lazare, Gabin, énuméra Louise.

– Quand je dis « nous », c'est aussi eux, précisa Alice, qui développait un certain esprit de famille. Mais les autres, c'est qui ?

– Agnès et François-Marie, avec leurs enfants.

– Les deux monstres, gémit Paul.

– Et papa ? questionna Alice.

Louise donna un petit coup de volant hasardeux.

– Mais non, voyons ! se reprit-elle. Nanou n'est pas folle. On ne met pas deux ex en présence. Un jour de Noël, en plus !

– Tu es sûre que Nanou n'est pas folle ? s'informa Paul, serrant plus que jamais sa cible sur son cœur.

– Et Mamie ?

Nouveau coup de volant.

– Quoi, Mamie ? Vos grands-mères ne se connaissent pratiquement pas. Pourquoi vas-tu m'inventer des catastrophes, Alice ?

Les premiers arrivés à Montargis furent Agnès et François-Marie avec leurs enfants. Comme Willie avait dormi chez Nanou, ce fut lui qui leur ouvrit.

– C'est qui, le gros monsieur? demanda Evan.

– Ils sont où, les cadeaux? questionna Axel.

Jérôme et Pimprenelle, encombrés d'Achille dans son couffin, arrivèrent sur leurs talons. Le frère et la sœur* s'embrassèrent dans l'entrée.

– On ne verra pas Paul et Alice? s'informa Agnès.

– Ils sont avec leur mère, répondit Jérôme, qui ne prononçait plus jamais le prénom de Louise.

– Je les ai invités! annonça Nanou, comme si tout le monde allait se réjouir.

– Hein? Mais enfin maman, protesta Jérôme, tu te rends compte que…

– C'est Noël, le coupa Nanou. Tout le monde fait un effort pour s'entendre. C'est qu'une fois par an.

Pimprenelle se dressa sur ses ergots. Elle ne craignait pas la comparaison avec cette vieille peau de Louise. Dans son cœur, Agnès plaignit son ex-belle-sœur de devoir supporter la vue de sa rivale triomphante un 25 décembre. Tu parles d'un cadeau de Noël!

* Oui, Jérôme et Agnès sont les enfants de Nanou, donc frère et sœur. Faites-moi signe quand vous ne suivez plus.

– On a eu deux hamsters, dit Evan à sa grand-mère.

– Les pauvres, commenta Nanou. Bon, moi, je ne savais pas quoi vous acheter, vous avez déjà tout. Alors, pour tout le monde, c'est une enveloppe avec des sous. Ne restez pas dans l'entrée, et va pisser, Evan, au lieu de te tortiller.

– J'ai pas envie, fut la réponse, mais il continua de se tortiller.

Ding, dong, chanta le carillon. Nanou alla ouvrir à Louise et ses enfants.

– Ma chérie, tu as encore rajeuni !

La voix de Nanou se nuançait d'une chaleur particulière quand elle s'adressait à son ex-belle-fille. Elle la préférait à tous les autres.

– Le noir te va si bien ! s'extasia-t-elle. Tu sais à qui tu me fais penser ? À cette petite actrice de ma jeunesse, Audrey Hepburn. Je te jure, il ne te manque qu'une capeline et un fume-cigarette.

– Mais elle était brune, Nanou, protesta Louise, tout en riant à gorge déployée.

Elle resta la bouche ouverte en pénétrant dans le salon. Elle venait de voir Pimprenelle. Elle se tourna vers Nanou, l'air paniqué.

– C'est Noël, dit celle-ci d'un ton sans réplique.

Louise connaissait Pimprenelle du temps où Jérôme l'avait embauchée comme vendeuse stagiaire dans son magasin de photos et d'encadrement. Les deux femmes, qui ne s'étaient pas vues depuis des mois, se jaugèrent du regard, et Pimprenelle se sentit à l'instant même surclassée.

– Joyeux Noël ! dit Louise à la cantonade.

Elle reçut en retour un brouhaha de « à toi aussi », « merci », et un « noyeux Joël ! » de Willie, qui était un farceur. Nanou proposa à tout le monde un verre de « j'ai du Martini ou du whisky ». Comme on peut toujours compter sur les enfants pour mettre l'ambiance, Axel déboula dans le salon en pleurant.

– Maman, Paul, il m'a donné un coup de bouclier sur la tête !

Tandis qu'Agnès frottait la bosse de son fils, Jérôme convoqua le sien devant son tribunal. Le verre à la main, Louise se tint prête à intervenir, car l'affrontement n'avait pas eu de témoin, et elle soupçonnait le cousin d'avoir voulu s'emparer de force du jeu de fléchettes.

– Mais je veux pas jouer avec Axel, pleurnicha Paul, sa cible toujours serrée contre son cœur. Je veux jouer avec Lazare.

– Lazare ? releva Jérôme, redoutant soudain le pire.

Ding, dong, lui répondit le carillon. Mais c'était Mamie, son ex-belle-mère, ajoutant à sa déconfiture.

– Il est là, çui-là ? fit-elle en l'apercevant.

Elle ne reconnut pas Pimprenelle. Elle ne se rappela même pas son prénom, l'ayant toujours appelée « l'aut'grue ».

– Mais t'as fait quoi à tes cheveux ? Y a des poux à ton école ? s'écria-t-elle, repoussant d'une bourrade sa petite-fille, qui s'était approchée pour l'embrasser.

– C'est joli, hein, cette coupe courte ? répondit Nanou à sa place. Ça fait moderne.

– Ça fait moche, oui, répliqua Mamie, qui n'avait pas l'intention que Nanou lui dicte sa loi.

Puis elle regarda autour d'elle, essayant de deviner qui était qui, puisque personne ne se souciait de la présenter. Et là, ding, dong, dernier coup de carillon.

– Mon Dieu, qu'il est beau ! s'écria Nanou en découvrant Sauveur sur son palier.

Sauveur tourna à demi la tête pour voir de qui cette dame parlait, puis il comprit qu'il s'agissait de lui.

– Entrez, entrez, jeunes gens, ajouta Nanou, toujours cordiale. Et… heu… monsieur ?

Elle dévisagea le vieux légionnaire aux yeux bleus.

– Jovo, se présenta-t-il.

– C'est mon grand-père, dit Gabin.

– Ah oui ? fit Nanou, qui n'y comprenait déjà plus rien. Eh bien, bon Noël, monsieur Jovo.

– Vous de même, madame, fit-il, la voix et le maintien militaires.

Nanou fut immédiatement conquise.

Dans le salon, un léger dégel s'amorçait sous l'action conjointe du Martini et de l'arnica. Mais l'irruption de la bande à Sauveur figea l'assemblée.

– Monsieur Jovo, qu'est-ce que je vous sers ? dit Nanou.

Elle jugeait Sauveur assez grand, avec son mètre quatre-vingt-dix, pour se tirer d'affaire tout seul.

– Vous avez quoi en magasin ? demanda Jovo, content que cette dame aille droit au but.

À l'autre bout du salon, Willie dressa l'oreille. Il ne connaissait Nanou que depuis trois semaines, mais il avait deviné que c'était une girouette. Il n'avait pas l'intention de céder la place sans résistance. Donc, avant d'approcher l'adversaire, il évalua la force en présence. Grand, sec, viril, mais au moins dix ans de plus, et pas le genre à danser la rumba.

– Willie Demy, se présenta-t-il.

– Jovo un quart, répliqua le légionnaire.

Comme Jovo gardait son air impénétrable de militaire en faction, Willie ne perçut pas la plaisanterie.

– Vous êtes apparenté à la maîtresse de maison ? questionna-t-il.

– Inconnue au bataillon.

Lazare, de son côté, s'était rué sur Paul.

– Tu l'as ?

– Oui. Mais je l'ai caché dans la chambre de Nanou à cause des cousins. On s'entraînera après manger.

– Trop bien.

Louise, quand Sauveur était entré au salon, avait fait de loin un geste qui signifiait : ne t'approche pas. Depuis, il inspectait l'assemblée en essayant de comprendre ce qui se passait. Il maîtrisa un tressaillement en croisant le regard affolé de Pimprenelle, qui craignait d'être démasquée en public. Il lui adressa un très discret signe de tête pour la tranquilliser : il ferait comme s'il ne l'avait jamais vue dans son cabinet de consultation. En revanche, il avait déjà été présenté à Jérôme sur le palier de la rue du Grenier-à-Sel et il se sentit autorisé à lui serrer la main. Jérôme ne put faire autrement que d'accepter cette main tendue (c'est Noël, paix sur terre aux hommes de bonne volonté).

– Bébé va bien ? demanda Sauveur.

– Comme tous les bébés, répondit Jérôme, renfrogné.

– C'est-à-dire ?

– Il pleure, il dort pas la nuit, c'est les dents, c'est ça, c'est ci…

– Mm, mm.

– Il y a des jours où je me demande si Pimpre… ma femme sait s'en occuper.

Le psychologue s'éveilla en Sauveur.

– Si elle sait s'en occuper ? répéta-t-il.

Pendant ce temps, Mamie, livrée à elle-même, s'était raccrochée à sa fille.

– Tu sais qui sont tous ces gens ? Le grand Noir, là, c'est qui ?

Louise avala une lampée de Martini avant de répondre, peu inspirée :

– C'est le père du petit Noir, je crois.

– Ça, j'aurais deviné. Mais…

– Excuse-moi, Paul m'appelle, se défila Louise.

Nanou était très satisfaite de la façon dont se déroulait son buffet de Noël. Elle ne s'était pas souciée de présenter les gens les uns aux autres, mais ils se débrouillaient. Jovo et Willie sympathisaient. Jérôme avait l'air de raconter sa vie à Sauveur. Mamie papotait avec sa fille... Ah, tiens, non, elle venait de se faire planter. Nanou décida de se dévouer en lui tenant compagnie. Chemin faisant, elle avisa Evan, qui se trémoussait toujours au milieu du salon.

– Mais va pisser, je t'ai dit.

– J'ai pas enviiie !

Nanou regarda Mamie en secouant la tête.

– Ces gosses, soupira-t-elle. Heureusement que Paul est mieux élevé.

– Vous trouvez ? fit Mamie, le ton pincé.

Nanou avait pensé flatter Mamie dans son amour-propre de grand-mère. Mais comme Mamie n'avait jamais fait un compliment de sa vie, elle tenait tout complimenteur pour une personne suspecte.

– Je n'ai pas compris qui est *ce monsieur* en train de parler à Jérôme, fit-elle.

Mamie ne pouvait faire autrement, quand elle parlait de quelqu'un, que de laisser entendre qu'a priori elle n'en pensait pas grand bien.

– Sauveur ? s'étonna Nanou. Louise ne vous a pas dit...

– Dit quoi ?

– … que que que que…

Nanou réalisait que Mamie n'était au courant de rien.

– … que j'ai rencontré Sauveur sur Meetic.

Elle se sauva dès qu'elle put, consciente d'avoir ruiné sa réputation à tout jamais.

– Eh, Rosie ! l'intercepta Willie, pour qui Nanou était la Rosie2000 d'Internet. Quand est-ce qu'on danse ?

Il voulut l'attraper par la taille, mais elle esquiva son geste, car elle se sentait observée par Mamie.

– Tu as fait connaissance avec Jovo ? dit-elle.

– Monsieur Inquart ? Ah oui, sacré bonhomme. Vingt ans dans la Légion. Il t'a raconté ?

– Pas trop. Je le connais d'aujourd'hui. C'est Sauveur qui l'a amené.

– Il n'allait pas laisser son père en carafe un jour de Noël.

– Son père ?

– Adoptif, fit Willie, satisfait d'en savoir plus que la maîtresse de maison. Sauveur est un orphelin que Jovo a trouvé en Afrique et qu'il a ramené dans ses bagages.

Ainsi se réécrivait l'histoire dans le salon de Nanou en ce 25 décembre.

Sauveur venait enfin de se débarrasser de Jérôme, après avoir improvisé une séance sur un coin de canapé. Il se récompensa en garnissant une assiette des diverses victuailles du buffet: mini-pizzas froides, mini-saucisses Herta caoutchouteuses, mini-sandwichs Picard desséchés, etc.

– Vous aviez l'air bien sérieux avec mon frère, l'aborda Agnès, tout sourire. Vous êtes psychologue, m'a dit Louise…

Sauveur sentit venir une nouvelle consultation, car il avait repéré le potentiel de nuisance d'Axel et Evan.

– J'ai lu dernièrement qu'il y avait de plus en plus d'enfants hyperactifs, poursuivit Agnès. Je ne sais pas si c'est ce que vous constatez?

– Il y a toujours eu des enfants turbulents, répondit Sauveur avec un sourire indulgent.

– Il paraît que c'est la faute de la pollution, des perturbateurs endocriniens…

Agnès aurait aimé qu'un psychologue la conforte dans l'idée que les pesticides étaient responsables du fait que son fils aîné s'était battu avec Paul, avait cassé une assiette et renversé une bouteille de Coca en moins d'une demi-heure.

– Mm, mm, fit seulement Sauveur.

– Evan, ce n'est pas la même chose que son frère. Il est très obstiné.

– Obstiné ?

– Pour vous donner un exemple, plus on lui dit d'aller faire pipi, plus il refuse. Vous le voyez, là, au milieu du salon, en train de se trémousser, les mains dans ses poches de pantalon. Eh bien, si vous lui dites d'aller aux toilettes, il vous répétera qu'il n'a pas envie.

– C'est logique puisqu'il n'a pas envie.

– Mais si !

– Non. Il se masturbe.

Les glaçons dans le verre d'Agnès tintèrent de surprise.

– Mais… pas devant tout le monde, bredouilla la maman.

– Apparemment, si. Rassurez-vous, c'est une façon de se consoler, comme de sucer son pouce. Il faut juste dire à Evan que c'est quelque chose qu'on fait en privé… C'est du whisky que vous buvez ? fit-il, avant de s'éloigner à la recherche d'un remontant.

Le verre à la main, il s'approcha de Louise et inclina la tête pour la saluer.

– Sauveur Saint-Yves. Psychologue clinicien.

– Louise Rocheteau. Journaliste à *La République du Centre.*

Ils poursuivirent leur échange sur le même ton de mondanité.

– Ma mère est là.

– C'est ce que j'ai cru comprendre. Tu n'as pas l'intention de me présenter ?

– Pour vivre heureux, vivons cachés.

– Comme tu veux.

Il balaya de nouveau l'assemblée. Alice, à demi dissimulée par les doubles rideaux, tapait un SMS avec l'air soucieux d'un chef d'entreprise qui ne peut pas faire relâche le jour de Noël. Jovo s'alcoolisait consciencieusement. Gabin, Paul et Lazare avaient disparu. Ça, c'était plus ennuyeux.

– Tu sais où est Paul ? demanda-t-il à Alice, qui riait toute seule en lisant la réponse à son SMS.

– Quoi ? Qui ?

– Paul. Tu sais, la personne d'environ 10 ans, qui vit alternativement chez ton père et ta mère ?

– Il est dans la chambre de Nanou au fond du couloir, répondit Alice, sans daigner sourire de la plaisanterie.

– Chambre de Nanou, fond du couloir, marmonna Sauveur en prenant la direction indiquée.

La porte de la chambre était fermée, mais une clameur la traversa. C'était Lazare qui hurlait :

– Yes ! T'en as tué 20, Gabin !

– À mon tour, à mon tour ! cria Paul. Moi, j'ai les rouges. Je vais faire un massacre !

Sauveur comprit que les boys jouaient aux fléchettes. La cible indiquait des scores passant de 5 à 50 au fur et à mesure qu'on approchait du centre, mais les scores étaient devenus des cibles vivantes. Depuis que les images du 13 novembre étaient entrées en eux par effraction, les boys avaient toutes sortes de jeux guerriers, que nourrissaient les récits revanchards de Jovo. *On les aura ! Tuez-les tous !* Sauveur avait la main sur la poignée de la porte. Il était tenté d'entrer et de leur demander : « Qui est-ce que vous tuez ? » Mais il y renonça parce qu'il n'avait pas le sang-froid nécessaire pour leur parler.

Un jour prochain, il leur dirait : « Nous devons, enfants, jeunes et adultes, apprendre à vivre avec la violence et ne pas y répondre par la violence. » Un jour, peut-être demain, il leur citerait Martin Luther King : « La loi du talion, œil pour œil, laisse tout le monde aveugle. »

Sauveur appuya la main contre la porte en un geste de protection et il revint au salon.

Jovo, l'œil fixe, les jambes écartées pour garder l'équilibre, les bras le long du corps, avait dépassé le stade de l'ivresse aimable. Il était cuité. Sauveur s'approcha de Louise par-derrière et lui souffla à l'oreille :

– Je pars avec Jovo. Je te laisse les enfants.

– Sois prudent sur la route. Bon concert !

– Mm, mm… Je t'aime.

Ayant dit l'essentiel, il alla saluer la maîtresse de maison.

– Oh, vous partez déjà ? On allait danser…

– Désolé. Je ramène Jovo. Il est… hum… fatigué.

– Quel homme charmant ! J'ignorais que c'était votre père adoptif.

– Vous me l'apprenez.

Sauveur dut maintenir Jovo par le bras pour le conduire jusqu'à sa voiture. Au bout de dix minutes de silence dans l'habitacle, Sauveur crut que son compagnon s'était endormi lorsqu'une voix caverneuse s'éleva.

– Si je meurs un jour…

– Simple hypothèse, marmonna Sauveur.

– Il y a deux choses que tu dois savoir. D'une, j'ai eu une fille. Elle s'appelle Éléna Jovanovic.

– D'accord.

– C'est tout l'effet que ça te fait ?

– Vous l'avez perdue de vue ?

Sauveur savait que mère et fille vivaient à Orléans. Jovo pouvait-il l'ignorer ?

– De deux, poursuivit Jovo, j'ai cousu quelque chose dans la doublure de mon sac militaire.

– Quoi ?

– C'est personnel. Tout le reste du fourbi, tu le jetteras. Mais ça, tu le donneras à ma fille, Éléna Jovanovic. En souvenir de son père.

– Il faudrait que je la retrouve.

– Elle est à Orléans. 27, quai Cypierre. T'oublieras pas ?

Sauveur répéta le nom et l'adresse.

– Dans la doublure de mon sac militaire, redit Jovo.

Puis il ferma les yeux et ronfla bientôt.

Une fois rue des Murlins, Sauveur réalisa que Jovo ne serait pas en état de monter un étage et que lui n'aurait pas la force de le porter. Il déposa donc la grande carcasse de Jovo sur le canapé du coin salon, puis alla changer de chemise dans sa chambre à coucher.

Or, Jovo faisait semblant d'être rond comme une queue de pelle. Il en fallait plus pour soûler un ancien légionnaire. Croyant que Sauveur avait quitté les lieux pour de bon, Jovo se redressa puis s'éloigna, tout de même un peu chancelant, en direction de la cave. Sauveur lui avait confisqué sa mitraillette et l'avait cachée dans un recoin de la maison. Mais Jovo était un homme de ressources. Son sac militaire était toujours dans la cave, posé à même le sol. Il ouvrit la poche principale et sortit un certain nombre de vêtements propres et bien pliés. Enfin, il trouva ce qu'il était venu chercher, enveloppé dans une serviette de toilette. Il la déplia avec des gestes précautionneux et caressa l'objet qu'il avait caché. Son revolver d'ordonnance. Son arme de service durant la guerre d'Algérie. Il restait trois balles dans le barillet. C'était de la bonne mécanique, *made in* Saint-Étienne. Restait à savoir s'il appuierait le canon sur la tempe ou s'il l'enfoncerait dans sa bouche. Il s'était décidé à l'enfourner quand une voix lui fit lâcher l'arme dans un sursaut de surprise.

– Qu'est-ce que vous faites ici ?

Sauveur s'était aperçu de la disparition de Jovo et, faisant la connexion avec la discussion qui venait d'avoir lieu dans la voiture, il avait deviné que le légionnaire était allé à la cave fouiller dans son fourbi.

– Tu m'as flanqué la frousse, rigola Jovo.

La minuterie de la cave s'éteignit, les plongeant tous deux dans le noir. Sauveur s'empressa de rallumer. Il avait perçu l'éclat métallique de l'objet que Jovo avait repoussé du pied pour le dissimuler sous le sac militaire. Il se baissa et s'en empara avec répugnance.

– Vous en avez encore beaucoup d'autres? dit-il, furieux.

– Non, camarade, répondit Jovo. Je voulais m'en servir une dernière fois.

– Pourquoi? Pourquoi ce soir? lui reprocha Sauveur.

La colère cédait le pas au chagrin.

– Parce que je vois bien que t'arriveras pas à te débarrasser de moi. T'es un trop brave gars... Mais je t'empêche de vivre ta vie.

– De vivre ma vie?

– Je prends la place de la petite Louise dans ta maison. Et ça, c'est pas correct.

Sauveur ramassa la serviette de toilette et emmaillota le revolver, se donnant ainsi quelques secondes de réflexion.

– C'est à moi de savoir ce que je veux, dit-il enfin. Pour le moment, je ne veux pas que tu meures.

Le vieil homme hocha la tête.

– T'es vraiment au-dessus du lot.

La lumière s'éteignit de nouveau.

– On remonte, dit Sauveur, attrapant Jovo par le coude. On s'expliquera là-haut.

Ce 25 décembre, Sauveur fit ce qu'il n'avait encore jamais fait. Passant outre le secret médical, il révéla à Jovo qu'il avait reçu dans son cabinet de consultation sa petite-fille, Frédérique Jovanovic. Une belle jeune femme de 29 ans.

– Vous l'avez déjà vue ? demanda-t-il à Jovo.

– Jamais, fit le vieil homme, dont les yeux étaient rougis de larmes. Je sais qu'elle existe. Par mon copain d'Emmaüs. C'est lui qui a fait les recherches pour moi.

Jovo ne voulait rencontrer ni Frédérique ni Éléna, car, pour elles deux, il était mort depuis longtemps, mort en soldat.

– Je préfère qu'elles continuent de croire ça. Le reste, c'est pas joli-joli.

– Jovo, je vais partir à Paris dans quelques instants, dit Sauveur, le ton solennel. Promettez-moi de ne pas attenter à vos jours pendant mon absence.

Tous deux se regardèrent au fond des yeux.

– Je vous demande votre parole d'homme, Jovo.

– Vous avez confiance en moi ?

– Je croirai ce que vous me direz.

– Rends-moi mon arme.

Sauveur inspira lentement puis lâcha un long soupir. Il tendit à Jovo son arme emmaillotée.

– Merci, dit Jovo, soupesant le revolver d'ordonnance. Sans ça, je ne suis pas un homme…

Il rangea l'arme dans sa poche avant d'ajouter :

– Vous avez ma parole, Sauveur. Bon concert ! Mes amitiés à Wiener.

*
* *

Ce vendredi 25 décembre, un jeune homme se préparait à prendre le train pour Paris.

Samuel se regarda dans le miroir de sa chambre. Il était métamorphosé. Le garçon négligé, mal peigné, mal habillé, sentant mauvais, qui était entré un jour dans le cabinet de consultation de Sauveur avait cédé la place à cet adolescent dans le miroir, jean bleu, chemise blanche et veste noire, coupe de cheveux mi-longue, regard sombre. Il ressemblait à Wiener. Il baissa les yeux sur ses chaussures de ville à lacets et bouts pointus. Il se sentit un peu ridicule et très fier. Papa serait content de lui. Il le présenterait aux gens après le concert: «Mon fils Samuel… Mon fils Samuel…»

– Samuel Cahen-Wiener, murmura-t-il, en se dévisageant.

Sa mère était au salon, faisant semblant de regarder un film à la télévision.

– Alors, t'y vas? fit-elle sans tourner la tête.

– Oui.

– Ça finira tard.

– Je dormirai sur place. C'est prévu.

Elle lui fit face, mais sans quitter son siège.

– Tu m'abandonnes? Un jour de Noël. Tu m'abandonnes comme il m'a abandonnée.

– C'est toi qui es partie, maman, lui rappela Samuel d'une voix lasse.

– Il était allé en Russie. Il me laissait encore une fois toute seule avec toi pendant que lui, lui, il couchait à droite, à gauche.

– Il participait à un concours international de jeunes solistes, et il l'a gagné, répliqua Samuel, le ton patient.

Il ne voulait plus se mettre en colère, mais il ne voulait plus se laisser faire.

– Quand est-ce que tu reviens? s'écria-t-elle, portant les mains à son cœur déchiré.

– Mais demain, maman. J'ai un train en fin d'après-midi.

Il avait pitié d'elle. Seule un 25 décembre. Sans amour et sans fils. Sans autre horizon que la brasserie du Martroi.

– Reste, supplia-t-elle.

Il faillit se laisser piéger. Mais un mot le traversa. Papa.

– À demain, dit-il en tournant les talons.

Il s'était écoulé plus de deux mois depuis que Samuel avait écouté pour la première fois son père en concert. Il se souvenait qu'il avait poussé sa mère qui lui barrait le chemin, qu'il était monté dans le train sans billet, que le train s'était arrêté longtemps en rase campagne, qu'il avait couru dans les rues de Paris, se trompant de chemin, qu'il était arrivé, suffoquant et pleurant, devant la mairie du IVe arrondissement. Le concert était presque terminé. Il sourit en y repensant et s'assit dans un fauteuil de première classe. Un cadeau qu'il se faisait.

Il arriverait à 18 h 28. Il prendrait un taxi pour se faire conduire de la gare jusqu'à la brasserie Les Ondes, tout près de la Maison de la Radio. Là, il dînerait d'un hamburger-frites. Tout était prévu dans sa tête, mais son voyage précédent lui avait enseigné que rien ne se passe comme prévu, et il avait peur. Peur de ce qui allait surgir malgré tout.

Pourtant, tout se déroula sans anicroche.

– Bon voyage, monsieur, lui dit le contrôleur, après vérification de son billet.

Le taxi le déposa au 2 avenue de Versailles devant la vitrine illuminée de la brasserie Les Ondes, coiffée de son auvent rouge.

– Bonne soirée, monsieur, lui dit le chauffeur de taxi.

Quelle délectation d'être un « monsieur » en chemise blanche et souliers pointus !

– Vous êtes seul, monsieur ? lui demanda la serveuse.

– Non, je… j'attends quelqu'un.

Samuel regarda autour de lui, un peu inquiet, et perdit d'un coup sa respectabilité toute neuve.

– Eh, Sauveur ! cria-t-il en faisant un grand geste de salut.

*
* *

Wiener était dans sa loge. Antoine entra en coup de vent.

– Tu as frappé ?

– Excuse-moi. Tu veux que je ressorte ?

– Non. Dis ce que tu as à dire.

Antoine avait repris du service. Mais Wiener le maintenait désormais à sa place, celle d'un imprésario.

– C'est complet, et il y aura du beau linge !

Antoine cita des noms de journalistes, critiques musicaux au *Monde*, *La Croix*, *Libé*, *Télérama*, etc., puis quelques noms de compositeurs ou de musiciens cotés. Wiener faisait mouvoir son poignet gauche de bas en haut, le visage contracté. Il n'était pas surpris de faire salle comble, malgré ses récentes défaillances en concert. Il était un pianiste fantasque, mais aimé du public. Il savait que des bruits couraient sur son compte. On disait qu'il avait été interné, qu'il avait fait une tentative de suicide.

– Tu as mal ? s'inquiéta Antoine.

Objectivement, Wiener ne souffrait plus, mais il grimaça.

– Je te laisse te concentrer…

– S'il te plaît, fit Wiener du bout des lèvres.

Se retrouvant seul, il déposa son poignet gauche dans sa paume droite. Se couper les mains ? Il était trop tard à présent. Dans un quart d'heure, il serait sur scène, et le concert passerait en direct sur les ondes de France Musique. À cette pensée, le malaise l'envahit. Il se souvint du médicament que le docteur Agopian lui avait prescrit en cas de peur panique. Il alla fouiller dans sa sacoche et en sortit un tube. C'était de l'homéopathie. Trois granulés à faire fondre sous la langue. Un pur placebo. Wiener s'en doutait, mais c'était toujours mieux que de se mettre à boire. Pour s'occuper, il massa ses phalanges, accélérant la circulation du sang. N'importe quoi pour ne pas penser. S'il y avait eu de l'alcool dans la loge, il se serait enivré. Mais Antoine veillait.

On toqua à la porte, et Wiener supposa que c'était à nouveau son imprésario. La porte s'entrouvrit, laissant passer une voix de femme.

– Dix minutes, monsieur Wiener.

Il eut un affreux tressaillement. Un instant, il avait cru que c'était *elle*, elle, revenue en coulisse. Il se força à sourire et répondit à la jeune femme :

– Je suis prêt.

Pendant ce temps, les 1 400 spectateurs entraient peu à peu dans la salle de l'auditorium, qui avait la forme circulaire d'une arène. L'orchestre serait au milieu, donnant à chacun une impression d'extraordinaire proximité avec les musiciens.

– Loge 4, rang G, sièges 16 et 18, énuméra Sauveur, consultant les feuilles de réservation. On va être bien placés pour voir ton père.

– C'est beau, murmura le jeune homme, impressionné par les parements de bois montant jusqu'au plafond, les orgues resplendissantes, et dans le cercle, la forêt métallique des pupitres, les percussions, timbales et cymbales, grosse caisse et caisse claire, la harpe et le piano à queue. Ça fait peur, ajouta-t-il en s'asseyant.

Il pensait à son père, si mince, si fragile. Il avait eu avec lui plusieurs conversations à l'hôpital de Fleury. Il savait que Wiener pouvait s'effondrer intérieurement lorsqu'il était en public. Alors, au lieu d'être le génial « Voltigeur », ainsi qu'on le surnommait dans la presse, il n'était plus qu'un pianiste accrochant les notes.

– Ça va bien se passer, le rassura Sauveur, entourant de sa main droite le bracelet brésilien qu'il portait au poignet gauche.

Il prit conscience de ce geste superstitieux et sourit de ce besoin de protéger les autres, de les sauver d'eux-mêmes. Un peu de mégalomanie, peut-être ?

19 h 55. Le compte à rebours s'enclencha. Les musiciens entrèrent un à un dans la salle, d'abord les

femmes en longue robe noire, violonistes, altistes, flûtistes, harpiste, puis les hommes en costume noir, percussionniste, clarinettistes, trompettistes, hautboïstes… Des grincements, des grondements, et quelques accords plus mélodieux s'échappèrent de l'orchestre tandis que les musiciens s'accordaient. Dans la salle, on se dépêchait de se saluer entre amis, d'étouffer un toussotement.

19 h 57. Le chef d'orchestre s'inclina devant les spectateurs, qui l'applaudirent avec une certaine retenue. Ce n'était pas lui qu'ils attendaient.

19 h 58. La salle entière retenait son souffle. Tous ceux qui connaissaient la musique de Ravel – et ce soir du 25 décembre, ils étaient nombreux dans l'auditorium – savaient que le *Concerto pour la main gauche* exige une virtuosité démoniaque. Pourquoi Wiener, après plusieurs concerts ratés et une maladie mystérieuse, avait-il choisi ce concerto, dont le compositeur lui-même disait qu'il l'avait écrit non « pour », mais « contre » le piano ?

19 h 59. Wiener fit son apparition dans l'arène en frac noir, chemise immaculée, romanesque à souhait, déclenchant de chaleureux applaudissements. Sans saluer le public pour le remercier de son accueil, il s'assit sur son tabouret, rejetant derrière lui les pans

de son frac, puis plaça le bras droit derrière son dos dans un mouvement un peu cabotin pour signifier la difficulté à laquelle il allait s'affronter : couvrir de sa seule main gauche le territoire de deux mains.

20 heures. Samuel ferma les yeux pour entrer en communion avec son père. Le bourdon du contrebasson accompagna sa méditation dans le *lento* des premières mesures. Peu à peu, l'orchestre se mit en branle, rauque et menaçant. L'appel des cors dans le lointain donna à Sauveur la chair de poule.

Passons passons puisque tout passe
Je me retournerai souvent
Les souvenirs sont cors de chasse
Dont meurt le bruit parmi le vent

Wiener se tenait le dos raide et le bras dans le dos. Il était au bord du vide, *Voyageur contemplant la mer des nuages*. Il patienta deux longues minutes que les cuivres éclatent et l'éclaboussent. Alors, sa main gauche attaqua le clavier et tint l'orchestre en respect, fermement d'abord, puis fiévreusement jusqu'au heurt avec les instruments. Ce fut le début de la lutte entre le soliste et la masse orchestrale. De la seule main gauche, de la main des mauvais présages, sortit la musique la plus noire qu'ait écrite Ravel, musique pour un monde issu de la guerre et voué à un prochain désastre.

Bombardé par les percussions, soufflé par les cordes, le pianiste regagnait inlassablement le terrain qu'il avait concédé. Un instant, l'on voyait la lune se lever, paisible, sur un champ de ruines. Puis le combat reprenait, jamais gagné, jamais perdu, et des sonorités en provenance du Nouveau Monde, rafales de jazz ou mélopée nègre, ajoutaient au chaos de cet étrange concerto. La virtuosité exaltée de Wiener faisait merveille, et des « ah », des « oh » mouraient sur les lèvres des auditeurs.

Samuel s'était terré au fond de son fauteuil, terrifié par l'exploit que son père était en train d'accomplir. Tiendrait-il jusqu'au bout de ce concerto manchot, lui dont la main gauche portait les marques de fraîches cicatrices, lui qui gardait sur son bras gauche les traces d'une enfance suppliciée ? Tiendrait-il pendant quinze minutes d'assauts répétés, d'escarmouches narquoises, de fanfares d'apocalypse ?

Puis il y eut un moment de grâce où Wiener, dans un long solo, put s'abandonner à sa nature rêveuse et poétique et croire enfin à la douceur des choses, tout en se jouant de la difficulté technique redoutable de la partition. Mais l'orchestre refit sournoisement surface et, au final, cordes et cuivres lui infligèrent trois gifles magistrales tandis que les percussions le mitraillaient. Wiener laissa alors retomber son bras gauche, terrassé.

Il y eut une seconde de stupeur, puis les applaudissements éclatèrent. Fait rare: les musiciens se mirent aussi à applaudir leur soliste, et le chef d'orchestre, tout sourire, en fit autant, comme pour effacer le souvenir de la bataille qui l'avait opposé au pianiste.

Wiener se leva de son siège, avança d'un pas en direction du public et le salua d'une simple inclination de la tête. Il s'était fait un personnage de dandy et ne voulait pas céder à la contagion de l'émotion. Dans toute l'assistance, Sauveur fut le seul à voir à cet instant, agrippé à la main gauche du pianiste, un petit garçon paniqué, et quelque chose le souleva de son fauteuil, un désir irrépressible de crier:

– Bravo ! Bravo !

Il entraîna à sa suite tous les spectateurs, qui se levèrent pour applaudir, et Samuel lança même un « Bravo, papa ! » qui provoqua quelques rires attendris autour de lui.

Wiener, que venaient de travailler tant de sentiments contradictoires, la rage et la plénitude, l'espoir et la douleur, perdit enfin la tête et fit ce qu'il n'avait jamais fait sur une scène. Il ouvrit les bras devant ceux qui l'acclamaient, au premier rang desquels son fils et son psy, et du fond de son cœur reconnaissant, il s'écria :

– Merci ! Merci !

Ceux qui ont déjà rencontré des hamsters au cours de leur existence savent que celui de la couverture est en réalité un cochon d'Inde et ceux qui n'ont jamais vu Jiminy Cricket seront heureux de faire la connaissance de leur conscience morale. Ça peut toujours servir, comme dirait Jovo (mais lui, c'était à propos de sa mitraillette.)

À mes lecteurs

Si vous voulez continuer de réfléchir sur la complexité de la nature humaine, j'ai envie de vous conseiller quelques films qui étaient en toile de fond quand j'écrivais.

Sur les familles décomposées qui peinent à se recomposer : *Les Enfants (les tiens, les miens…)* de Christian Vincent avec Gérard Lanvin et Karine Viard qui s'aiment, mais ne peuvent exiger de leurs enfants réciproques qu'ils en fassent autant. Après tout, me suis-je demandé en écrivant ma saison 3, le happy end exige-t-il que Louise et Sauveur refassent ensemble une famille ?

Sur le désir d'enfant dans un couple homosexuel, que j'explore en saison 2 avec Charlie et Alex : *Comme les autres* de Vincent Garenq avec Lambert Wilson, qui veut un bébé de son compagnon.

Sur les troubles mentaux et comportementaux: *Les Beaux Gosses* de Riad Sattouf. La mère du jeune Hervé, interprétée de façon cocasse par Noémie Lvovsky, surveille de trop près l'éveil de sa sexualité. Dans *Sauveur & Fils*, la comédie vire au drame entre Samuel Cahen et sa mère, qui n'est pas seulement intrusive, mais abusive.

M. Jones de Mike Figgis: Richard Gere, très sexy en bipolaire extravagant, est en arrière-plan du personnage de Wiener, mais je l'ai mixé avec le pianiste Samson François, virtuose imprévisible qui a réellement existé et dont j'ai écouté tous les disques, y compris le fameux *Concerto pour la main gauche.*

Un homme d'exception de Ron Howard: comment on peut être à la fois un prix Nobel d'économie et un schizophrène qui a des hallucinations. *Based on a true story,* comme on dit. La maladie mentale ne détruit pas l'être humain. C'est ce que j'ai voulu dire avec la maman de Gabin.

Pas de printemps pour Marnie d'Alfred Hitchcock: une jeune femme voleuse et mythomane s'avère avoir été une enfant traumatisée. Un symptôme peut cacher un secret, et un secret peut en cacher un autre. C'est le côté «suspense» d'une psychothérapie. Voir le cas de Cyrille en saison 1.

Le Dernier pour la route de Philippe Godeau avec François Cluzet : sur l'alcoolisme et le combat de ceux qui veulent en guérir. J'y ai pensé en me prenant de sympathie pour Camille Kuypens, le père d'Ella.
Mommy : un garçon TDAH vu par Xavier Dolan. Ça décape et ça finit très mal. Ce film et *Family Life* de Ken Loach ont appuyé mon rejet de la psychiatrie qui enferme, stigmatise et surmédicalise, symbolisée par le docteur Pincé.

Sur les troubles dans le genre : *Tomboy* de Cécile Sciamma. Laure, 10 ans, au look de petit gars, décide de se présenter à ses nouveaux copains sous le nom de Mickaël.
Tootsie de Sydney Pollack : Dustin Hoffman se déguise en Dorothy pour décrocher un rôle féminin dans une série télé.
Yentl : là, c'est Barbra Streisand qui se déguise en homme pour pouvoir entrer dans une école rabbinique.
Victor Victoria de Blake Edwards : toujours plus fort ! Julie Andrews se transforme en homme qui se transforme en femme.

Sur nos amis les psys: la série télé *In Treatment* nous ouvre l'agenda d'un thérapeute new-yorkais charismatique, mais un peu à côté de la plaque. Sa vie privée est d'ailleurs un naufrage. J'en ai gardé l'idée d'un suivi des patients, semaine après semaine. Mais on peut aussi prendre rendez-vous avec Robin Williams, le psy dans *Good Will Hunting* de Gus Van Sant. Toutefois, il a déjà un cas très lourd à traiter: Matt Damon en ado surdoué autodestructeur.
Si on préfère un psychothérapeute français, on s'adresse à Gérard Jugnot dans *Oui, mais…* d'Yves Lavandier. Il le promet sur l'affiche du film: il a peut-être une solution efficace pour vous. Il pratique la thérapie brève, et ça marche avec la jeune Émilie Dequenne.
Maintenant, si vous souhaitez consulter Sauveur Saint-Yves, je vais vous aider à le visualiser. Regardez Sidney Poitier dans *Devine qui vient dîner* ou Idris Elba, le bad guy dans la série *Sur écoute*. Et si voulez l'entendre, passez-vous *Unforgettable* de Nat King Cole.

Pour l'ambiance antillaise, partez au carnaval dans *30° couleur* de Lucien Jean-Baptiste, qui interprète lui-même le rôle d'un Martiniquais déraciné et devenu « blanc à l'intérieur ». Pour entendre l'authentique « tchip » antillais, passez *La Première Étoile* du même réalisateur.

Vous pourrez retrouver le rap *Inachevés* que je cite en saison 3 dans *Comment c'est loin* d'Orelsan, un film qui met en scène deux loosers-glandeurs-rappeurs. Ils sont très sympathiques, mais à la façon de Gabin : n'en attendez pas grand-chose, comme ça, vous ne pourrez avoir que de bonnes surprises.
Pépé le putois, qui tient la vedette en saison 2, est visible sur Internet. Je préfère la VO où Pépé a l'accent frenchy. Car oui, Pépé le putois est supposé représenter le séducteur français. À condition de ne pas être susceptible, c'est à crever de rire. Pour le criquet, re-re-visionnez *Pinocchio*, et enfin, désolée, je n'ai pas de film sur les hamsters, mais il y a plein, plein de vidéos amateur sur YouTube !

De la même autrice à *l'école des loisirs*

Collection Médium

Ma vie a changé
Amour, vampire et loup-garou
Tom Lorient
Oh, boy !
L'expérienceur (avec Lorris Murail)
Maïté coiffure
Simple
Charles Dickens
Miss Charity (illustré par Philippe Dumas)
Papa et maman sont dans un bateau
Malo de Lange (anthologie)

Série Nils Hazard
Dinky rouge sang
L'assassin est au collège
La dame qui tue
Tête à rap
Scénario catastrophe
Qui veut la peau de Maori Cannell ?
Rendez-vous avec Monsieur X

Série Les Mésaventures d'Émilien
Baby-sitter blues
Le Trésor de mon père
Le Clocher d'Abgall
Au bonheur des larmes
Un séducteur-né
Sans sucre, merci

Collection M+

La fille du docteur Baudoin
Le tueur à la cravate
3 000 façons de dire je t'aime
De grandes espérances, de Charles Dickens
(adapté par Marie-Aude Murail et illustré par Philippe Dumas)

Série Sauveur & Fils
Saison 1
Saison 2
Saison 4
Saison 5
Saison 6

Angie !
Souviens-toi de septembre
À l'hôtel du pourquoi-pas ?

Cet ouvrage a été achevé d'imprimer
sur Roto-Page
par l'Imprimerie Floch à Mayenne
en janvier 2023

N° d'impression : 101866
Imprimé en France